我是一个爱美成嗜的人

周瘦鹃/著
夕 琳/编

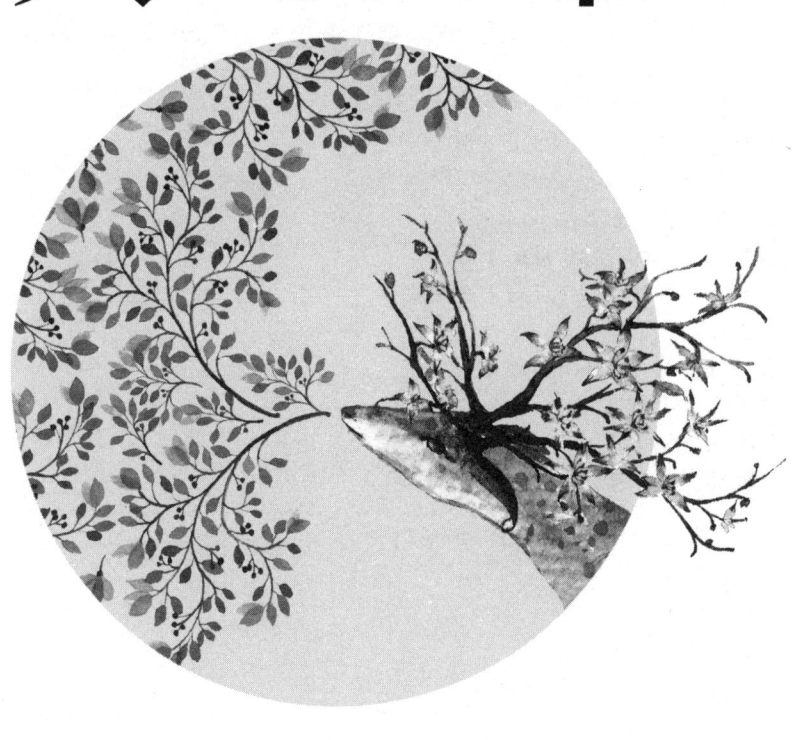

沈阳出版发行集团
沈阳出版社

图书在版编目（CIP）数据

我是一个爱美成嗜的人 / 周瘦鹃著；夕琳编 . -- 沈阳：沈阳出版社，2019.10
ISBN 978-7-5441-7096-3

Ⅰ．①我… Ⅱ．①周…②夕… Ⅲ．①散文集—中国—当代 Ⅳ．① I267

中国版本图书馆 CIP 数据核字（2019）第 059615 号

出版发行：	沈阳出版发行集团 丨 沈阳出版社
	（地址：沈阳市沈河区南翰林路 10 号　邮编：110011）
网　　址：	http://www.sycbs.com
印　　刷：	天津中印联印务有限公司
幅面尺寸：	170mm×240mm
印　　张：	17
字　　数：	268 千字
出版时间：	2019 年 10 月第 1 版
印刷时间：	2019 年 10 月第 1 次印刷
责任编辑：	马　驰
封面设计：	Amber Design 琥珀视觉
版式设计：	书情文化
责任校对：	王玉位
责任监印：	杨　旭

书　　号：	ISBN 978-7-5441-7096-3
定　　价：	49.80 元

联系电话：024-24112447
E-mail：sy24112447@163.com

本书若有印装质量问题，影响阅读，请与出版社联系调换。

出版前言

本书是中国当代著名作家、文学翻译家周瘦鹃的散文集,原版书《周瘦鹃文集》出版于2011年,由文汇出版社印发。2015年1月,文汇出版社出版了《周瘦鹃文集(珍藏版)》。《周瘦鹃文集》由小说卷和散文卷两部分组成,小说卷中主要收录了周瘦鹃的《最后的铜元》《血》《圣贼》《为国牺牲》《卖国奴之日记》等脍炙人口的短篇小说,散文卷中主要收录了周瘦鹃的《劳者自歌》《迎春花》《长春不老》《五人义》《花木的神话》《江上三山记》等散文名篇。本书在编辑时进行了删减,书中各章标题皆为编者所设,并对所选散文进行了重新编排,以便于读者阅读。

周瘦鹃的文学创作主要以短篇小说和散文为主,短篇小说主要包括社会讽喻、爱国图强、言情婚姻和家庭伦理四个类别,其中为抗日战争所写的《亡国奴家里的燕子》《亡国奴日记》《卖国奴日记》《南京之围》《祖国之徽》等最为有名。这些小说寄托了他呼唤同胞奋起抗敌、救国救民的爱国主义热情。除小说外,周瘦鹃还著有多部散文集,包括《花花草草》《花前琐记》《花前续记》《行云集》等。这些散文不仅有对山水花草、风俗习惯的描写,也有对社会新事物和美好生活的赞美。周瘦鹃的散文作品传播范围很广,其中多篇曾在香港各大进步报刊印发,影响深远。周瘦鹃除创作之外,还十分擅长翻译,主要的翻译作品包括《欧美名家短篇小说丛刊》《世界名家短篇小说集》等。

作为当代著名作家、文学翻译家,周瘦鹃几十年如一日,笔耕不辍,为我们留下了大量优秀散文和小说作品。特别是他的散文作品,其文风和形式不仅继承了中国传统散文的优点,还在此基础上进行了大胆创新,形成了属于自己的散文风格和结构模式。

我是一个
爱美成嗜的人

　　《我是一个爱美成嗜的人》收录了周瘦鹃先生创作的六十九篇作品，并按照不同的主题进行分类，以给读者更好的阅读体验。本书在编辑出版过程中，邀请了知名出版人夕琳和著名文学评论家何淑蘅作了两篇推荐序。夕琳从创作源起的角度，介绍了周瘦鹃散文的思想主旨和写作特点，同时也介绍了他创作的缘由和过程。何淑蘅主要介绍了周瘦鹃为翻译界所做出的贡献以及他对文学翻译事业的探索和理解。

　　编者还在结尾处增加了四则附录，附录一是周瘦鹃年谱，记录了周瘦鹃一生中发生的各个重要事件，有助于读者了解作者人生的整体情况和他在文学和翻译方面做出的贡献。附录二是周瘦鹃的小传，主要从作者的生活实际出发，客观地描绘了作者的一生，有助于读者对周瘦鹃的人生、思想、写作及翻译情况有一个更深层、更全面地了解。附录三是名人与周瘦鹃，主要记录了周瘦鹃一生中与不同名人之间发生的故事，记录了名人之间有趣的话题和思想内涵。附录四是周瘦鹃作品评论，目的是使读者能对作者文学作品的艺术价值有一个整体性和相对专业的认识。

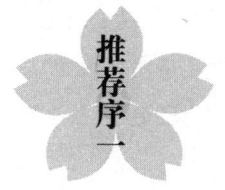

推荐序一

一个生活在花的世界的人

夕 琳

周瘦鹃是一名文人,他既懂诗,又懂画。

周瘦鹃也是一名园艺家,一名盆景艺术家。

现在的人可能并不了解周瘦鹃,甚至放在几十年以前可能也有很多人不了解。

周瘦鹃的原名叫周祖福,后改名为国贤,瘦鹃本是他的笔名,后来变为正名。他的笔名有很多,除了瘦鹃之外,还有怀兰、紫兰主人、泣红、五九生等等。周瘦鹃的家庭很普通,父亲在他很小的时候就去世了,一家人过着清贫的日子。因为这样的家庭背景,尚在学生时期的周瘦鹃就已经开始为这个家庭的生计问题而奔波了。在投稿成功并拿到第一笔稿费之后,他便下定决心从事写作这一职业。而他的家庭对他的影响远不止这些。

父亲去世之后,家中一贫如洗,母亲拒绝了亲戚们让她改嫁的提议,自己一个人带着孩子,靠她日夜为人缝补得来的一点儿钱维持家用,并在周瘦鹃到了能够读书的年纪时,送他进了私塾。母亲不肯改嫁,独自一人抚养他们兄妹的行为,是周瘦鹃对"节烈"抱有好感的主要原因,而母亲给他们的爱又让他反过去孝敬母亲。这样的家庭烙印如此深刻,周瘦鹃作品中出现这些思想也就不足为奇了。不过,那时候有很多人都对周瘦鹃的这类思想进行过批判,在他

我是一个
爱美成嗜的人

们看来，翻译欧美作品的周瘦鹃脑子里盘踞着这样的思想十分不可思议。

其实在这些传统观念上，周瘦鹃所体现出来的是一个思想变化的过程。他的思想与过去的封建思想之间早已经划清了界限，他也继承了传统美德之中的精华。

十几年的清贫生活或许让他有些自卑，但这也是他努力奋进的动力。以前，他曾说过自己是一个"无用的人"，并且非常能"忍让"。他不习惯与旁人过多地进行争辩，而是埋头苦干，靠自己闯出一片天地。他还曾说他不怕苦，因为他就是"苦出身"。

周瘦鹃还是一个"多情种"，他有过一场"可歌可泣"的恋史，他的家人和朋友都知道他的这段恋情。与"紫罗兰"周吟萍的这场恋情，是他一生都难以释怀的遗憾。

王西坤（《小说月报》早期的主编）曾经为周瘦鹃写过一首名为《紫罗兰曲》的长诗；张恨水以周瘦鹃为原型，写了一篇长篇小说《换巢鸾凤》；郑逸梅也在他的文章中提到过周瘦鹃与周吟萍的这段爱情故事，甚至在晚年为周瘦鹃的《爱的供状——附〈记得词〉一百首》写了一篇名为《周瘦鹃伤心记得词》的文章。

周瘦鹃初期小说中的"孝道"与"哀情"情结，正是由他的家庭和爱情导致的，而他的创作才华和翻译功底则源于民立中学对他的培养。民立中学最有名的就是学生的英文功底扎实，周瘦鹃在民立中学学习的这段时间里，英文水平飞速提升。

在偶然的机会下，周瘦鹃开始尝试自己写作，并成功发表，拿到了人生中的第一笔稿费。从此他就常常向杂志社投稿，用得到的稿费来补贴家用。

毕业之后，民立中学的苏校长将周瘦鹃留下，教授预科一年级的英文，但他班上的学生都欺负这个"初出茅庐的小先生"。于是一年之后，周瘦鹃辞去了这份工作，开始以写文为生。

最初，包天笑的扶持起到了很大的作用。周瘦鹃发表第一篇文章的刊物《妇女时报》就是包天笑主持创办的，之后两人便常常书信来往。包天笑在知道周瘦鹃家庭困难之时施以援手，并承诺只要收到周瘦鹃的稿子，无论是否发表都会支付稿费给他。两人亦师亦友，成了忘年交。

推荐序一
一个生活在花的世界的人

陈景韩也给予了周瘦鹃许多帮助。那时，陈景韩和包天笑主持《小说月报》，周瘦鹃在《小说月报》上发表了小说《鸳鸯血》，因此认识了陈景韩。后来陈景韩成了《申报》的总主编，他向老板推荐了周瘦鹃，所以周瘦鹃得以入主《申报·自由谈》。

周瘦鹃的翻译作品大多发表在周刊《礼拜六》上，而其中有12篇发表在《礼拜六》上的翻译作品在经过周瘦鹃的再次校订之后，收入到了他的翻译作品集——《欧美名家短篇小说丛刊》之中。

《欧美名家短篇小说丛刊》可以说是周瘦鹃翻译工作的一个很大亮点，这部书由中华书局出版，分为上、中、下三卷，包含名家作品五十篇，在这五十篇文章里，以白话文译出的就有18篇。周瘦鹃还翻译了高尔基的文章，并将高尔基《叛徒的母亲》这一文章的标题进行了更改，取"大义灭亲"之意，将其改为《大义》。

周瘦鹃集成这套书是为了筹集结婚的费用，当时包天笑说："鹃为少年，鹃又特阙鸳鸯，而鹃所辛苦一年之集成，而鹃所好合百年之侣至……"因为这套书，周瘦鹃得了400元，资金充裕的他也将婚礼办得非常风光。

随着年龄的增长，周瘦鹃对花草的痴迷程度也是与日俱增。对此他自己也说过："不慧生平无他嗜，爱花果最笃。"

周瘦鹃常说自己"爱花如命"。除了花草本身，一切与花相关的诗词与文章，他统统喜爱；他自己也会在花木中找寻灵感，"偶有所得，便晨钞暝写，积累起来，作枕中秘笈"。

周瘦鹃最爱的花是紫罗兰，因为他的初恋情人周吟萍的英文名字意为紫罗兰。除此之外，周瘦鹃也喜爱梅花，这一点通过他所培植的盆景就能够看出来。对此，郑逸梅也曾经在他的文章《梅花》中提过："周瘦鹃录近人香奁诗，为绿窗艳课。其中佳什颇多涉及梅花者，录之以实我梅话：'曾约西窗载酒过，相携团扇赌新歌。爱郎诗句清如雪，绣上梅花小幅多'。"而周瘦鹃也曾经写过怀念邓尉山梅花的诗句："邓尉梅花锦作堆，千枝万朵满山隈，几时修得山中住，朝夕吹香嚼蕊来。"不仅如此，他还有一幅"香雪海"，是清代书画家吴大澂所画。周瘦鹃将这幅画"挂在寒香阁中"，并且"梅花时节，朝夕观赏，也就聊当卧游了。"

我是一个爱美成嗜的人

喜爱花草树木之人，其性情往往灵静，与旁人相比，他们似乎更为谦逊，但也似乎总带着一股疏离。然而正是这样，反而使得他们对世间万物的爱多了一分，也使他们对生活有着更为深刻的感悟。周瘦鹃就是如此。

周瘦鹃对盆景也到了一种痴迷的程度，他说过他对盆景"真有'不可一日无君'之感"。他所创作的盆景作品，就如同"吴门画派"那些画家笔下的江南山水，既显得清秀俊逸，又看起来洒脱不羁。

周瘦鹃的盆景艺术作品大致分为三类：一是盆梅，二是苏州小摆设，三是桩景。他曾经这样说过："苏州的盆景多种多样，可以说是五光十色、丰富多彩，而老干枯干的梅桩却处于主要地位，如果其他多种多样的盆景而没有梅桩，认为是一个莫大的缺点。"

周瘦鹃的盆梅数量最多时曾经有十数盆，这些盆梅盘根错节，但又老而弥坚。这些树的树龄都在二十年到三十年之间，而梅桩多为一百年到二百年，品种也皆不相同，其中有绿萼、黄香、玉蝶、洒金和宫粉等。每当花期到来，暗香疏影，冰心玉骨，人在其中，必是心旷神怡。

周瘦鹃的苏州小摆设往往放置在红木十景橱或者十景架之中。他依照盆景的大小、高矮、品种等，将他们摆放在合适的位置，再以小摆件加以点缀，使之变为极富诗情画意的"组景"，令人拍案叫绝。

周瘦鹃的桩景是他的盆景艺术作品之中最为出色的。桩景的树材大多从人迹罕至的深山老林中挖来，树龄也不等，通常几十年到几百年之间的都有。"老树桩头"在经过风吹雨打及岁月的侵蚀后，看起来苍古雄奇、豪宕雄劲。在周瘦鹃的精心栽培之下，它们由自身单纯的自然美变为一种艺术美，更加令人爱不释手。它们有的八面威风，有的亭亭玉立，树枝相互交错，有长有短，有粗有细，但都在古朴大方的外表下透露出勃勃生机，就如同画家笔下的泼墨长卷一般，极富诗情画意。

盆景也给周瘦鹃带来了很多美名，他所培植的盆景就像他的文章一样名声在外。早在1939年上海举办的中西莳花会上，周瘦鹃所培植的盆景就夺得了总锦标杯。除此之外，还有一些专门拍摄他盆景的电影纪录片；他的盆景也被制作成画片，在各地展出；更是有一些盆景被送到北京迎宾馆。那个时候，常常有中外名人去周瘦鹃的家里参观盆景，甚至一些重要人物也都去他家参观过。

推荐序一
一个生活在花的世界的人

要知道周瘦鹃的家在苏州,那些参观者想去参观需要千里迢迢赶过去,这也从侧面显示出了周瘦鹃的盆景是多么了不起。

周瘦鹃投笔毁砚,将自己毕生积攒的积蓄都用于培植花木小石盆景。他终日陶醉其间,甚至自比为陶渊明与林和靖。但是他究竟为何决定离开文坛、移情于花木就无人得知了,想必做出这一决定的周瘦鹃也有着自己的苦衷吧。

曾经有人认为,后期周瘦鹃不再继续写小说而是移情花木之中,可能就是意识到了鸳鸯蝴蝶派的小说不存在多大意义。或许不写小说对周瘦鹃而言,也并非一件坏事。

对于新中国的成立,周瘦鹃充满了欢喜,这在他那段时间的文章中都能够看出来。那段日子他的经济还算宽裕,而且又是文坛前辈,为人谦和真诚,很多人都对他十分尊敬。不仅如此,周瘦鹃还是一个园艺家,他所培植的盆景就像他的小说一般名声在外。

可惜周瘦鹃的结局令人扼腕不已,文化大革命中遭受迫害,家中的花园成了一片荒芜的废墟,他的那些诗文书画也被破坏殆尽。1968年8月,绝望的他在家中的一口井中结束了自己的生命。

那口井是周家用来浇花的,有段时间,周瘦鹃用瓦砾将井填上了——他怕有孩子失足掉落。但是后来,有些来周家参观盆景的宾客觉得,井中只有瓦砾实在是有碍观瞻,就向周瘦鹃提出了建议,请他把井淘清。周瘦鹃思忖片刻便答应了,他还随口和当时来陪同参观的陆文夫开玩笑说淘清也好,以后投井也方便些。没想到一句玩笑话,竟一语成谶,这口井居然真的成了他生命结束的地方。

本书选取了多篇周瘦鹃的散文小品,每一篇都是周瘦鹃的经典之作。

周瘦鹃的一生充满了戏剧色彩,他博学多才并拥有丰富的人生阅历。在写作之时,他广征博引,那些与文章内容相关的诗词典故、中外逸闻也是信手拈来,让人享受到美的同时获得一定的人文科学知识。

在介绍山茶花时,他说此花"喜阴恶阳";在谈到牡丹时,他指出"牡丹时节最怕下雨,牡丹一着了雨,就会低下头来,分外的楚楚可怜"。此外他还撰写了一些介绍文史知识的小品,比如《〈梁祝〉本事考》《关于〈汉明妃〉》《明末遗恨〈碧海花〉》等等。他从自己的亲身经历开始讲述,既能够让人感到亲切,又能让人从中学到知识,开阔自己的眼界。

周瘦鹃除了传播知识之外,还会传授一些自己多年以来的生活经验。比如他在《探梅香雪海》中提道:"香雪海探梅必须算准时期,不要忘了日历……大概每年惊蛰前后一星期内前去,才恰到好处。"再比如说到"柿初红时,也可作瓶供"之时,又告诉人们,因为柿子太沉了,所以想要稳定,就需要"插在古铜瓶中",而且因为柿子的叶片很容易干枯,所以"索性全都剪去,另行摘了带叶的大枝插在中间,随时更换,红柿绿叶,可以经久观赏"。

周瘦鹃的散文篇幅不长,但是这一两千字所包含的内容却异常丰富。他的文章看似漫不经心,实则井然有序,格局紧凑而又错落有致,文章的开头与结尾也都清新而不落俗套,有的质朴平实、直截了当,如"迎春花又名金腰带,是一种小型灌木,往往数株丛生";有的富有情趣,使用古人诗句引出正文,比如《桃之夭夭,灼灼其华》就是以"桃之夭夭,灼灼其华"开篇。周瘦鹃在文章结尾的处理上千变万化,有时如傲然耸立的山峰;有时"柳暗花明又一村",令人豁然开朗;有时如奔腾的瀑布急流之下,却又忽然戛然而止。就如他在《蔗浆玉碗冰冷冷》一文中,详细介绍了有关于甘蔗的知识,但是在结尾却写道:"晋代大画家顾恺之,每嚼甘蔗,总从梢尾嚼到老头,人以为怪。他说:'渐入佳境!'因此俗有'甘蔗老头甜'之说;而老年人处境好的,亦称'蔗境'。我们老一辈人,眼见得祖国欣欣向荣,老怀欢畅,也可说是'甘蔗老头甜'了。"周瘦鹃笔锋一转,以这样的方式来结尾,既能够承接之前的文章内容,又表达了自己的思想感情,升华了文章的主题,使其迈入了一个新的境界之中。

周瘦鹃的文章往往透露着一种自然之美,语言平实而又亲切,感情真挚。他的文章中很少有华丽的比喻和形容,看似平淡,却能够看出其返璞归真的语言文字水平,以及文章中的淡泊宁静之意。周瘦鹃的古典文学功底深厚,所以他的文章常常文言文和白话文兼用,读起来既显典雅又不失清新。将诗词穿插在文章中是周瘦鹃散文的一大特点,他在描写某种特定事物之时,会引用历朝历代文人墨客的诗文来介绍这一事物的历史背景,还会以自己创作的诗词来表达情感。偶尔他还会使用拟人等手法来描写,使文章既文雅又有趣,在庄重的同时而又不失诙谐。这些都能够体现出周瘦鹃散文的艺术特色,以及其独特的艺术与美学品位。

推荐序一
一个生活在花的世界的人

  周瘦鹃是一个能够为读者考虑的人,他从来都不会在文章中长篇大论,而是娓娓道来,让人在轻松愉快的状态下接受他想要表达的事理。

  他通过古人的诗词歌赋或是自身经历来讲述自己对于人生的认识,讲述自己对于人生的感悟,讲述那些在自己的思想中偶尔闪现出来的火花。或许他的散文不像哲理散文那般深刻,但是他的这种真实的感悟和思考、生动而又有趣的叙述更能够吸引和打动广大读者。

  希望读者朋友们能够通过本书领略到周瘦鹃表现在散文中的美,学习到丰富的知识,在开阔自己眼界的同时,体会到他向人们传达出来的人生哲理。

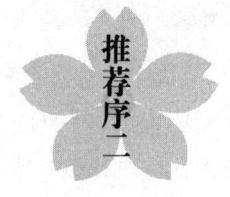

推荐序二

翻译大家周瘦鹃

何淑蘅

周瘦鹃最早是靠翻译起家的。

在《礼拜六》创刊之前,周瘦鹃陆陆续续发表的文章共计58篇,其中有46篇是翻译作品。而在《礼拜六》的创刊号上,他发表的文章《拿破仑之友》也是一篇翻译作品,他在《礼拜六》上发表的翻译作品也有69篇。

周瘦鹃翻译了很多优秀的欧美作品。1917年2月,中华书局出版了一套《欧美名家短篇小说丛刊》(再版时更名为《欧美名家短篇小说丛刻》),一共包含五十篇欧美名家作品。教育部曾经对这套书表示过赞赏,那时候鲁迅在社会教育司担任科长,批语就是他写的。但是起初周瘦鹃并不知道这件事,一直到几十年之后,他才通过好友给他的剪报词知晓此事,于是便写了文章来纪念。

早期的翻译作品往往没有标明原作者,这是一个比较普遍的缺点。但是周瘦鹃的翻译作品却显得极其规范,不仅标注了原作者,还写了一些作者的"略传",这在当时还是第一次。他的翻译作品甚至能够供当时的学者研究使用。

周瘦鹃早期的翻译作品大多采用意译的方式,从1918年之后,直译的方式才逐渐在他的翻译作品中占据了上风。

在中国,文人往往喜欢改编前人的作品,就像诗中的典故必有出处一样,他们在写小说或者是写戏曲的时候也必有出典。可以说,这是一种时代的风貌,

推荐序二
翻译大家周瘦鹃

前人作品往往都是改编而来，原创作品则少之又少。周瘦鹃早期进行翻译的时候，也是秉承着这种改编风尚。古代文人在对前人作品进行改编时，一般是在原著的基础上创作出自己的新作品，或者是在自己的作品中使用恰当的典故。周瘦鹃的翻译小说可以说是与之异曲同工，他依照原著，用中国讲述故事的方式和语言来重新叙述小说内容，并对其进行创造；而对于戏剧，则是叙述其大体的故事情节，将它改编成小说。简单来说，就是在原著的基础上，根据自己的审美和学识进行二次创作。

周瘦鹃一生一共翻译了418篇外国作品，当然这里面已经剔除了周瘦鹃名为译作，实则为自己所作的几篇。其实这样的现象在十九世纪末到二十世纪初很常见，那时候，有很多作家会将自己的作品当作翻译作品发表，甚至还有一些人会将翻译作品当作自己的作品拿去发表。不过他们却不会像周瘦鹃那样，自己说出作假的事情。

周瘦鹃的翻译作品大多为短篇小说，并且大都发表在期刊上，这也说明周瘦鹃对于期刊这种传播媒介有着充分的了解。周瘦鹃曾说自己"生性太急，不耐烦翻译一二十万字的长篇巨著，所以专事搜罗短小精悍的作品，翻译起来，觉得轻而易举。"其实周瘦鹃选择短篇小说也不仅仅是因为翻译长篇起来过于复杂，他也考虑到了读者。小说过长，读者会觉得拖沓无味，而短篇小说往往言简意赅，剧情发展快，情绪表达更为直接，读者接受起来自然就会比长篇小说更为容易。所以周瘦鹃才根据报纸杂志的需要，选择了那些篇幅小的短篇小说来翻译。

而且周瘦鹃选择要翻译的那些刊登在英文期刊上的小说时，对英文期刊本身没有什么要求，只要上面的小说是"此前所未见"的"绝妙之言情小说"就可以，这也就使得许多佳作不至于明珠蒙尘。

周瘦鹃在早期翻译界的功劳可以说是卓越的。他不仅是为当时的人们打开了世界之门，自己也在这一过程中吸取了来自西方的经验，借此对自己的写作水平进行了提升，而他的作品也在与他的翻译水平共同进步和成长。

周瘦鹃的小说有着庞大的市民读者群，对于周瘦鹃小说的研究历史也已经颇为久远了。从二十世纪二十年代开始，鸳鸯蝴蝶派就遭到了新文学的批判——新文学认为周瘦鹃的脑中还盘踞着"以文章为游戏的思想"，他们以新文

我是一个
爱美成嗜的人

学的思想为标准，在文学态度、思想和艺术观念等方面展开对周瘦鹃小说和写作态度的批判。到了二十世纪五六十年代，虽然在这几十年间，社会环境发生了巨大的变化，但是对于周瘦鹃小说的研究却并不客观——鸳鸯蝴蝶派依然遭受批判。

二十世纪初期，鸳鸯蝴蝶派可谓风靡一时，其名字来源于诗句"卅六鸳鸯同命鸟，一双蝴蝶可怜虫"，出自清代狭邪小说《花月痕》。苏州可以说是出产鸳鸯蝴蝶派人物的风水宝地，周瘦鹃虽然出生于上海，但是祖籍却是苏州。

那个时候，上海有一句广告语非常流行："宁可不讨小老婆，不可不读《礼拜六》"。《礼拜六》是当时鸳鸯蝴蝶派的刊物，可见这个流派的作品在当时的火爆程度。在鸳鸯蝴蝶派中，周瘦鹃可以称得上是中流砥柱，人们在文学史上也能经常看见他的身影。

但是鸳鸯蝴蝶派作品的内容多为才子佳人，以言情为主，风格略显媚俗，而且鸳鸯蝴蝶派的代表人物包天笑称"提倡新政制，保守旧道德"是他的创作宗旨，这显然与当时提倡科学新文化运动之间有着很大的矛盾。一时之间，鸳鸯蝴蝶派与新文化阵营之间可谓是剑拔弩张，新文化阵营的人也纷纷撰写文章痛斥鸳鸯蝴蝶派。不过即使是如此，鸳鸯蝴蝶派的群众基础依然还在，还是有很多人追捧，刊印的小说也依然大量地印刷。

出版物没有受到影响，但是鸳鸯蝴蝶派的作家们却有些不愿意承认自己的所属派别，并常常以其他的名目自称。比如周瘦鹃就曾经在《闲话〈礼拜六〉》里说过："我是编辑过《礼拜六》的，并经常创作小说和散文，也经常翻译西方名家的短篇小说，在《礼拜六》上发表的。所以我年轻时和《礼拜六》有血肉不可分开的关系，是十十足足、不折不扣的'礼拜六派'。"

周瘦鹃小说的文风娇婉而又唯美，这给他的小说作品增色不少，但是带来的局限也很明显，比如一些悲伤的情节显得有些刻意，太过注重辞藻的华丽而忽视了人物的个性与故事创新。周瘦鹃的小说《留声机片》就曾经遭到过文学评论家茅盾（沈雁冰）的批评，说他"只以二百余字写零用账似的直记了出来"。不过，对于周瘦鹃的小说，新文学也并不是从理论层面进行深入分析，只是从感性层面来进行批判。

到了二十世纪五六十年代，周瘦鹃的小说被认为"内容空虚贫乏，充斥了

推荐序二
翻译大家周瘦鹃

无聊的词句"。不仅如此,那些有着特殊意义的作品——如《为国牺牲》,也只是被认为"或多或少具有一点点的积极意义"。很显然,在这段时间里对周瘦鹃小说的研究,依然是新文学时期的延续,很多研究者在没有认真思考的情况下,就先行对其作品进行了否定。他们认为其小说存在着弱点,认为他改不掉自己身上旧文人的习性,哪怕他想要向新文学阵营靠拢,也无法真正写好一本"新"小说——那些旧的东西早已经在他的骨子里扎根了。

直到二十世纪八十年代,对周瘦鹃小说的研究才开始深入起来。八十年代初,郑逸梅对周瘦鹃的小说进行了肯定与赞赏,后来王稼句和王智毅对周瘦鹃的生平和创作经历等方面进行了梳理,其中有一部分是其他文学流派对周瘦鹃小说的评价,梳理得非常详细。人们渐渐认识到,周瘦鹃的小说沿用了传统小说中的一些内容,但是又在此基础上进行了变革,既然周瘦鹃是一个过渡型的人物,那么他的小说就难免会出现新旧结合的情况。

其实,周瘦鹃的小说在初期的确是有一些封建意识掺杂其中,但是随着时代的发展,周瘦鹃小说中的这类思想已经逐渐消失。他早期的《父子》一文被人认为是宣扬"愚孝",而他后来的《说伦理影片》一文中就很明显划清了"愚孝"与"孝"之间的界限。

还有,在周瘦鹃的小说中,也能看出他对于"从一而终"的看法,应该说他的心理对此有着两种不同的看法。他一边赞扬那些节烈的妇人,一边又认为寡妇应该再嫁,他还写了《娶寡妇为妻的大人物》一文来表达自己的观点。

周瘦鹃从他的第一部小说《落花怨》开始,就走上了哀情的道路。他笔下的言情小说"瑟瑟哀音,流于言外,滔滔泪海,泻入行间",但是小说中描写的封建家庭却很能引起当时人们的共鸣,他们觉得这些故事就发生在自己的身边,甚至就是他们自己的亲身经历。虽然当时新文学对周瘦鹃的小说进行了批判,但还是有无数的青年将他视为知己。

在那个年代,青年们在爱情婚姻上都面临着传统势力所带来的巨大阻力,周瘦鹃的小说正好拨动了他们反对这种势力的神经。周瘦鹃的小说不仅仅局限于对封建家庭的反对,他赋予了文章更为深刻的含义。可以说在那时,周瘦鹃的小说是与时代合拍的,而这也是为什么他的小说能够一直畅销不衰的原因。

周瘦鹃的散文是清新而又自然的,它们虽然抒情,却丝毫不矫揉造作,而

我是一个爱美成嗜的人

是带着鲜活而又有趣的韵味,散发出阵阵淡淡的清新幽香。不管是描摹花草还是记录自己日常生活中的一些感悟,周瘦鹃的散文中总是透露着一种清新婉约、一种枯木逢春之感。而这种风貌的形成主要受其心情的影响,舒畅的心情使他在行文之时总是透露出无限的情趣和韵味。他在写花木的枯荣时,也是在写自己的感受,无论是以前遭遇过的悲郁愤懑,还是现在的愉快欢畅,都会在他的散文当中流露出来。

周瘦鹃经常描写特定的对象来抒发自己对于人生的思考或者是对生活的感悟。在《咖啡谈屑》中,他就通过一种轻描淡写的方式,在不经意中透露出自己的感受,描绘出了一些人生的哲理。

周瘦鹃的艺术造诣水平是毋庸置疑的,他笔下的事物往往透露出一些美学原理。在夏天制作瓶子供时,他"以花的颜色来配瓶的颜色,务求其调和悦目",十分注意花与花瓶之间颜色的搭配和相互衬托;插花时也十分讲究,"高低疏密,都须插得适当,看上去自有画意"。在谈到梅花之时,他认为梅花"尤以浅红梅含苞为美,一开足反而减色了"。虽然只是谈及花木,但是其中表达出来的趣味却令人获益匪浅。

阅读本书,你可以从周瘦鹃的视角来发现整个世界的美和充满了诗意的生活,发现那些花草树木中隐藏的人生哲理与丰厚知识。

目录

第一章　人总有一种爱美的本性

我与中西莳花会　→　002

花光一片紫云堆　→　005

上客来看小菊展　→　007

迎春时节在羊城　→　009

劳者自歌　→　012

我为什么爱梅花　→　014

花市之癖忙盆景　→　016

第二章　一花一世界，一叶一菩提

卖花声　→　020

神仙庙前看花去　→　022

勿忘我花　→　024

羊城花市四时春　→　026

花一般美好的会议　→　028

我爱菊花　→　031

花木的神话 → 035

杨彭年手制的花盆 → 037

桃之夭夭，灼灼其华 → 040

国色天香说牡丹 → 042

扬芬吐馥白兰花 → 044

闻木樨香 → 046

一枝珍重见昙花 → 048

秋菊有佳色 → 050

霜叶红于二月花 → 054

装点严冬一品红 → 056

探梅香雪海 → 058

第三章　有了朋友生命才显出全部的价值

日本来的客 → 062

一瓣心香拜鲁迅 → 064

我翻译西方名家短篇小说的回忆 → 067

有朋自远方来 → 069

第四章　历史的香味盗走了我的骄傲

江南第一风流才子 → 072

依楼听月最分明 → 076

无言 → 077

歌颂诗人白乐天 → 079

西王母杖 → 081

仲秋的花与果 → 083

回首当年话昆剧 → 085

红楼琐话 → 088

第五章　心心相聚的节日

春节话旧 → 092

上元灯话 → 096

清明时节 → 099

端午景 → 101

第六章　诗情画意中的惬意生活

上海大厦十二天 → 104

乞巧望双星 → 107

爱猫 → 109

茶话 → 112

绣 → 115

檀香扇 → 117

情鸟 → 119

吾家的灵芝 → 121

岁朝清供 → 123

垂直绿化 → 125

和台风搏斗的一夜 → 128

热话 → 131

第七章　苏州园林甲天下

观莲拙政园　→　136

赏菊狮子林　→　139

访古虎丘山　→　141

观光玄妙观　→　145

苏州园林甲江南　→　149

第八章　一个人出游不必去远方

姑苏城外寒山寺　→　158

五人义　→　161

放棹七里泷　→　163

雪窦山之春　→　167

秋栖霞　→　172

万古飞不去的燕子　→　174

江上三山记　→　177

绿杨城郭新扬州　→　181

欲写龙湫难下笔　→　185

听雨听风入雁山　→　188

雁荡奇峰怪石多　→　190

浔阳江畔　→　193

附录一：周瘦鹃年谱　→　197

附录二：周瘦鹃小传　→　211

附录三：名人与周瘦鹃　→　238

附录四：周瘦鹃作品评论　→　246

第一章

人总有一种爱美的本性

> 我是一个
> 爱美成嗜的人

我与中西莳花会

我生平爱美，所以也爱好花草，以花草为生平良友。十余年来，沉迷此中，乐而忘倦。自从"九一八"那年移家故乡苏州之后，对于花草更为热恋，再也不想奔走名利场中，作无谓的追求了。一连好几年，在苏的时候居多，往往深居简出，作灌园的老圃。平生原多恨事，而这颗心寄托到了花花草草上，顿觉躁释矜平，脱去了悲观的桎梏，连这百忧丛集之身，也渐渐地健康起来。不料"八一三"大祸临头，使我割慈忍爱地抛下了满园花草，仓皇出走，流转他乡半年有余，方始到达了上海，栖止既定，便又与花草朝夕为伍，虽是蜗居前的一弓之地，不能多所栽植，而小型的盆栽，倒也可以容纳得下一百多盆。每天早上，总得费一二小时的光阴，去伺候它们。室内净几明窗，终年有盆栽作清供，在下笔作文时，大可助我文思。

老友蒋保厘兄原是上海中西莳花会的会员，他很赞美我的盆栽，说何不加入此会，每逢春秋两季，好把盆栽陈列其间，使西方士女开开眼界，认识我们中国的园艺美。我本来对于这已有数十年历史的国际性莳花会，有一个深刻的印象，以前春秋年会，也常去观光，可是不得其门而入，如今既经老友鼓励，就欣然从命。终于由保釐兄会同厉树雄兄和一位西友介绍入会，会中秘书寇尔先生，也诚挚地表示欢迎之意。

我既到达上海之后，第一件大事，就是回去探望我那寤寐难忘的故园，虽是三径就荒，却喜花木无恙，逗留了几天，便把一部分小型的盆盎和花木携来上海。去年（民国二十八年）五月二十二日，莳花会举行第六十三届春季年会于跑马厅，我就把大小盆栽二十二盆参加。这破题儿第一遭的出品，居然引起了无数西方士女们的注意与赞美，使我非常兴奋。有的还错认为扶桑人的作品，

第一章
人总有一种爱美的本性

经我挺身而出,说明自己是中国人后,他们急忙和我握手道歉。第一次展览结束,经会中专家谈判,给予全会第二奖荣誉奖凭。

十一月二十二及二十三两天,第五十二届秋季年会仍在跑马厅举行,这第二次的展览结果,居然得到全会总锦标英国彼得葛兰爵士大银杯一座。这也像国际网球赛的台维斯杯一样,可以保持到下届春季年会,由会中将我的名字刻在杯上,另给一只较小而同样的银杯,那就可以永久的保持下去,作为私有的纪念品了。

这两天恰值秋雨淋漓,观众却并不减少,诸老友听得我幸获锦标,纷来道贺。七十老娘,也以为奇数,偕同室人凤君冒雨而来,高兴得什么似的。我于欢欣鼓舞之余,曾作了四首七绝:"绿草日日奏东皇,莫遣风姨损众芳。世外桃源无觅处,万花如海且深藏。""十丈朱尘流骨清,随人俯仰意难平。一花一木南窗下,不是蛾眉亦可亲。""奇葩烂漫出苏州,冠冕群芳第一流。合让黄花居首席,纷红骇绿尽低头。""占得鳌头一笑呵,吴宫花草自娥娥。要他海外虬髯客,刮目相看郭橐驼。"

民国二十九年五月二十二及二十三两天,莳花会举行第六十四届年会,我所参加的计有盆栽和水石等共三十点,仍分三大桌。吸引了无数中西观众的视线。这一次经专家评判的结果,出于意外的蝉联了上届彼得葛兰爵士大银杯总锦标,而上届应得的那只小银杯,也由寇尔先生送来,可以永久珍藏在紫罗兰庵中了。这一次我因再度获得总锦标,又赋七绝四首,以志纪念:"霞蔚云蒸花似绣,江城处处自成春。绝怜裙屐翩跹集,吟赏花前少一人(去岁秋季年会时,陈栩园丈曾偕张益兄伉俪同来观赏,笑语甚欢,不意半载以后,遂有幽明之隔,思之泫然)。""半载辛勤差不负,者番重夺锦标还。但悲万里河山破,忍看些些盆里山。""劫后余生路未穷,灌园习静爱芳丛。愿君休薄闲花草,万国衣冠拜下风(艺花小道,未敢自伐,徒以身与国际盛会,而得出人一头地,似亦足为邦国光,此则予之所沾沾自喜者耳)。""小草幽花解媚人,襟怀恬定忘贪嗔。太平盛世如重睹,花国甘为不叛臣(世乱纷纷,不知所届,果得否极泰来,重睹太平盛世者,则吾当终老故乡,从事老圃生活矣)。"

六个月的光阴过得真快,一转眼秋季年会的时期又到了。我因想继续保持总锦标起见,所以对于此次的出品,分外努力,在一个星期中着意筹备起来。

我是一个
爱美成嗜的人

《申报·本埠新闻》栏内，有一篇特写《莳花会的秋色》，作者署名爱农，他参观了我的出品以后，记述十分详细。这一次的盆栽，自以为很满意，同志孔志清兄和儿子铮（南通学院农科学生）曾给予我不少助力，他们以为定可保持总锦标，来一个连中三元，与美国罗斯福连任三次总统互相媲美。谁知经两位西籍评判员草草评判的结果，却得了一张全会第二奖的荣誉奖凭，原来那总锦标已给大名鼎鼎的沙逊爵士那座菊花山夺去了。许多连看四届莳花展览的老友们和中国观众都给我鸣不平，有好几位西方观众也走上来和我说："我给你总锦标！"那位老内行的蓝斯夫人也给了我许多好评，劝我不可灰心，以后仍然要一次次参加下去。当晚，会中秘书寇尔先生也来慰藉，说："这一次的总锦标归于沙逊爵士，因为他的出品全部都是菊花之故，至于布置、美化，那当然以足下为最，也许评判员没有留意到罢了。"他们这些美意，使我很为感激。本来我参加此会，并非为的个人问题，我现在以笔耕为主，不需要借此宣传我的园艺。只因此会是国际性的，会员几乎全是西方各国的仕女，中国会员不到十人，而参加展览的只有我和我介绍入会的孔志清兄，志清兄是职业化的，与我又自不同。我因为西方人向有一种成见，轻视我国的一切，以为事业落后，园艺也不能例外。我前后参加四次展览，总算引起了他们的注意，知道中国的园艺倒也不错，所以在会场中，我曾听到了他们无数赞美的话，差不多把字典中所有的美妙的形容词，全都搬用完了。明年春季年会，我是否仍去参加，要看我届时兴趣如何和成绩而后决定，评判员的公平不公平，那倒是不成问题的。一方面我很希望我国的园艺家，也一同起来组织一个纯粹中国人的莳花会，请有实力者加以赞助，每年有若干次的展览，请一般画家、艺术家作公平的评判，使从事园艺的人，力求进步，发扬国光。这不能说是什么有闲阶级的闲情逸致，因为我国以农立国，对于园艺的提倡，似乎也是需要的吧。

第一章
人总有一种爱美的本性

花光一片紫云堆

我对紫藤花有一种特殊的爱好，每逢暮春时节，立在紫藤棚下，紫光照眼，璎珞缤纷，还闻到一阵阵的清香，真觉得可爱煞人！

在苏州几株大名鼎鼎的宝树中间，怎么会忘却拙政园中那株夭矫蟠曲、如虬如龙的老紫藤呢！这紫藤的主干又枯又粗，可供二人合抱，姿态古媚已极，据说是明代诗书画三绝的文徵明所手植的。四五百年来饱阅风霜，老而弥健，只因曲曲弯弯地蟠将上去，不比其他古树的挺身而立，所以下面支以铁柱，上面枝叶伸展开去，仿佛给满庭张了一个绿油油的天幕。壁间有不知何人所题的"蒙茸一架自成林"七字，并于地上立一碑，大书"文衡山先生手植藤"八字。解放后，苏南文物管理委员会来整修拙政园，对于这株古藤非常重视，特地装置了一排朱红漆的栏杆保护它，要使这株宝树延长寿命，长供群众欣赏，这措施实在是必要的。每年开花时节，我总得专程前去，痴痴地靠着红栏杆，饱领它的色香。有时为那虬龙一般的枯干所陶醉，恨不得把它照样缩小了，种到我的那只明代铁砂的古盆中去，尊之为盆景之王。

此外，南显子巷惠荫园中的水假山上，也有一株老藤，是清康熙年间名儒韩菼手植，所以藤下立有"韩慕庐先生手植藤"一碑。主干也有一抱多，粗粗的枝条，好像千手观音的手一般伸展开去，一枝枝腾挐向上，有好几枝直挂到墙外去，蔚为奇观。暮春时敷荫很广，绿叶纷披中，像流苏般一串串地挂满了紫色的花，实在是足与文衡山的老藤争妍斗艳的。此外更有一株老紫藤，在木渎山塘青石桥附近。沿塘有一株老榆树，粗逾两抱，却交缠着一株又粗又大的老藤，估计它的高寿，也足足有一百多岁了。这一榆一藤交缠在一起，仿佛是两个力大无穷的大汉，在那里打架角力一般，模样儿很觉好玩；曾由故张仲仁

我是一个
爱美成嗜的人

先生给它们起了一个雅号，叫作"古榆络藤"。

我家园子里，也有一株老藤，主干已枯，古拙可喜。难能可贵的是花属复瓣的，作深紫色，外间从未见过，据说是日本种，朋友们纷纷称美。我曾以七绝一首宠之：

繁条交纠如相搏，屈曲蛇蟠擘不开。好是春宵邀月到，花光一片紫云堆。

架上另有一株，年龄稍小，花作浅红色，也很别致；可惜地盘都给前一株占去了，着花不多，似乎有些屈居人下的苦闷。除此以外，我又有盆景紫藤多盆，以沧浪亭可园移来的一株为甲观。主干只剩半片，而年年开花数十串，生命力仍很充沛；有一年竟达二百八十余串，创造了一个新纪录，这真是一片紫云，蔚为大观了。另有两株是日本种的九尺藤，花串下垂特长，确很难得；可是九尺之称，实在是夸大的。

第一章
人总有一种爱美的本性

上客来看小菊展

霜严露白感秋深，帘卷西风瘦不禁。今为岁寒添益友，此花原有后凋心。

这是章太炎夫人汤国梨先生为我的小菊展所作的一首诗。原来我的小菊展已持续了一个多月，尽管北风怒号，严霜铺满大地，而劲节黄花，还是精神抖擞，开得好好的。一个月来敞开着门，任人观赏。客来不速，都是渊明，尽可登堂入室，看花不问主人。

一九六〇年十一月二十九日清早，就有苏州市人民委员会的马秘书长赶来通知，说是有一位不远千里而来的上客要来参观。于是我们立即洒扫庭院，足足忙了半天，方告就绪。原来上客不是别人，就是全国人民代表大会常务委员会副委员长、西藏自治区筹备委员会代理主任委员班禅额尔德尼·确吉坚赞。

下午三时左右，班禅副委员长果然来了。联袂同来的，有他的父母和经师，还有北京、南京、苏州和西藏的各位首长一行三十余人；而跟班禅同时进门的，便是那位银须如雪、精神矍铄的陈叔通副委员长。我这时早就带着四个小女儿迎上前去，三个少先队员忙把一个五色文菊扎成的花束献了上去，接着举手行了队礼致敬。班禅副委员长笑逐颜开，接过了花束，跟我握过手，就连唤着："小朋友！"分头跟四个小女儿握手，并且抚摩她们的头，表示祝福。

我引导他们穿过花径，跨上台阶，走进爱莲堂。班禅副委员长只小坐了一下，就起身观赏几案上所陈列的许多菊花盆供。他操着流利的汉语，问这问那，我逐一加以说明。我问西藏有没有菊花，他回说："没有，那边天气很冷。"我又指着居中那盆用白石堆成的象征性的世界最高峰说："这是我想象中的珠穆朗玛峰，可有些儿相似处没有？"他端详了一下，点头微笑，并跟他的父母交谈了几句，方始离开。

　　他出了爱莲堂，随我到廊东去观赏我那批天天亲自养护的小盆景。见我用一个指头托起那个种着一株小真柏的六角蓝瓷盆来时，不觉顾而乐之。回步向西，看到了居中长窗前那盆百年老干的鸟不宿，从绿叶丛中透出一颗颗猩红的子儿来。他欣赏了一会，然后沿廊走去，看到一块大汉砖上正供着一盆半悬崖形的老枸杞，就摘了一颗红子，瞧着说："活像是红玛瑙。"我说："是啊，它还可以作药用，吃了明目。"

　　这时他已走进了我的书室，遍看那两个桌子上的许多菊花盆供和四周的石供。我向他介绍了两个有关的民间传说，并请他在那本《嘉宾题名录》上留下他的大名。他欣然坐下，掏出钢笔来写了三行藏文。可惜我忘了请他用汉语翻译一下，真是遗憾！接着他又参观了一会，然后到园子里去看我那些大型和中型的盆景。我知道他先已看过了《盆景》的彩色纪录片，就把一盆树龄二百年的枯干大榆树和一盆三松合栽的《听松图》指给他看。他含笑点头说："不错，我已在电影里见过了，好得很！"最后他又看了那座象征五岳的假山，经我说明之后，他做出会心的微笑。一面又跟我走进梅丘上的梅屋，浏览了一会，然后握手兴辞而去。这次会见，在我的生命史中又写下了难忘的一页。

第一章
人总有一种爱美的本性

迎春时节在羊城

二十年来，年年总是在苏州老家度春节，年年除夕，也总是合家团聚，要吃一顿所谓"团圆年夜饭"。膝前有了四个小女儿，老是缠绕不清，等于背上四个小包袱，更觉得家离不了我，我离不了家。一九六一年的严冬腊月，我却狠一狠心，抛下了家，千里迢迢赶到羊城来，自顾自地欢度春节。我生肖本来属羊，到了羊城，真是得其所哉；连四个小家伙常年老例的压岁钱也赖掉了。

小除夕刚从海南岛满载着五色缤纷的贝壳和石块飞回来，正在反复欣赏，如获至宝，却被《羊城晚报》记者俞敏同志拉去逛花市。我原是被花市像吸铁石般吸引来的，如今有了这识途老马，正中下怀，于是忙不迭地跟着就走。花市上的万紫千红，多半是旧相识，当然如见故人。只有那吊钟花却是新朋友，顿时一见倾心，横看竖看地看了好一会，才向它道了晚安辞别了。

第二天白天，觉得犹有余恋，因又呼朋啸侣，重逛花市；只见满街是人，满街是花，嫣红姹紫，斗艳争妍。我正觉得眼花缭乱口难言，呆住在人海花海中，却不料偏有一位摄影记者拉住了俞振飞同志要拍照，而振飞偏又拉住了我。于是来一个合作，随便从近旁竹架上捧起一盆多肉植物"粉玉莲"来，由我捧在手上，做了个共同欣赏的姿态，给收进了镜头。当下总算完成任务，双双逃出了重围，我暗暗地说一声再见，告别了花市。这晚就是大除夕，多承省委和省人委领导上关怀我们这班他乡之客，特地邀请我们在宾馆的宴会厅上吃一顿团圆夜饭；一再地相互敬酒，一再地相互干杯。我醉酒饱德，兴会淋漓，醉眼蒙眬中，却瞥见我面前的名签上被错写了一个字，将"鹃"作"娟"；料不到皤然一老，今晚上竟变做了婵娟，少不得要"翠袖殷勤捧玉钟"了。于是我伸手举起杯来，向主人们敬了酒，就忍着笑在那名签的背面写下了二十八字：

我是一个爱美成嗜的人

> 琼筵开处欢情肠,一样团圆在异乡。
> 六十七年如梦过,哪知今夕变红妆。

合席传观之下,都禁不住笑了起来。

酒阑席散,还有晚会助兴,有的去舞厅参加交谊舞,有的去看电影《孙悟空三打白骨精》。我于三十年前,每逢岁时令节,虽曾逢场作戏跳过舞,现在却已成了不舞之鹤;心想还是去看看银幕上的孙悟空,消此良夜吧。谁知突然之间,却跑来了一位女同志,说是要拜师傅有所请教。我不知就里,正要动问,她却接下去说,刚才在花市上买了一个"满天星"盆景,大家听说出了代价二十五元,都吐一吐舌头;她不服气,因此要我去品评一下,究竟值不值?以后如何整姿,如何培养,更要多多请教。这位女同志是谁?原来是舞蹈专家戴爱莲同志。我义不容辞,合该效劳,就在口头上订下了师徒合同,把孙悟空撇下,去看满天星了。这满天星不是别的,在我们苏州叫作"六月雪"。每年夏秋二季开小白花,有单瓣、重瓣之别;又好在叶小而密,四时不凋。我打量这一株共有两根,高的一根粗如拇指,低的一根从根上抽出,像一个小指头,估上去已有二十多岁年纪,正是年少有为的时期。何况模样儿还不差,尽可加以改造;这代价也不算贵。当下略略说了说培养的方法,立即动手给它打扮起来。那只紫砂盆似乎深了一些,先就用小刀子铲去一层泥,把扭在一起的两个粗根给分了开来,随又挖呀挖的从泥里挖出了另外两个根,使其轩豁呈露。接着再把上面几个枝条扎了一扎,分出高低疏密,这么一来就好看多了。我那高徒和几位旁观的同志都给我捧场,老是赞不绝口。我一时高兴,忙去捡了一块从海南岛带回来的白石,放在那小干的一旁,以作点缀,更觉相得益彰,分外可观;于是大功告成,兴辞而出。不料大除夕身在他乡,我这盆景迷仍有盆景儿玩,倒也是大有兴味大可纪念的一件事。

春节的早上,先就遇见了巴金同志,彼此照例贺过了年。却见他的夫人像依人小鸟似的凑着他窃窃私语,似是为我而发。我心中一慌,忙问怎的,巴金同志就笑吟吟地提起了那首"哪知今夕变红妆"的诗;原来昨晚上偶开玩笑,已被传开去了。只恨我这六十八岁的老头儿不能摇身一变,真的变做了红粉佳

第一章
人总有一种爱美的本性

人,供大家作为欢度春节的笑料啊。

吃过了年糕、元宵和麻团,我就高高兴兴地和我们号称"八仙集团"的七位"仙侣"同往从化。一到宾馆,先就在碧绿澄清的温泉小浴池中下水一浴,洗尽了身上积垢,熙熙然如登春台。于是我们就在这山明水秀的人间仙境里共度春节。我的"仙侣"中有一位魏如同志特地做了一首诗,叫作《元日试笔》:

朝来花市满羊城,除夕先回大地春;今日南人齐北向,欢呼主席祝长生。

我是无数南人中的一人,当然也要引领北向,一声声欢呼起来。

> 我是一个
> 爱美成嗜的人

劳者自歌

我从十九岁起卖文为活,日日夜夜地忙忙碌碌,从事于撰述、翻译和编辑的工作。如此持续劳动了二十余年,透支了不少的精力,而又受了国忧家恨的刺激、死别生离的苦痛,因此在解放以前愤世嫉俗,常作退隐之想;想找寻一个幽僻的地方,躲藏起来,过那隐士式的生活,陶渊明啊,林和靖啊,都是我理想中的模范人物。当时曾做过这么两首诗:

廿年涉世如鹏举,铩羽中天便不飞。平子工愁无可解,养鱼种竹自忘机。
虞初三百难为继,半世浮名顷刻花。插脚软红徒泄泄,不如归去乐桑麻。

又曾集龚定公句云:

阅历名场万态更,非将此骨媚公卿。萧萧黄叶空村畔,来听西斋夜雨声。

我的消极和郁闷的心情,于此可见。解放以后,国家获得了新生,我个人也平添了活力。我这陶渊明式、林和靖式的现代隐士,突然走出了栗里,跑下了孤山,大踏步走上十字街头,面向广大的群众了。

今日我年过花甲,矫健活泼却仍像旧日的我一模一样。曾有一位人民政府的高级干部,问明了我的年龄,他竟不相信,说我活像是一个四十多岁的人。为什么我现在还不见老呢?实是得力于爱好劳动之故。二十年来,我从没有病倒过一天,连阿司匹林也是与我无缘的。我的腰脚仍然很健,一口气可以走上北寺塔的最高层,一口气也可跑上天平山的上白云,朋友们都说我生着一双飞

第一章
人总有一种爱美的本性

毛腿,信不信由你!

我平生习于劳动,劳心劳力,都不以为苦。每天清早四五点钟一觉醒来,先就在枕上想好了一天中应做的工作。盆景水石和其他花花草草共有好几百件,一部分必须朝晚陈列搬移,还有翻盆、施肥、灌溉、修剪等事,总是忙不过来。人家见我有那么多的东西,以为我定有几个助手,谁知我好几年来却是独力劳动;除非出去参加会议或学习,那就不得不请妻和老保姆代劳一下。直到最近三年,才有一个老花工来帮忙了。到了下雨天,老花工照例休息了,然而我却不肯休息,趁此做些盆景,往往冒着雨,掘了园地上各种小枫、小竹子等做起来,淋湿了衣服,也没有觉察。做好以后,供之几案,既可供自己把玩,也可供群众欣赏。其他种种成果,一言难尽,真的是近悦远来,其门如市,他们都说于工作紧张之后,看了可以怡情悦性。又有一位国际友人说:"我到了这里来,竟舍不得去了。"这些不虞之誉,就是我历年劳动的收获,劳动的酬报。我于快慰之余,因为之歌:

劳动劳动,听我歌颂。身强力壮,从无病痛;脚健手轻,自然受用。忧虑全消,愉快与共;个人如此,何况大众!工农携手,力量集中;创造般般,生产种种。国之所宝,人之所重。劳动劳动,听我歌颂。

我是一个
爱美成嗜的人

我为什么爱梅花

这些年来，大家都知道我于百花中热爱梅花，所以我的家里有寒香阁，有梅屋，有梅丘，种了不少的梅树，也培养了不少的盆梅。

梅花不怕寒冷，能在严风雪霰中开放，开在百花之先，足以代表国人强劲耐苦的性格，况且梅树最为耐久。古代的梅树，至今还活着而仍在开花的，据我所知，浙江省临平附近一个庙宇中，有一株唐梅；超山有一株宋梅。以我国之大，料想深山绝壑中，一定还有不少老当益壮的古梅，可惜没有人表彰罢了。我们现在还没有想到要国花，如果想到了的话，那么以梅花为国花，似乎是很合适的。

古人曾说梅具四德：初生蕊为元，开花为亨，结子为利，成熟为贞。后来又有人说，梅花五瓣，是五福的象征：一是快乐，二是幸运，三是长寿，四是顺利，五是我们所最最希望的和平。古代诗人墨客，称颂梅花的，更是举不胜举。诗如唐代崔道融句云："香中别有韵，清极不知寒。"宋代陆游句云："坐收国士无双价，独立东皇太一前。"戴复古句云："孤标粲粲压群葩，独占春风管岁华。"元代杨维桢句云："万花敢向雪中出，一树独先天下春。"王冕句云："不要人夸好颜色，只留清气满乾坤。"历代诗人墨客，都一致推重梅花，给予最高的评价。有人问我为什么爱梅花，我就以此为答。

旧时梅花种类很多，有墨梅、官城梅、照水梅、九英梅、同心梅、丽枝梅、品字梅、台阁梅、百叶缃梅诸称。我于花中最爱梅，并且偏爱老干的盆梅。年来尽力罗致，得江梅、绿梅、红梅、送春梅、玉蝶梅、朱砂红梅、胭脂红梅和日本种的花条梅、乙女梅、芦岛红梅、单瓣深红的枝垂梅等。以花品论，自该推绿梅为第一，古人称之为萼绿华。绿萼青枝，花瓣也作淡绿色，好像淡妆美人，亭立月明中，最有幽致；诗人词客，甚至以九嶷仙人相比。宋孝宗时，官

第一章
人总有一种爱美的本性

中有萼绿华堂,堂前全种绿梅。

我园紫兰台上,有绿梅一株,古干虬枝,树龄足有二百年。十余年前,从邓尉移来,年年着花,繁密非常,伴以奇峰怪石,更觉古雅。盆梅中也有好多株老干的绿梅,而以"鹤舞"一株为魁首,树龄已在一百岁外。先前原为苏州名画师顾鹤逸先生所手植,先生去世后,传之其子公雄,不幸公雄也于五年前去世,他的夫人知我爱梅如命,就托公雄介弟公硕移赠予我。我小心培养,爱如拱璧,五年来老而弥健,枯干上着花如故,因干形如鹤,两大枝很似鹤翅,仿佛要蹲蹲起舞,因此名之为"鹤舞"。一九五六年春节,拙政园远香堂中举行梅花展览会,我以此梅种在一只椭圆形的白沙古盆中,陈列中央最高处,自有睥睨一世之慨。

明代小简中,有道及绿梅的,如王世贞与周公瑕云:"梅花屋雨日当甚佳。翠禽唧啾,恼足下清梦,莫更以为萼绿华否?"史启元报友云:"想兄拥双荷叶,歌八卿之曲,芙蓉帐暖,金谷风生。若弟兀坐寓斋,枯禅行径,朝来浓雪披绿萼,稍有晋人肠肺。"

清代诗中,如范玑《绿萼梅》云:

细波展縠弥弥远,芳草欺裙缓缓鲜。怕向江头吹玉笛,夜寒愁绝九嶷仙。

吴嵩梁《坐月》云:

林塘幽绝似山家,坐转阑阴月未斜。仙鹤一双都睡着,冷香吹遍绿梅花。

邵曾鉴《拗春》云:

拗春天气酒难赊,微雪初晴日易斜。今夜瓦炉停药帖,细君教煮绿梅花。

这三首诗,都像萼绿华一样的清隽。

> 我是一个
> 爱美成嗜的人

花市之癖忙盆景

　　我热爱花木，竟成了痼癖。早年在上海居住时，我往往在狭小的庭心放上一二十盆花，作眼皮供养。到得"九一八"日寇进犯沈阳以后，凑了二十余年卖文所得的余蓄，买宅苏州，有了一片四亩大的园地，空气阳光与露水都很充足，对于栽种花木很为合适，于是大张旗鼓地来搞园艺了。园地上原有多株挺大的花树、果树、长绿树、落叶树，如梅、杏、李、桃、柿、枣、樱花、樱桃、枇杷、玉兰、石榴、木樨、碧桃、紫荆、紫藤、红薇、白薇等，此外松、柏、杉、枫、槐、柳、女贞、梧桐等，也应有尽有；而最可人意的，是在一株素心蜡梅老树之下，种有一<u>丛丛</u>紫罗兰，好像旧主人知道我生平偏爱此花，而预先安排好了似的。我之不惜以多年心血换来的钱，出了高价买下此园，也就是为的被这些紫罗兰把我吸引住了。

　　以后好几年，我惨淡经营地把这园子整理得小有可观；又买下了南邻的五分地，叠石为山，掘地为池。在山上造"梅屋"，在池前搭"荷轩"，山上山下种了不少梅树，池里缸里种了许多荷花；又栽了好多株松、柏、竹子、鸟不宿等常绿树作为陪衬。到了梅花时节，这一带红梅、绿梅、白梅、胭脂梅、朱砂梅、送春梅一齐开放，有色有香，朋友们称为小香雪海，称为吾园中的花事最高潮。这确是一年间最可观赏的季节。此外各处，我又添种了好多种原来所没有的树，如绣球、丁香、红豆、回香、辛夷、垂丝海棠、西府海棠和"洞庭红"橘子等。这样一来，一年四季，差不多不断有花可看，有果可吃了。

　　园中的花树果树，按时按节乖乖地开花结果。除了果树根上一年施肥一二次外，并不需要多大的照顾。我的最大的包袱，却是那五六百盆大型中型小型最小型的盆景。一年无事为花忙，倒也罢了；可是即使有事，也得分身为它忙

第一章
人总有一种爱美的本性

着：春季忙于翻盆，夏季忙于浇水，秋季忙于修剪，冬季忙于埋藏，这是指其荦荦大者；至于施肥和其他零星工作，可没有一定。像我这样的花迷花痴，没有事也得找些事出来，天天总想创作一二个盆景，以供大众欣赏，那更忙得喘不过气来了。

至于上面所说的四季的工作，也不是固定的。譬如春季翻盆，秋季冬季也可翻盆，不过我却是在春季格外忙一些，因为有几十盆大大小小的梅桩，在开过了花之后，必须一一剪去枝条，由瓷盆或紫砂细盆中翻入瓦盆培养，换上新泥，施以肥料，忙得不可开交。记得解放以前曾有过四首七绝咏其事：

> 不事公卿不辱身，翛然物外葆天真。
> 长年甘作花奴隶，先为梅花忙一春。

> 或象螭蟠或虎蹲，陆离光怪古梅根。
> 华堂经月尊彝供，返璞还真老瓦盆。

> 删却枝条随换土，瓦盆培养莫相轻。
> 残英沾袖余香在，似有依依惜别情。

> 养花辛苦有谁知，雨雨风风要护持。
> 但愿来春春意足，瑶花重见缀琼枝。

这四首诗，确是实录。此外还有别的许多盆树，倘见有不健康的模样，也须逐一翻盆，所以春季翻盆工作是够忙的了。浇水原不限于夏季，春秋以至冬季都须浇水；只因夏季赤日当空，盆土容易晒干，尤以浅盆为甚，甚至一天浇一次还嫌不够，要浇两次、三次之多。试想浇五六百盆要汲多少水？要费多少手脚？所以夏季浇水，实在是主要的工作，而也是最繁重最累人的工作。若是春秋二季，阳光较弱，不一定天天要浇；冬季更为省力，只需挑盆面发白的浇一下好了。

修剪工作以春秋二季最为相宜，我却于暮秋叶落之际，忙于修剪；或则延

我是一个
爱美成嗜的人

至来春萌芽之前动手,亦无不可,但我生性急躁,总是当年就跃跃欲试了。到了冬季,花木大都入于睡眠状态,似乎不须再忙;但是第一要紧的,得赶快做保卫工作,以防寒流的突然袭来。抵抗力较弱的盆树,一经冰冻,就有致命的危险。

记得一九五二年初冬,有一天寒流忽如飞将军之从天而降,单单在一夜之间,田间菜蔬全都冻坏,我也没有防到初冬会这样的寒冷,所有盆树全未埋藏,以致损失了好几十盆。中如枯干的绣球,老本的丁香,都是只此一家,并无分出的,不幸都做了惨烈的牺牲。甚至抵抗力素称强大的枸杞、迎春、石榴等等,以及生长山野中从不畏寒的山枫老干,也有好多本被寒流杀死了。

我痛定思痛,至今还惋惜着这无可弥补的损失。所以每年总是绸缪未雨,一过立冬,就忙着把较小的盆树尽先收藏到面南的小屋中去;然后将大型的盆树,连盆埋在地下,以免寒流袭来时措手不及。这一个赶做埋藏工作的时期,也是够忙的,并且我家缺少劳动力,中型小型的盆树,我自己还可亲自动手移放,而大型的盆树有重至一二百斤的,那就非请人家帮忙不可了。可是我这一年四季的忙,也不是白忙的,忙里所得的报酬,是好花时餍馋眼,嘉果常快朵颐,并且博得了近悦远来的宾客们的赞誉。

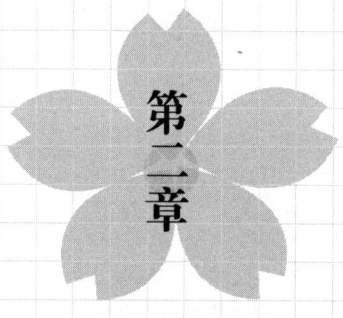

第二章 一花一世界，一叶一菩提

我是一个
爱美成嗜的人

卖花声

花是人人爱好的。家有花园的，当然四季都有花看，不论是盆花啊、瓶花啊，可以经常作屋中点缀，案头供养，朝夕相对，自觉心旷神怡；要是家里没有花园的，那就不得不求之市上卖花人之手。买了盆花，可多供几天，倘买折枝花插瓶，也有二三天可供观赏，而一室之内，顿觉生气勃勃了。

市声种种不一，而以卖花声最为动听，诗人词客往往用作吟咏的题材；词牌中就有"卖花声"一调，足见词客爱好之甚了。清代彭羿仁有《霜天晓角》咏卖花声云：

睡起煎茶，听低声卖花。留住卖花人问：红杏下，是谁家？
儿家。花肯赊，却怜花瘦些。花瘦关卿何事？且插朵，玉钗斜。

黄仲则有《即席分赋得卖花声》七律二首云：

何处来行有脚春？一声声唤最娇匀。也经古巷何妨陋，亦上荆钗不厌贫。过早惯惊眠雨客，听多偏是惜花人。绝怜儿女深闺事，轻放犀梳侧耳频。
摘向筠篮露未收，唤来深巷去还留。一堤杏雨寒初减，万枕梨云梦忽流。临镜不妨来更早，惜花无奈听成愁。怜他齿颊生香处，不在枝头在担头。

这两首诗把卖花人的唤，买花人的听，全都淋漓尽致地写了出来。

吴侬软语，原已历历可听，而"一声声唤最娇匀"，那无过于唤卖白兰花的苏州女儿了。这班卖花女，大多数是从虎丘来的；因为虎丘一带，培养白兰

第二章
一花一世界,一叶一菩提

花的花农最多,初夏白兰含蕊时,就摘下来卖与茶花生产合作社去窨花,那些过剩而已半开的花,就不得不叫女儿们到市上去唤卖了。我曾有小令《浣溪沙》咏卖花女云:

生小吴娃脸似霞,莺声嘹呖破喧哗,长街唤卖白兰花。
借问儿家何处是?虎丘山脚水之涯,回眸一笑鬓鬟斜。

除了白兰花外,也有唤卖含笑花(俗呼香蕉花,因它含有香蕉的香气)、玫瑰花、玳玳花的,到了端午节后,那么茉莉花也可上市了。

南宋时,会稽城南上原陈翁,以卖花为业,得了钱全去买酒喝,又不喜独酌,往往拉了朋友们同醉。有一天,诗人陆放翁偶过他家访问,见败屋一间,妻子正饥寒交迫,而陈翁已烂醉如泥了。放翁咏以诗云:

君不见会稽城南卖花翁,以花为粮如蜜蜂。朝卖一枝紫,暮卖一枝红。屋破见青天,盎中米常空。卖花得钱送酒家,取酒尽时还卖花。春春花开岂有极,日日我醉终无涯。亦不知天子殿前宣白麻,亦不知相公门前筑堤沙。客来与语不能答,但见醉发覆面垂。

明代刘伯温题其后云:

君不见会稽山阴卖花叟,卖花得钱即买酒。东方日出照紫陌,此叟已作醉乡客。破屋含星席作门,湿萤生灶花满园。五更风颠雨声恶,不忧屋倒忧花落。卖花叟,但愿四海无尘沙,有人卖酒仍卖花。

此翁在陆、刘笔下,写成一位高士模样;可是他卖了花只管自己买酒喝,不顾妻子饥寒,虽能生产,而不知节约,实在是不足为训的。

> 我是一个
> 爱美成嗜的人

神仙庙前看花去

农历四月十四日,俗称神仙生日。神仙是谁?就是所谓八仙中的一仙吕纯阳。吕实有其人,名岩,字洞宾,一名岩客,河中府永乐县人,唐代贞元十四年四月十四日生。咸通中赴进士试不第,游长安,买醉酒家,遇见了钟离权得道,不知所往。吕还是一位诗人,有诗四卷。我很爱他的绝句,如《牧童》云:

草铺横野六七里,笛弄晚风三四声。归来饱饭黄昏后,不脱蓑衣卧月明。

绝句云:

朝游北越暮苍梧,袖里青蛇胆气粗。三入岳阳人不识,朗吟飞过洞庭湖。

《洞庭湖君山顶》云:

午夜君山玩月回,西邻小圃碧莲开。天香风露苍华冷,云在青霄鹤未来。

这些诗倒也是很有一些灵秀之气的。

福济观,俗称神仙庙,又称吕祖庙,在苏州市阊门内皋桥东,就是供奉吕纯阳的所在。旧时每逢四月十四日,观中必打醮,香客都来膜拜顶礼。相传吕化为衣衫褴褛的乞食儿,混在观中,凡是害有疑难杂症的人,这一天倘来烧香,往往不药而愈,据说是仙人可怜他而给他治愈的。这天到神仙庙来烧香或凑热闹的,叫作轧神仙。糕团店里特制了五色米粉糕出卖,称为神仙糕。有卖龟的,

第二章
一花一世界，一叶一菩提

把大龟、小龟和绿毛龟放在竹篓或水盆中求售，称为神仙龟。还有一般花农，纷纷挑了草本花和木本花来出卖，称为神仙花。总之无一不与神仙勾搭上了，当然，这些都是无稽的传说。

  我们一般爱花的朋友，年年四月十四日，总得前去走一遭，并不是轧神仙，全是为了看花去的。因为从十二日到十四日，神仙庙前的西中市、东中市一带，成了一个盛大的花市，凡是城乡的花贩花农都将盆花集中于此。我们可以饱看姹紫嫣红，百花齐放，见有合意的，就买一些回去，不管它是不是神仙花，只要是自己心爱的花就得了。

勿忘我花

"勿忘我"的花名是富有诗意的,它产在西方各国,英国名字就叫作"Forget-me-not"(旧时译作"毋忘侬"花),连普通的中英字典中也有这个名称。它又名"琉璃草",是一种淡蓝色的小花,每一朵花有五个单瓣,并没有香味。然而它却是花中情种,男女相爱,往往把它扎成花束互相赠送,以表示双方的深恋密爱。

有这样一种传说:"勿忘我"花是白色的,丛生水边。欧洲古代有一骑士,带着他的恋人到海滨游览,乐而忘返。那恋人瞥见一丛花挺生水上,要采来插戴。骑士为了要博她欢心,涉水去采。不料怒潮汹涌而来,把他卷去。他忙将那丛花用力抛到岸上,放声喊道:"不要忘了我!"因此这种花传到后代,就叫作"勿忘我"花了。女词人陈小翠,曾赋《声声慢》一阕,从赵长卿体,专咏其事云:

问谁曾识,恨叶情根,神光如此光洁?开到高秋,不似芦花飘忽。死死生生哀怨,共江潮,夜深呜咽。向月下,悄归来化作,蛮葩幽绝。

往事渔娃能说。认凄馨几点,泪痕凝结。抱柱千年,守到相思重活。长忆一枝遥赠,拼为尔,形消影灭。肠断了,待从今忘也,怎生忘得!

最后把"勿忘我"的含意点了出来,隽妙有味。

因了这多情的"勿忘我"花,联想到西方另一种多情的花"紫罗兰"。据希腊神话说:司爱司美的女神维纳斯,因爱人远行,依依惜别,在分手时,止不住掉下泪来。泪珠儿滴在地上,第二年就发芽生枝,开出一朵朵又美又香的花

第二章
一花一世界,一叶一菩提

来,这就是紫罗兰。曾有人咏之以诗,有"灵均底事悲香草,情种应归维纳斯"之句。

紫罗兰小花四瓣,萼突出,好像一个小袋,色作深紫,花心橙黄,有奇香,可制香水、香皂。叶圆,茎细而柔,虽是草本,而隆冬不凋,与松柏一样耐寒,并且春秋二季都会开花,西方仕女把它当作恩物。四十年来,我也深爱此花,曾赋"馥馥紫罗兰"五言古诗五十首以寄意,一唱三叹,情见乎词,可知我爱好之深了。

> 我是一个
> 爱美成嗜的人

羊城花市四时春

莺啼彻晓，客梦醒来早。花地花天春不老，茉莉珠兰都好。白云缭绕高峰，分明管领南溟。信是得天独厚，四时长见青葱。

这是我于一九五九年游广州市后，用毛主席原韵写就的一首《清平乐》词，表达我热爱广州的一片微忱。

我对于羊城一向有特殊的好感，数十年来，简直是梦寐系之。这一年春间，前市长朱光同志光临苏州，也光临了小园，握手言欢，一见如故，并承以一游羊城见邀，热情得很！于是我就在四月里蔷薇处处开的时节，独个儿欢天喜地赶去了。到了羊城之后，徜徉六天，收获不小，游踪所至，遍及园林和有名的"花地"，到处是绿油油的树木，仿佛掉入了绿色的海洋；在黄花岗、红花岗烈士陵园里，追念先烈们可歌可泣的业绩，不觉油然而生"生的伟大，死的光荣"的感想。其他如越秀公园的秀色，文化公园的情调，都给予我一个轻松愉快的印象。除了游园之外，我又访问了花地的鹤岗人民公社，在这个茉莉、白兰、珠兰的家乡，到处是香喷喷的花卉，更使我悦目赏心，流连忘返。

寝馈盆景三十年，如醉如痴，又怎能忘情于羊城夙有盛名的盆景呢？感谢那十多位制作盆景的专家，特地在文化公园为我举行了一个小型展览会，给我欣赏了他们的好多精品，彼此又交流了经验。在这里几案上所展出的，全都取法自然，师承造化，看了别处那种矫揉造作的盆景，就觉得微不足道了。就中有一位七十多岁的陈彦名医师，老而弥健，伴同我到他府上去观光，上百个盆景，分列在两个晒台上，满目琳琅，我最爱那几盆老干的野杜鹃，红花灼灼，灿烂照眼，自有一种吸引人的魅力。

第二章

一花一世界,一叶一菩提

  正在那"鞠有黄华"的时节,喜见新雁过天际,带得尺一书来,原来是陈老医师给我报道羊城花讯来了。在他老人家的信中,得知羊城的菊花,以每年十一月中旬至十二月上旬为全盛时期,但是迟植的,仍可继续开花,一直推迟到农历四月最后一种叫作"四月黄"为止。一年之间,大约有半年以上的时间,都有菊花可赏,并不局限于秋季;陶渊明一灵不昧,也该慨叹着古不如今了。

  我平日虽是迷恋盆景,可是对于一般花草果木,也无所不爱,那么我又怎能忘情于年年除夕盛极一时的羊城花市呢?据说这一晚万人空巷,都要一游花市,直到次晨二时才散。他们不吝解囊,买些心爱的花草回去,作为岁朝清供。冬季应时的梅花、水仙等,花市上当然应有尽有;而春、夏、秋三季的名花,如碧桃、海棠、牡丹、芍药、大丽、鸡冠、桂、菊等,也联翩上市。果子如柑、桔、橙、金橘等,也满树硕果累累,使人垂涎。这正证实了我这一句"羊城花木四时春"的歌颂,确是不折不扣的。南望羊城,神驰千里。羊城,羊城,您真是一个园艺工作者的乐园啊!我于健羡之余,禁不住要手舞足蹈地高唱起来道:"信是得天独厚,四时长见青葱!"

我是一个
爱美成嗜的人

花一般美好的会议

年年国庆节，我年年总要写一些诗文，说说自己的感想。现在一九六〇年国庆又到了，我想起七月间参加过一个花一般美好的会议，是大可纪念的一件事。

说也惭愧，虚度了六十多年的人间岁月，却从没有出过山海关，从没有见过万里长城。恰恰农业科学院在辽宁省兴城县召开全国花卉科学技术会议，邀我出席，这才使我生平第一次出山海关，看见了万里长城。真是多么快幸的事呀！

七月三日清晨，晓风残月，伴送着我独自踏上了生平第一次最遥远的旅程。先到南京待了半天，上玄武湖公园去参观江苏省花卉展览会，在百花园中看到了四季的好花，一时齐放，争妍斗艳地欢聚一堂。在盆景馆里，看到了无锡、扬州、南通和我们苏州的许多盆景，风格虽各有不同，却一样的富于诗情画意，有的也带着时代气息。在综合利用室中，看到了结合生产的各种芳香植物和芳香精油，既可观赏而又可治病的各种药用植物。这一个绿化、彩化、香化的展览会，使我这一千六百多公里的旅程，一开始就有了丰富的收获。

四日早上，渡江到了浦口，就搭了浦沈直达快车北上。由江南以至塞北，看不尽的气象万千，终于在五日下午一时二十分分秒不误地到达兴城。我当下被接待到了温泉区果树研究所——一个绿荫冪画、海风送凉、暑天无暑意的好地方。就在这里，将以七天的时间，举行一个花一般美好的会议。这一次我匆匆地赶来，自以为已经落后，谁知走上大楼，踏进那个花枝招展的会场，恰恰赶上了大会开幕式，真的是心花怒放了。

农业科学院党委书记的报告，给予我莫大的鼓励。他说花卉是美化环境、

第二章
一花一世界,一叶一菩提

美化生活为人们所喜爱的观赏植物,又是经济价值很高的芳香作物。解放以后,我国花卉事业得到了迅速的发展,特别是各地由于密切结合了生产,发动群众,就地建立香料基地,大办香料工业,为国家增加了不少财富。他说我国广大的花农和花卉技术工作者,在总路线的鼓舞下,大胆地采用新技术,催延花期,改变了花卉原有的习性,创造了百花齐放、千卉争艳的新纪录。为了了解各地花卉生产栽培情况,总结交流经验,明确花卉种植的意义,确定今后花卉发展的方针,向着生产化、大众化、多样化和科学化的方向前进,所以召开了这次花卉科学技术会议。这一番话,使来自二十七个省市的九十位代表,个个听得眉飞色舞,准备在这次大会上尽量地传经取经,回去大搞一下。尤其是有关国计民生的芳香植物,更引起了普遍的重视,非大搞特搞不可。我倾听之下,似乎看见了朵朵照眼的香花,闻到了阵阵扑鼻的花香,因此口占了一首《香花颂》:

香草香花遍地香,众香国里万花香。香精香料关生计,努力栽花更种香。

当晚有一个晚会,露天放映彩色电影纪录片《菊花》和《盆景》。在《盆景》一片里,所有开花的盆树和一批小盆景,全是我亲手培养起来的,料不到竟在这里的银幕上重又看到它们。后来我在大会上作《关于盆景的种种》的报告,又在小组里讨论盆景生产化、大众化的问题时,充分发表了自己的意见。

连续两天的大会发言,有北京、武汉、成都、南京、太原、银川、内蒙古等省市的代表,各个汇报他们当地花卉事业发展的情况,尤其是北京和苏州代表关于香花的报告,南京和上海代表关于催延花期、百花齐放的报告,主题最为突出,娓娓动听。

此外也有专家、教授和人民公社的代表,拈出一种花或果来做专题报告的,如山东菏泽的牡丹,广东花地的金柑,苏州光福的桂花,杭州的菊花,湖南、云南的山茶,南宁、吉林的大丽等等,口讲指划,历历如数家珍,使听众好似到了众香国里,兀自应接不暇。

小组讨论也连续了两天,分作华北、华中、华东、华南等四组,是传经取经的最好场合,每一组的每一代表,个个发言,交流种植花卉的种种经验,无

我是一个
爱美成嗜的人

论扦插、嫁接以至用土、施肥，无所不谈，力求详尽；甚至用实物来当场表演一下。我在小组里也听到了两件花中奇迹：我一向以为，杜鹃、海棠，美是美的，可惜不香；据说福建永安却有香的杜鹃，四川某地却有香的海棠。在今天技术革命的新时代里，到处都有奇迹出现，不单是海棠有香而已。

在会议进行期间，大会场中还附设了一个小型展览会，展出各地代表带来的图片画册，名花异卉，五色缤纷，可作参考的资料。我的两套盆栽小画片、菊花盆供小画片以及中外画报刊物上所载我的盆景的图文，也一并展出，只是聊备一格罢了。

会议在七月十二日闭幕。为了纪念这个花一般美好的会议，我特献诗二首：

江山如此多娇好，姹紫嫣红万象新。愿祝年年春不老，年年长作散花人。
祖国真成花世界，芬芳绰约万花团。东风浩荡花长好，花地花天昌不完。

第二章

一花一世界，一叶一菩提

我爱菊花

我是一个花迷，对于万紫千红，几乎无所不爱，而尤其热爱的，春天是紫罗兰，夏天是莲，秋天是菊，冬天是梅。我在解放以前，眼见得国事日非，国将不国，自知回天无力，万念俱灰；因此隐居苏州，想学做陶渊明。渊明爱菊，我就大种菊花，简直是像渊明高隐栗里，作黄花主人。菊花最多的一年，达一千二百余盆，共一百四十余种，扬州的名种如"虎须""巧色""柳线""飞轮""翡翠林""枫叶芦花"，常熟的名种"小狮黄"等，全都搜罗了来，小园秋色，真说得上是丰富多彩的。解放以后，我忙于社会活动，便种得少了。我想陶渊明如果生于今天，瞧到祖国的欣欣向荣，也该走出栗里，不再做隐士了吧。

我爱菊花，不但爱它的五光十色，多种多样；更爱它那种坚强不屈的精神，象征我国的民族性格。它和寒霜做斗争，和西风做斗争，还是倔强如故。即使花残了，枝条仍然挺拔，脚芽仍然茁生。古诗人的名句"菊残犹有傲霜枝"，就给予它很高的赞颂。

我爱菊花，爱它那种自然的姿态，所以我所种的菊花，不喜欢把花枝全都扎得齐齐整整，除了一二枝必须挺直的以外，其他枝条，就让它鼓斜起伏，然后翻种在瓷盆或紫砂盆里，配上一块拳石或一根石笋，看上去就好像一幅活色生香的《菊石图》。

像这样的菊花盆供，不但白天可以欣赏，到了夜晚上灯之后，还可在灯光下欣赏墙上的菊影，黑白分明，自然入画。明末文学家冒辟疆的《影梅庵忆语》中，也曾有与董小宛一同欣赏菊影的叙述。他说："秋来犹耽晚菊，即去秋病中，客贻我剪桃红，花繁而厚，叶碧如染，浓条婀娜，枝枝具云鬐风斜之态。姬扶病三月，犹半梳洗，见之甚爱，遂留榻右。每晚高烧翠蜡，以白团回屏六

我是一个
爱美成嗜的人

曲,围三面,设小座于花间,位置菊影,极其参横妙丽。始以身入,人在菊中,菊与人俱在影中。回视屏上,顾余曰:'菊之意态尽矣,其如人瘦何!'至今思之,淡秀如画。"赏菊而兼赏菊影,这才算得是菊花的知己。

在一般菊展中,有名菊廊和品种廊,每一盆菊花都是独本,一般人称之为"标本菊",就是菊花的标本。因为一本只有一花,所以花朵特大,花瓣花须,花蒂花心,都看得清清楚楚,可供园艺家研究,也可供画家写生,这是无可厚非的。可是我们做盆景的,却以三枝或五枝为合适,花朵不必太大,也不必一样大小,一样高低,让它参差一些,才显得出自然的姿态。要做菊花的盆景,还有一个必要条件,就是要选矮种,叶子也不可太大,种在盆子里,才可入画。如果是高枝大叶,再加上碗口般大的花朵,那就不配做盆景了。

说起菊展,还只有近百年的历史。从前却让富绅巨贾和士大夫之流,在家园里置酒赏菊,只供少数人享受。明代张岱作《陶庵梦忆·菊海》云:"兖州张氏期余看菊,去城五里。余至其园,尽其所为园者而折旋之,又尽其所不尽为园者而周旋之,绝不见一菊,异之。移时,主人导至一苍莽空地,有苇厂三间,肃余入,遍观之,不敢以菊言,真菊海也。厂三面,砌坛三层,以菊之高下高下之。花大如瓷瓯,无不球,无不甲,无不金银荷花瓣,色鲜艳,异凡本;而翠叶层层,无一叶早脱者。此是天道,是土力,是人工,缺一不可焉。兖州缙绅家,风气袭王府。赏菊之日,其桌、其炕、其灯、其炉、其盘、其盒、其盆盎、其肴器、其杯盘、大觥、其壶、其帏、其褥、其酒、其面食、其衣服花样,无不菊者。夜烧烛照之,蒸蒸烘染,较日色更浮出数层。席散,撤苇帘以受繁露。"这种单供少数人享受的菊展,却如此奢侈,无非是摆阔罢了。

清代王韬,是太平天国时代的一位才子,曾在他所作的《瀛壖杂志》中记当时上海城隍庙里的菊花会。他说,菊花会多在九月中旬,近来设在萃秀堂门外,绕过了湖石,到东北角上,境地开朗,远远地就瞧见菊影婆娑,全呈眼底。沿着回栏前去,便见无数的菊花,高低疏密,罗列堂前,真的是争奇斗胜,尽态极妍。所有的花,先经识者品评,分作甲等乙等,并划为三类,一是新巧,二是高贵,三是珍异;只因名目繁多,记不胜记。这样的菊展,总算初具规模,而且是公开的了,但那时的劳动人民也是无法观赏的。

亡友王一之兄,生前曾客荷兰。说起荷兰人善于莳花,一九四六年秋,曾

第二章

一花一世界，一叶一菩提

在莱汀市会堂举行菊展，会期七日，观众一万多人。他们的大种小种菊花，多数是从我国移去的。清乾隆十五年，有一位远游亚洲的荷兰人贞干，将小种的菊花带了回去，花作黄色，大概是满天星之类。清道光二十八年，英国人福均，又把我国的大种菊花带去，后由法国传入荷兰；清光绪六年，荷兰人就举行了第一次的菊展。在百余年前，欧洲所有中国的菊花，不过四五十种，后来用了嫁接的方法，巧夺天工，新品种便日多一日，变成多种多样；可是所用的名称俗不可耐，往往将王后、王子、公主和达官贵人的名字移用在花上，不像我国的菊花名称，是富有诗意的。

日本的菊种本来大半也由我国传入，因为他们的园艺家善于培养，精于研究，新种之多，几乎超过我国。往年他们有许多研究种菊的集团，如秋英会、重九会、长生会等都是颇有名望的。每年秋季，在日比谷公园中举行菊展。他们的菊花，分大型、中型、小型三种，名称也由自题，并无根据，花瓣阔大的，称之为"荷"，花瓣围簇而成球形的，称之为"厚物"，管瓣而作旋形的，称之为"抱"。花瓣分作管瓣、平瓣、匙瓣三种。每一盆菊花，至少为三枝，成三角形，三朵花头，也高低相等，三枝以上的，便作五角形或六角形，从没有独本的。批评的标准，分颜色、光泽、花体、花形、瓣质、品格、才、力、花梗、叶和未来等，共十一点，十分细致。凡入选的，奖以金杯、银杯和奖状等，得奖的引为殊荣。

生平看菊花展览会看得多了，而规模最大、最出色的，要算一九五四年十一月上海市人民公园的菊展，真使人目迷神往，叹为观止！单就布置来说，有直径十二公尺高四公尺的大菊花山，有用无数盆白菊花排列而成的和平鸽图案，有好多种用各色菊花精心扎成的花字标语，有一座北京白塔似的菊花塔，三座菊花亭，三条菊花桥，更有仿西湖"三潭印月"矗立在水中的三个菊花潭，而最触目的，还有一座用菊花扎成的"世界人民大团结万岁"九字的菊花大屏风，加以下面七道喷水泉，不断地飞珠跳玉般地喷着水，更觉得美不可言！菊花的数量，共六万盆，有二百十七朵白菊花整齐地排成的圆形大立菊，有在假山地区沿山密布的无数盆悬崖菊，五光十色，如同锦绣。品种多至四百余，从北方搜到南方，真达到了丰富多彩的地步。品种展览廊中，全是各地出品的各色各样菊花。而名种展览廊中，更有用瓷盆砂盆翻种好了的特别精彩的

我是一个
爱美成嗜的人

菊花,多年不见的扬州名种"柳线"和我生平最爱的"云中娇凤",也在这里看到了。我连去参观了两次,把几个富有诗意的花名抄录了下来:"画罗裙""霓裳舞""懒梳妆""鸳鸯带""紫双凤""金雀屏""玉手调脂""秋水芙蓉""赤龙腾辉""十分春色""淡扫蛾眉""柳浪闻莺""云想衣裳""杏花春雨""帘卷西风""乳莺出谷""夕阳古寺""明月照积雪"。看了这些花名,就能想见花的美妙了。

第二章

一花一世界，一叶一菩提

花木的神话

我性爱花木，终年为花木颠倒，为花木服务。服务之暇，还要向故纸堆中找寻有关花木的文献，偶有所得，便晨钞暝写，积累起来，作为枕中秘笈。曾于旧籍中发现许多花木的神话，虽是无稽之谈，却也可以作为爱好花木者的谈助。

三代时，安期生于喝醉了酒之后，和酒泼墨洒石上，一朵朵都成桃花。汉代有徐登、赵炳二人，各有仙术。有一天彼此相遇，各显身手，赵能禁止流水不流，徐口中含酒，喷到树上去，都会开出花来。三国时，樊夫人和她的丈夫刘纲都能使法，各有本领。庭心有桃树二株，夫妇俩各咒其一，两桃树便斗争起来。刘纲所咒的那一株，竟会走到篱外去，好像生了脚一样。

晋代佛图澄初次访石勒时，石知道他有道术，请他一试。佛取一钵盛了水，烧香念咒，不多一会，钵中生青莲花，鲜艳夺目。唐代元和中，有书生苏昌远住在苏州，邻近有小庄，距离官道约十里，中有池塘，莲花盛开。一天，他在池边看莲，忽见一个红脸素服的女郎，貌美如花，迎面而来。苏一见倾心，就和她逗搭起来，女郎并不拒绝，表示好感。从此他们俩常到庄中来幽会，苏赠以玉环，亲自给她结在身上，十分殷勤。有一天，苏见栏杆前有一朵白莲花开了，似乎特别动目，他低下头去抚弄一下，却见花房中有一件东西，就是他所赠的那只玉环。大惊之下，忙把那白莲花拗断，从此女郎也绝迹不来了。又唐代冀国夫人任氏女，少时信奉释教。一天，有僧人拿法衣来请她洗涤，女很高兴地在溪边洗着，每漂一次，就有一朵莲花应手而出。女于惊异之余，忙回头看那僧人，却已不知所往，因给这条溪起了个名字，叫作"浣花溪"。

唐上都安业坊唐昌观，旧有玉兰多株，在开花的时节，好似瑶林琼树一样。元和中,春光正好,赏花的人们纷至沓来,车马络绎。有一天,忽有一位十七八岁的女郎,身穿绣花的绿衣,骑着马到来,梳双鬟,并无首饰,而美貌出众。后有二女尼和三女仆跟随,女仆都穿黄衣,也生得很美。女郎下马后,将白角扇遮面,直到玉兰花下,一时异香四散,闻于数十步外。附近的群众,都以为是皇家官眷,不敢走近去看。那女郎在花下立了好久,命女仆取花数十枝而出。一时烟雾蒙蒙,鹤鸣九天,上马之后,就有轻风拂起了尘埃。少停尘灭,大家见那女郎们已在半天之上,方知是神仙下凡。这一带余香不散,足有一个多月之久。

　　润州鹤林寺,有杜鹃花高一丈余,相传五代正元中有僧人从天台山移植而来,用钵盂药养它的根,种在寺中。曾有人见两位红裳艳妆的女郎游于花下,倏忽不见,疑是花神。周宝镇守浙西时,有一天对道人殷七七说:"鹤林的杜鹃花,天下所无,听说道人能使花木不照时令开放,现在重阳将近,可能使杜鹃开花吗?"七七便到寺中去,当夜那两位女郎就对他说:"我们替上帝司此花,现在且给道长开放一下,可是它不久就要回到阆苑去了。"到了重阳那天,杜鹃花果然开得烂漫如春。周宝等欣赏了整整一天,花就不见了。后来鹤林寺毁于兵火,花也遭劫,仿佛它正如二女郎所说的回到阆苑去了。

第二章
一花一世界，一叶一菩提

杨彭年手制的花盆

　　在旧社会，我经过了一重重的国难家难，心如槁木，百念灰冷，既看破了名利关头，也看破了生死关头。我本来是幻想着一个真善真美的世界的，而现在这世界偏偏如此丑恶，那么活着既无足恋，死了又何足悲？当时我在《新闻报》上发表了一篇提倡火葬的文字，结尾归纳到自己的身后问题，说是要把我的骨灰装在一只平日最爱好的杨彭年手制的竹根形紫砂花盆里，倒像是立了遗嘱似的。恰恰被一位七十五岁的前辈先生读到了，就责备我道："你才过五十，如日方中，为什么如此衰飒，这是万万要不得的。做人总是这么一回事，不如提起兴致来，过一天算一天，千万不要想到死的问题。就是我年逾古稀，还是生趣盎然，从没有给自己身后打算过呢。"我因前辈先生的规劝，原是一片好意，未便和他老人家争辩，只得唯唯称是。

　　过了一天，又有一位爱好花木的同志赶到我家里来。他倒并不反对火葬，却要瞧瞧我将来安放骨灰的那只最爱好的花盆。抗日战争期间，我住在上海，人家正在投机囤货，忙着发国难财，我却什么都不囤，只是节衣缩食，向古董铺子里搜罗宜兴陶质的古花盆，这其间倒也含有些抗日意义的。原来日本人爱好盆栽，而他们自己却做不出好盆，据说先前曾把宜兴蜀山的陶泥装运回去，尽力仿制，而成绩不良，因此专在我国搜买古盆，凡是如皋、扬州、淮安、泰县各地，都有他们古董商人的足迹。那边有许多旧家，祖上都是癖爱花木的，而子孙却并不爱花，就把传下来的古盆一起卖给他们，数十年来，几乎都被收买完了。上海的古董商人投其所好，也往往以古盆卖给日本人，可得善价。我以为这也是我国国粹之一，自己要种花木，而没有一个好好的古盆，岂不可耻！所以在太平洋战争爆发以前的几年间，我专和日本人竞买，尽我力之所及，

我是一个
爱美成嗜的人

不肯退让。在广东路的两个古董市场中，倒也薄负微名，我每到那里，他们就纷纷把古盆向我兜揽。一连几年，大大小小的买了不少，连同战前在苏州买到的，不下百数。其中有明代的铁砂盆，有清代萧韶明、杨彭年、陈文卿、陈用卿、爱闲老人、钱炳文、陈贯栗、陈文居、子林诸名家的作品，盆底都有他们的钤印，盆质紫砂、红砂、白砂，什么都有，这就算是我的传家之宝了。

现在那位爱花同志来问我打算把哪一只最爱好的花盆安放骨灰，一时倒回答不出来。记得苏州一位创办火葬场的戎老先生说：火葬时倘不穿衣服，约重三磅，而我所最爱好的花盆，有很大的，也有很小的，似乎都不相称。末了才想起那只杨彭年手制的竹根形紫砂盆来，不大不小，恰好容纳得下三磅的骨灰。杨氏是乾嘉年间专替陈曼生制砂茶壶的名手，这一个盆子确是他的得意之作。里胎指痕宛然，表面有浮雕的竹节和竹叶，并刻着一首七言律诗，笔致遒逸可喜。我本来对它有偏爱，平日陈列在玻璃橱中，不肯动用，这时拿出来给那位同志仔细观赏。他也觉得给我一个花迷作饰终之用，再合适也没有了。我想将来安放了骨灰之后，还得加以装饰，在盆面上插几枝云朵形的灵芝。再把一块灵莹石作为陪衬，就供在"梅屋"中那只洛阳出土的人马图案的大汉砖上，日常有鲜花作供，好鸟作伴，断然不会寂寞。到了梅花时节，更包围在香雪丛中，香生不断，这真是一个最理想的归宿。要不是火葬，你能把灵柩供在家里吗？所成为问题的，却是亡妇凤君已长眠在灵岩下的绣谷公墓中，我的墓穴也预备了，将来要是不去和她同葬一起，她就得永远地孤眠下去，怕要永永抱恨的。唉！活着既有问题，死了还有问题，且待将来再说吧。

解放以来，我看到了祖国的奋发有为，突飞猛进，我的心情也顿时一变，由消极变为积极，由悲哀变为愉快。我要好好地活下去，至少要活到一百岁。我要把我一切的力量贡献与祖国，我要看到社会主义新中国的实现，和全国人民熙熙然如登春台，同享幸福。到那时我即使死了，也不必再借那只心爱的花盆来做归宿之所，愿意把我的骨灰撒遍祖国的大地，使膏腴的土壤中开出千百万朵美丽的花来，装点这如锦如绣的大好河山，向我可爱的祖国献礼致敬！

第二章
一花一世界，一叶一菩提

可是"天有不测风云，人有旦夕祸福"，万一我不幸而得了不治之症，看不到共产主义新中国的实现就撒手人世了，这……这……这怎么办呢？但是想到了祖国有希望，有办法，这一天终于会来，也就死而无憾。我愉快地先来把南宋爱国大诗人陆放翁那首临终的名作改上十个字，以示我的子女：

死去方知万事空，我生幸见九州同。他年大业完成后，家祭无忘告乃翁。

> 我是一个
> 爱美成嗜的人

桃之夭夭，灼灼其华

"桃之夭夭，灼灼其华"，这是《诗经》中咏桃的名句。每逢阳春三月，见了那一树红霞，就不由得要想起这八个字来，花朵的轻盈，花色的鲜艳，就活现在眼前了。桃，据说是西方之木，是五木之精，可是并不稀罕，到处都有，真是广大群众的朋友，博得普遍的喜爱。

桃的种类不少，大致可分单瓣、复瓣二大类，单瓣的能结实；复瓣的只供赏花，结实不多。单瓣的有一种十月桃，迟至十月才结实，产地不详。复瓣的有碧桃，分白色、红色、红白相间、白地红点与粉红诸色，而以粉红色为最名贵。其他如鸳鸯桃、寿星桃、日月桃、瑞仙桃、美人桃（即人面桃）等，也大都是复瓣的。

我有一株盆栽的老桃树，至少有三四十年的树龄，在吾家也已十多年了；枯干槎枒，好像是一块绉瘦透漏的怪石。桃干最易枯朽，难以持久，而这一株却很坚实，可说是得天独厚。每年着花很多，并能结实，有一年结了十多个桃子；摘去了大半，剩下六个，虽不很大，而也有甜味。我吃了最后的一个，算是劳动的报酬，胜利的果实。我又有一株安徽产的碧桃，也是数十年之物，干身粗如人臂，屈曲下垂，作悬崖形；花为复瓣，大似银圆，作粉红色，很为难得。每年着花累累，鲜艳可爱。这两株桃花，同时艳发，朋友们都称之为吾家盆景中的二宝。

晋代陶渊明作《桃花源记》，原是寓言八九，并非真有其地。而后世读者，都向往于这个世外桃源，也足见其文字之魅力了。我藏有明代周东村所作桃花源图大幅，上有嘉靖某某年字样，笔酣墨饱，精力弥满，自是不可多得的杰作。我受了此画的影响，因于前二年制一大型水石盆景，有山，有水，有洞，有屋

第二章
一花一世界，一叶一菩提

舍，有田野，有船，有渔人，有桃花林，有种田的农民，俨然是一幅桃花源图，自以为平生得意之作，可是桃花并不是真的。我将天竹剪成短枝，除去红子，就有一个个小颗粒，抹上了红漆，活像是具体而微的桃花了。

桃花必须密植成林，花时云蒸霞蔚，如火如荼，才觉得分外好看。据《武夷杂记》载："春山霁时，满鼻皆新绿香，访鼓楼坑十里桃花，策杖独行，随流折步，春意尤闲。"又宁波府城东，相传汉代刘晨、阮肇二人曾在此采药，春月桃花万树，俨然是桃源模样。茅山乾元观，前有道士姜麻子，从扬州乞得烂桃核好几石，在空山月明中下种，后来长出无数桃树，长达五里余。西湖包家山，宋时有"蒸霞"匾额，因山上独多桃花之故；二三月间，游人纷纷来看桃花，称之为"小桃源"。栖霞岭满山满谷都是桃花，仿佛红霞积聚，因以为名。古田县黄檗山桃树密集，山下有桃坞、桃湖、桃洲、桃溪诸胜，简直到处都是桃花了。又溆浦一名华盖山，从前曾有人种下了千树桃花，至今有桃花圃之称。上海龙华一带，有桃树极盛，每逢春光好时，游人趋之若鹜。苏州市园林管理处曾在城东动物园对面的城墙上种了桃树几百株，开花时红霞照眼，真如一面大锦屏了。

唐明皇御苑中，有千叶桃花。所谓千叶桃花，就是碧桃，因为它是复瓣之故，比了单瓣的更见娇艳。我的园子里，旧有碧桃四株，三株是深红色的，一株是红白相间的。树干高三丈余，盛开时真如一片赤城霞，十分鲜艳，园外也可望见，在万绿丛中特别动目。花落时猩红满地，好似铺上了一条红地毯。可惜因树龄都在三十年以上，先后枯死了，这是一个不可弥补的损失。词中咏碧桃的不多见，曾见宋代秦观《虞美人》云："碧桃天上栽和露，不是凡花数。"这是给予碧桃花的一个很高的评价。

> 我是一个
> 爱美成嗜的人

国色天香说牡丹

宋代欧阳修牡丹记,说洛阳以谷雨为牡丹开候;吴中也有"谷雨三朝看牡丹"之谚,所以每年谷雨节一到,牡丹也烂漫地开放了。吾家爱莲堂前牡丹台上有粉霞色的玉楼春两大株,真是玉笑珠香,娇艳欲滴,谷雨节前,开得恰到好处。还有名种紫绢,瓣薄如绢,色作紫红,自是此中俊物。我徘徊花前,饱餐秀色,简直是可以忘饥了。

牡丹有鼠姑、鹿韭、百两金等别名,都不雅;又因花似芍药而本干如木,又名木芍药。古时种类极多,据说多至三百七十余种,以姚黄魏紫为最著。其他如玛瑙盘、御衣黄、七宝冠、殿春芳、海天霞、鞓红、醉杨妃、醉西施、无瑕玉、万卷书、檀心玉凤、紫罗袍、鹿胎、萼绿华等种种名色,实在不胜枚举;可是大半已断了种,使人有香消玉殒之叹!

唐开元中,明皇与杨妃在沉香亭前赏牡丹,梨园弟子李龟年捧檀板率众乐前去,将歌唱,明皇不喜旧乐,因命翰林学士李白进《清平调》辞三章。我最爱他咏白牡丹的一章:

云想衣裳花想容,春风拂槛露华浓。若非群玉山头见,会向瑶台月下逢。

还有咏红牡丹的一章:

一枝红艳露凝香,云雨巫山枉断肠。借问汉宫谁得似?可怜飞燕倚新妆。

又太和开成中,中书舍人李正封咏牡丹诗,还有"国色朝酣酒,天香夜染

第二章
一花一世界，一叶一菩提

衣"之句。当时皇帝听了，大加称赏；一面带笑对他的妃子说道："你只要在妆台镜前，喝一紫金盏酒，那就可以切合正封的诗句了。"

牡丹时节最怕下雨，牡丹一着了雨，就会低下头来，分外的楚楚可怜。明代名士王百谷答任圆甫书云："佳什见投，与名花并艳，贫里生色矣。得近况于张山人所，甚悉姚魏千畦，不减石家金谷，颇憾雨师无赖，击碎十尺红珊瑚耳。"雨师无赖，实是牡丹的大敌！

清代乾隆年间，东台举人徐述夔，作紫牡丹诗，有"夺朱非正色，异种亦称王"一联，借紫牡丹来指斥清室，的确是有心人。其坟墓在石湖磨盘山上，墓碑上大书"紫牡丹诗人徐述夔先生之墓"。如此诗人，才不愧诗人之称。

我是一个
爱美成嗜的人

扬芬吐馥白兰花

从小女儿的衣襟上闻到了一阵阵的白兰花香，引起了我一个甜津津的回忆。那时是一九五九年的初夏，我访问了珠江畔的一颗明珠——广州市。在所住友谊宾馆附近的农林路上，瞧见两旁种着的行道树，都是白兰花，不觉欢喜赞叹。后来又在中山纪念堂前，看到两株二人合抱的老干白兰花树，更诧为见所未见。可惜我来得太早了，树上虽已缀满了花蕾，但还没有开放，料想到了盛开的时候，千百朵好花吐馥扬芬，这儿真成为一片香世界呢。

白兰花是南国之花，所以广东、广西、福建、云南等地，都是它的家乡。而它最初的出生之地，据说是在马来半岛一带，经过引种培育，它的子子孙孙就分布到我国来了。南方四时皆春，尽可作为地植，且易于长成大树，绿叶扶疏，终年不凋。不像苏沪一带，只能种在盆子里，娇生惯养，见不得冰霜，入冬就得躲在温室里，不敢露面了。

白兰花是一种属于木兰科的常绿亚乔木，木质又细又松，表皮作白色。叶大如掌，作椭圆形，长达五六寸。到了五六月里，叶腋间就抽出花蕾，嫩绿色的苞，有如一只只翡翠簪头，玲珑可爱。到得花蕾长大，苞就脱落而开出洁白的花朵来了。每一朵花约有十一二瓣，瓣狭长，作披针形，长一寸左右；花心作绿色，散发出蕙兰一般的芳香，还比较的浓一些。但还有比这香得更浓的，那就是白兰花的姊妹花——黄兰花。它穿着一身鹅黄色的衫子，打扮得很漂亮，和白兰合在一起，自觉得别有风韵。黄兰的树干和叶形、花型，跟白兰没有什么分别，可是种子不多，分布面不广，物以稀为贵，就抬高了它的身价。

苏州虎丘山的花农，很早就在培植白兰花了。它们跟玳玳、茉莉、芝兰等共同生活，成为形影不离的好朋友。这些花都是怕寒的，入冬同处温室，真是

第二章
一花一世界，一叶一菩提

意气相投。过去在白兰花怒放的季节，花农们除了把大部分卖给茶叶店作窨茶之用外，小部分总是叫女孩子们盛在竹篮里人市叫卖。那时的卖花女，都过着艰苦的生活，借白兰花来博取一些蝇头之利，那卖花声中是含着眼泪的。近年来花农们在党的领导之下，组织了虎丘公社，生活大大改善了。白兰花和其他香花的产量突飞猛进，不仅用来窨茶，并且大量炼成香精、香油，连白兰叶也可提炼，给轻工业和医药上提供了不少必要的原料。

> 我是一个
> 爱美成嗜的人

闻木樨香

每年中秋节边,苏州市的大街小巷中,到处可闻木樨香,原来许多人家的庭园里栽有木樨花。记得有一年因春夏二季多雨,天气反常,所以木樨也迟开了一月,直到重阳节,才闻到木樨香。

木樨是桂的俗称,因丛生于岩岭之间,故名岩桂。花有深黄色的,称金桂;淡黄色的,称银桂;深黄而泛作红色的,称丹桂。现在所见的,以金桂为多,银桂次之,丹桂很少。花有只开一季的,也有四季开的,称四季桂,月月开的,称月桂。可是一季开的着花最繁,并且先后可开两次,香也最浓。四季桂和月桂着花稀少,香也较淡,不过每到秋季,也一样是花繁香浓的。台州天竺所产桂,名天竺桂,是桂中异种。它逐月开花,只在叶底枝头点缀着寥寥数点,天竺的僧人们称之为月桂。这花好在能结实,实的大小和式样,与莲子很相像,那就是所谓桂子了。

我家老桂一本,干粗如成人的臂膀,强劲有力,也是月月开花,并且是结实的,大概就是天竺桂。每年中秋节后,着花累累,初作淡黄色,后泛深黄。我把密叶剪去,花朵齐露于外,如金粟万点,十分悦目。最难得的,是这老桂为盆景,栽在一只长方的白砂古盆里,高不满二尺,开花时陈列在爱莲堂中,一连三天,香满一堂。朋友们见了,都赞不绝口,这也可算是我家盆景中的一宝了。

记得抗日战争前,我曾从邓尉山下花农那里买到枯干的老桂三本,都是百余年物,分栽在三只紫砂大圆盆里。每逢中秋节边,我看花闻香,悦目怡情,曾咏之以诗云:

第二章
一花一世界,一叶一菩提

小山丛桂林林立,移入古盆取次栽。铁骨金英枝碧玉,天香云外自飘来。

可惜在抗日战争时期,我避寇出走,三桂乏人照顾,已先后枯死。幸而最近得了这株天竺桂,虽然不是枯干,而姿态之古媚,却胜于三桂,我也可以自慰了。

向例桂花开放时,总在中秋前后,天气突然热起来,竟像夏季一样,苏人称之为"木樨蒸",桂花一经蒸郁,就蓬蓬勃勃地盛开了。我觉得这"木樨蒸"三字很可入诗,因戏成一绝:

中秋准拟换吴绫,偏是天时未可凭。踏月归来香汗湿,红闺无奈木樨蒸。

江浙各处,老桂很多,杭州西湖畔满觉垄一带,满坑满谷的都是老桂。花时满山都香,连栗树上所结的栗子,也带了桂花香味,所以满觉垄的桂花栗子,也是遐迩驰名的。听说嘉兴有台桂,还是明代遗物,花枝一层层地成了台形,敷荫绝大,花开时香闻远近村落,诗人墨客纷纷赋诗称颂,不知现仍无恙否?常熟兴福寺中有唐桂,一根分出好几株来,亭亭直立,每株树身并不很粗,不过像碗口模样。据我看来,至多是明桂,倘说是唐代,那么原树定已枯死,这是几代以下的孙枝了。鲁迅先生绍兴故宅的院落中,有一株四季桂,据说,已有二百余年之久,从主干上生出三株六枝来,像是三树合抱而成的一株大树,荫蔽了半个院落。先生童年时,常常坐在这桂树下,听他母亲讲故事。

我家园子里也有三株桂树,一大二小,都不过三四十年的树龄,今秋花虽开得较迟,却也不输于往年的繁盛。我因桂花也可窨茶,因此自己享受了一二天的鼻福,并摘下了几枝作瓶供后,就让邻人们勒下花朵来,卖与虎丘茶花合作社了(据说窨茶以银桂为佳,所以代价也比金桂高一倍)。苏州市的几个园林中,都有很多的桂树,而以怡园、留园为最,还各在桂树丛中造了一座亭子,以资坐息欣赏。留园的亭子里有"闻木樨香"一额,我这篇小文就借以为名。写到这里,仿佛闻到一阵阵的木樨香,透纸背而出。

一枝珍重见昙花

任何物象在一霎时间消逝的，文人笔下往往譬之为昙花一现。这些年来，我在苏州园圃里所见到的昙花，是一种像仙人掌模样的植物，就从这手掌般的带刺的茎上开出花来。开花的季节，是在农历六七月间，开花的时期，是在晚上七八时之间。花作白色，状如喇叭，发出浓烈的香气。花愈开愈大，香气也愈发愈浓，从七八时开起，到明晨二三时才萎缩；花却并不掉落。它产在热带地区，所以入冬怕冷，非在温室过冬不可。吾园也有盆栽昙花好多株，内一株高四尺许，同时开了九朵花，花白如雪，香满一堂。可是入冬严寒，它和其余的几株全都被冻死了。

我对于这一种昙花，始终怀疑着，以为它是属于仙人掌一类的多肉植物，并非昙花。因为我另有一大盆仙人球，也开了一朵花，花形花色花香以及开放的时期，竟和所谓昙花一模一样。记得抗日战争前，我在上海新新公司见过几株昙花，似乎是作浅灰色的，由开放到萎缩不过二十分钟，这才与昙花一现之说较为接近；而现在所见的却能延长到七八小时之久，怎能说是昙花一现呢？

昙花一现之说，源出佛经。《法华经》云："佛告舍利佛，如是妙法，如优昙钵华，时一现耳。"优昙钵华亦称优昙花，据说是属于无花果类，喜马拉雅山麓和德干高原锡兰等处都有出产。树干高达丈余，叶尖，长四五寸，叶有两种，有的粗糙，有的平滑。花隐蔽在凹陷的花托中，雌花与雄花不同，花托大如拳，或如拇指，十余指聚在一起。至于花作何色，有无香气，却未见记载。又据夏旦《药圃同春》载："昙花，色红，子堪串珠，微香。"看了这些记载，就足见我们现在所见的昙花，是仙人掌花而不是昙花了。

《群芳谱》中虽罗列着万紫千红，而于昙花却不着一字；古人的诗文中，我

第二章
一花一世界，一叶一菩提

也没有见过歌咏或描写昙花的。偶于清初钱尚濠《买愁集》中见有一则："吉水东山修禅师，讲义精邃。一日有逊秀才来谒，玄谈雪娓，题咏轩轾，盖山猿听讲，日久得悟者也。"下有逊秀才诗十首，中赠僧一首云：

一瓶一钵一袈裟，几卷楞严到处家。坐稳蒲团忘出定，满身香雪坠昙华。

这所谓昙华，分明与梅花相似，而不是现在所见的昙花了。叶誉虎前辈《遐庵诗集》中，有赵家昙花开以一枝见赠云：

黄泉碧落人何在？玉宇琼楼梦已遐。谁分画帘微雨际，一枝珍重见昙花。

又昙花再开感咏云：

刹那几度见开残，光景旋销足咏叹。谁言春回容汝惜，一生醒眼过邯郸。

这两首诗中所咏的昙花，不知又作何状？

我是一个
爱美成嗜的人

秋菊有佳色

秋菊有佳色，裛露掇其英。

这是晋代高士陶渊明诗中的名句，与"采菊东篱下，悠然见南山"同为千古所传诵，一方面也就使他成了一位热爱菊花的代表人物。后来民间奉他为九月花神，就为了他爱菊之故。据说他所爱赏的一种菊花，名九华菊。他曾说秋菊盈园，而诗集中仅存九华之一名。此菊越中呼之为"大笑"，白瓣黄心，花头极大，有阔及二寸四五分的，枝叶疏散，香也清胜，九月半开放，在白菊中推为第一。有一次，渊明因九月九日没有酒赏重阳，只枯坐在宅边菊花丛中，采了一大把菊花欣赏着。一会儿望见白衣人到，乃是江州刺史王弘送酒来了，即便欣然就酌，而以菊花为下酒物，也足见他的闲情逸致了。记得一九五一年秋天公园开菊展，我也有盆菊和盆景参加。其中有一个盆景，以渊明为题材，用含蕊的黄色满天星，种在一只椭圆形的紫砂浅盆里，东面一角用细紫竹做成方眼的矮篱，安放一个广窑的老叟坐像，把卷看菊，作为陶渊明，标名"赏菊东篱"。一九五三年秋天，我又参加拙政园的菊展，在一个种着两棵小松的盆景里，再种了一株含苞未放的小黄菊，松下也安放了一个老叟的坐像，标名"松菊犹存"。这两个盆景，都借重他老人家作为题材，博得了观众的好评。

我国之有菊花，历史最为悠久，算来已有二三千年了。《礼记·月令》，曾有"季秋之月，菊有黄华"之句，大概那时只有黄菊一种，不像现在这样十色五光，应有尽有。到了战国时代，爱国诗人屈原的楚辞中，曾有"夕餐秋菊之落英"的名句。为了这一句，后人聚讼纷纭，以为菊花只会干，不会落，怎么说是落英？其实屈大夫并没有错，落，始也，落英就是说初开的花，色香味都好，确实可吃。

第二章
一花一世界，一叶一菩提

一般人都以为重阳可以赏菊，古人诗文中，也常有重阳赏菊的记载。然而据我的经验，每年逢到重阳节，往往无菊可赏，总要延迟到十月。宋代诗人苏东坡也曾经说，岭南气候不常，他原以为菊花开时即重阳，因此在海南种菊九畹，不料到了仲冬方才开放，于是只得挨到十一月十五日，方置酒宴客，补作"重九会"。

明太祖朱元璋，曾有一首菊花诗：

百花发，我不发；我若发，都骇煞。要与西风战一场，遍身穿就黄金甲。

就咏菊来说，那倒把菊花坚强的斗争精神，全都表达了出来。

明代名儒陆平泉初入史馆时，因事和同馆诸人去见宰相严嵩。大家争先恐后挤上前去献媚，陆却退让在后面，不屑和他们争竞。那时他恰见庭中陈列着许多盆菊，就冷冷地说道："诸君且从容一些，不要挤坏了陶渊明！"语中有刺，十分隽妙；大家听了，都面有愧色。

宋高宗时，宫廷中有一位善歌善舞的菊夫人，号"菊部头"，后来不知何故，称病告归。太监陈源用厚礼聘请了去，把她留在西湖的别墅里，以供耳目之娱。有一天宫廷有歌舞，表演不称帝旨，提举官开礼启奏道："这个非菊部头不可。"于是重新把菊夫人召了进去，从此不出。陈源伤感之余，几乎病倒。有人作了曲献给他，名《菊花新》，陈大喜，将田宅金帛相报。后来陈每听此曲，总是感动得落泪，不久就死了。"菊部头"三字，现在往往用作京剧名艺人的代名词。

古今来歌颂菊花的诗文辞赋实在太多了，举不胜举。我却单单欣赏宋末爱国者郑所南《铁函心史》中两首诗，真的是诗如其人，不同凡俗。一首是菊花歌，中有句云："万木摇落百草死，正色与秋争光明；背时独立抱寂寞，心香贞烈透寥廓。"一首是餐菊花歌，有："道人四时花为粮，骨生灵气身吐香，闻到菊花大欢喜，拍手笑歌频癫狂，……尘尘劫劫黄金身，永救婆娑众生苦"等句，意义深长，浑不辨是咏菊花还是咏他自己。晚节黄花，得了这位铁骨嶙峋的爱国者一唱三叹，更觉生色不少。

我藏有一张上海著名画家王一亭所画的册页，画中有黄菊盆栽，高高地供

我是一个
爱美成嗜的人

在竹架上，一老者坐在矮几旁，持螯饮酒，意态很为悠闲，真是一幅绝妙的持螯赏菊图。原来菊花开放时，正是秋高蟹肥的季节，旧时一般文人，往往要邀一二知友，边看菊边吃蟹的。昔人小简中，如明代王伯谷寄孙汝师云："江上黄花灿若金，蟹匡大于斗，山气日夕佳，树如沐，翠色满眼，顾安得与足下箕踞拍浮乎？"张孟雨与友乞菊云："空斋如水，不点缀东篱秋色，彭泽笑人。乞移一二种，微香披座，落英可餐，当拉柴桑君持螯赏之也。"这里都是把菊花和蟹联系在一起的。

菊花中香气最可爱的，要算梨香菊，要是把手掌覆在花朵上嗅一嗅，就可闻到一种甜香，活像是天津的鸭梨。据说最初发现时，还在清代同治、光绪年间，不知由哪一个大官进贡于西太后。太后大为爱赏，后来赏了一本给南通张謇。张家的园丁偷偷地分种出卖，就流传出去，几乎到处都有了。花作白色，品种并不高贵，所可爱的，就是那一股鸭梨般的甜香罢了。

在菊花时节，我怀念一位北京种菊的专家刘契园先生。他正在孜孜不倦地保存旧种，培养新种，获得了很大的成就。近年来他又采用了短日照培植法，使菊花提前一个月到两个月开放，人家的菊花正在含蕊，而他的园地上已有一部分盆菊早就怒放了。

我与刘先生虽未识面，却是神交已久。他曾托苏州老诗人张松身前辈向我征诗，我胡诌了七绝两首寄去，有"松菊为朋心似月，悬知彭泽是前身，黄金万镒何须计，菊有黄花便不贫"等句。刘先生得诗之后，很为高兴，回信说倘有机会，要把他的菊种相报。我对于他老人家的种种名菊，早就心向往之了，只是从未见过，真是时切相思；如今听说要将菊种见赐，怎么不大喜过望呢？可是地北天南，寄递不便，只好望眼欲穿地期待着。一九五六年夏苏州公园的花工濮根福同志，恰好到首都去出席全国先进生产者代表大会，我就写了封信托他带去，向刘先生道候，并婉转地说我老是在想望他的"老圃秋容"。

大会结束后，濮同志回到苏州来了，说曾见过了刘老先生，并带来了菊种六十个，共三十种，分作两份：一份赠予苏州市园林管理处，一份是赠予我的。我拜领之下，欣喜已极，就托濮同志代为培植。刘先生还开了一个名单给我，有"碧蕊玲珑""金凤含珠""霜里婵娟""杏花春雨""天孙织锦""银河长泻""霓裳仙舞""武陵春色""紫龙卧雪"等等，都是富有诗意的名称。我一个

第二章
一花一世界，一叶一菩提

个吟味着，又瞧着那六十个绿油油的脚芽，恨不得立刻看它们开出五色缤纷的好花来。经过濮同志几个月的辛苦培养，六十个芽全都发了叶，含了蕊，末了完全开放，真是丰富多彩，使小园中生色不少。我为了急于参加上海中山公园的菊展，就先取一本半开的黄菊，翻种在一只古铜的三元鼎里，加上一块英石，姿态入画，大书特书道："北京来的客"。

刘先生不但是个艺菊专家，而且是一位诗人。他虽已年逾古稀，却老而弥健，一面艺菊，一面赋诗，曾先后寄了两张诗笺给我，一诗一词，都以菊为题材。他那契园中的室名斋名，如"寒荣室""守淡斋""晚香簃""延龄馆""寄傲轩"等，全都离不了菊，也足见他对于菊花的热爱。

刘先生艺菊，并不墨守成规，专重老种，每年还用人工传粉杂交，因此新奇的品种层出不穷，真是富于创造性的。他除了采用短日照培植法催使菊花早开外，还想利用原子能，曾赋诗言志云：

原子云何可示踪？内含同位素相冲。叶中放射添营养，根外追肥易吸溶。利用驱虫和喷药，预期增产慰劳农。我思推进秋华上，一样更新喜改容。

我预祝他老人家成功。

> 我是一个
> 爱美成嗜的人

霜叶红于二月花

远上寒山石径斜，白云生处有人家。停车坐爱枫林晚，霜叶红于二月花。

这是唐代大诗人杜牧之的一首《山行》诗，凡是爱好枫叶的人都能朗朗上口的。"霜叶红于二月花"这七个字的名句，给予枫叶一个很恰当的比喻。

枫别名灵枫、香枫，又称摄摄，据《尔雅》说："枫摄摄"，因枫叶遇风则鸣，摄摄作声之故。树身高大，自一二丈达三四丈，叶小而秀，有三角、五角、七角之分；也有状如鸡脚、鸭掌或蓑衣的。据说枫的种类很多，计五六十种，山枫的叶子是三角的，称为粗种，可以利用它的干，接以其他细种，易活易长。农历二月间开小白花，结实作元宝形，掉在地上过冬，明春就长出一株株小枫来。我往往在园子里掘取十多株，合种在长方形的紫砂盆里或沙积石上，作枫林模样，很是可爱。

枫叶入秋之后，渐渐地由绿色泛作黄色，一经霜打，便泛作红色，到了初冬，愈泛愈红，因此红叶就变成了枫叶的代名词。"红叶为媒"，是唐代的一段佳话，至今还传诵人口。那故事是这样的："唐僖宗时，学士于祐，晚步禁衢，于御沟得一红叶，有女子题诗其上。祐拾叶题句，置沟上流，宫人韩翠苹得之。后帝放宫女三千，出宫遣嫁。翠苹嫁祐，出红叶相示，惊为良缘前定。"这件事不知道是不是实有其事，如果是事实，那也只能算是偶然的巧合罢了。

古人爱好枫叶，纷纷歌颂，除杜牧之一首最著名外，宋代刘成德也有一首：

黄红紫绿岩峦上，远近高低松竹间。山色未应秋后老，灵枫方为驻童颜。

第二章

一花一世界，一叶一菩提

它把枫叶夏绿秋黄以至入冬红、紫各种色彩，全都写了出来。此外历代诗人散句如"独叹枫香林，春时好颜色"，"一坞藏深林，枫叶翻蜀锦"，"遥看一树凌霜叶，好似衰颜醉里红"，"只言春色能娇物，不知秋霜更媚人"，"万片作霞延日丽，几株含露苦霜吟"等，这些诗句都可看出，霜后的枫叶真是如翻蜀锦，美艳已极。

日本种植枫树有独到处，种类之多，胜于我国。他们的枫，春天里就红了，称为春红枫。据说一年四季，红色始终不变。有一种春天红了，入夏泛绿，到秋深再泛为红。我家有盆栽老干枫树一株，高一尺余，露根如龙爪，姿态极美，春间发叶，鲜妍如晓霞，日本人称为静涯枫，最为难得。又有一株作悬崖形的，春夏叶作绿色，而叶尖却作浅红，并且是透明的，也可爱得很。

苏州天平山，以石著，也以枫著。高义园、童子门一带，全是高大的枫树，入冬经霜之后，云蒸霞蔚，灿烂如锦绣；年来老友张晋、余彤甫二画师都去写生，画成了大幅，堪称一时瑜亮。入秋以来，我虽常在探问天平枫叶红了没有？可是为了参加上海和苏州的菊展，手忙脚忙，不能抽身前去观赏一下。十一月下旬，郑振铎同志来访，据说刚从天平山看枫归来，满山如火如荼，漂亮极了。我听了，羡慕他的眼福不浅。

南京的栖霞山也以枫著称，每年深秋前去看枫的人，络绎于途，因此俗有"春牛首，夏莫愁，秋栖霞"之说。这两年来我常往南京，总想念着栖霞。恰因出席省文联代表大会之便，与程小青兄游兴勃发，都想一赏栖霞红叶，偿此夙愿。谁知一连好几天，都抽不出时间来，大呼负负。后来听费新我画师说，他已去过了，红叶都已凋谢，虚此一行。那么，我们虽去不成，也不用后悔了。

从南京回得家来，却见我家爱莲堂前的那株大枫树吃饱了霜，正在大红大紫的时期，千片万片的五角形叶子，绚烂地好像披着一件红锦衣裳，把半条廊也映照得红了。一连几天，朝朝观赏，吟味着"霜叶红于二月花"的妙处，虽没有看到天平和栖霞的红叶，也差足一餍馋眼了。

装点严冬一品红

一品红是什么？原来就是冬至节边煊赫一时的象牙红。它有一个别名，叫作猩猩木，属大戟科。虽名为木，其实是多年生的草本，茎梢是草质，不过近根的部分是木质化的。它的产地是北美的墨西哥，不知什么时候输入我国，现则到处都在栽种了。

一品红的叶片，绿得像翡翠一样，模样儿好像梭子，又像箭镞，叶面上有很细的茸毛，又络着红丝，很为别致。到了初冬，顶叶就从翠绿色转变为黄，也有变作浅红或深红的，因种类不同，转变的色彩也各异，而以深红的一种为最美，简直像朱砂那么鲜艳。一般人以为这就是花，其实是叶，也正像雁来红的顶叶一样，往往会被人认作花瓣的。顶叶的中心有一簇鹅黄色的花蕊，一个个像小型的杯子，这是给蜂蝶作授粉之用的。

今春我曾在北京中山公园唐花坞中，看到顶叶浅红色的一品红，茎干很矮，比长干的好。时在三月，并不是顶叶变色的时期，原来也是用催延花期的方法把它延迟的。听说青岛有一种顶叶作白色的，自是此中异种，可是与一品红的名称未免不符了。

一品红的繁殖，都用扦插的方法。到了清明节后，把老本上的茎干剪为若干段，剪断处流出乳状的白汁，须等它干了之后，才一段段斜插在田泥和糠灰的盆里，随时灌水，力求湿润，过一个多月，就会生出根须来。这时便可分枝翻盆，一盆一株。到了夏季大伏天里，应将每枝剪短，剪下来的新枝，再行扦插，愈插愈多；这时也必须经常灌溉，不可怠忽。农历九月中，开始施肥，先淡后浓，一个月后须施浓肥，一面就得把盆子移到温室里去培养。入冬以后，切忌受寒，非保持华氏五六十度的温度不可。记得去冬曾有两大盆，每盆五六

第二章
一花一世界，一叶一菩提

枝，猩红的顶叶与翠绿的脚叶，相映成趣；不料突然来了个冷汛，仅仅在一夜之间，叶片全都萎了，第二天任是喷水曝日，再也挺不起来。这个一品红竟好像是千金小姐养成的一品夫人，实在是不容易伺候的。

> 我是一个
> 爱美成嗜的人

探梅香雪海

> 万树梅花玉作堆，皑皑一白满山隈。几时修得山中住，朝夕吹香嚼蕊来。

这一首诗是我为了热爱邓尉香雪海一带的梅花而作的。每年梅花时节，一见我家梅丘上下的梅花开了，就得魂牵梦萦地怀念香雪海，恨不得插翅飞去，看它一个饱。一九六一年三月八日早上，我正在给那盆百年老绿梅"鹤舞"整姿，蓦见我的一位五十年前老同学翁老，泼风似的跑进门来，兴高采烈地嚷道："我刚从香雪海来，那边的梅花全都开了，枝儿上密密麻麻地开足了花，简直连花蕊儿也瞧不出来了。您要是想探梅，非赶快去不可！"我一听他传来了这梅花消息，心花怒放，仿佛望见那万树梅花正在向我含笑招手，于是毅然决然地答道："好啊，谢谢您给了我这个梅花情报，明儿一清早就走！"

真是幸运得很！九日恰好是一个日暖风和的晴天，我就邀约了一位爱花的老友老刘和一位种花的花工老张，搭了八时四十五分的长途汽车，向光福镇进发，十时左右已到了光福。我们下车之后，决定沿着那公路信步走去，好边走边看梅花，尽情地享受。走不多远，就看到了疏疏落落的梅树，偶有一二株开着红的花或绿的花，而大半都是白的，被阳光照着，简直白得像雪一样耀眼；不由得想到了王安石的两句诗：

> 遥知不是雪，为有暗香来。

真的，要不是有一阵阵的暗香因风送来，可要错疑是雪了。

走了大约三刻钟光景，就到了马驾山。据《苏州府志》说：马驾山向未有

第二章
一花一世界，一叶一菩提

名，四面全都种着梅树，清康熙中，巡抚宋荦题"香雪海"三字于崖壁，才著名起来。清帝康熙、乾隆先后南巡时，曾到过这里，住过这里，料想也曾看过梅花的了。汪琬《游马驾山记》云："马驾山在光福镇西，与铜井并峙，山中人率树梅、艺茶、条桑为业，梅五之，茶三之，桑视茶而又减其一，号为光福幽丽奇绝处也。……前后梅花多至百许树，芬香蓊勃，落英缤纷，入其中者，迷不知出。稍北折而上，望见山半累石数十，或偃或仰，小者可几，大者可席，盖《尔雅》所谓嶜也。于是遂往，列坐其地，俯窥旁瞩，蒙然嶜然，曳若长练，凝若积雪，绵谷跨岭，无一非梅者。……"这篇文章对于马驾山的评价是很高的。当下我们走上山径，拾级而登，山腰有轩有亭，解放前破败不堪，前几年已经过一番整修。我们在轩里小憩一会，就走上了山顶的梅花亭。亭作梅花形，所有藻井的装饰全嵌着一朵朵的小梅花，围着中央一朵大梅花，连亭柱和柱础也是作梅花形的，真是名副其实的梅花亭了。从亭中下望，见崦西一带远远近近全是白皑皑的梅花，活像是一片雪海，不禁抚掌叫绝，朗诵起昔人"遥看一片白，雪海波千顷"的诗句来。我想，三五月明之夜，疏影横斜，暗香浮动，梅花映月，月笼梅花，漫山遍野都是晶莹朗彻，真所谓玉山照夜呢。下了山，就在夹道梅花丛里行进，一阵又一阵的清香缭绕在口鼻之间，直把我们送到了柏因社。

柏因社俗称司徒庙，这是我一向梦寐系之的所在。苏州的宝树"清""奇""古""怪"四古柏就在这里，枯干虬枝，陆离光怪，可说是造物之主的杰作。有人说是汉光武时代的遗物，虽无从考据，至少也有一千年以上的高寿了。我三脚两步赶进去瞧时，不觉喜出望外，前几年的一次台风，只把那株"奇"刮断了一大根旁枝，搁住在下面的虬枝上；其他三株，依然老而弥健，苍翠欲滴。还有那较小的两株，也仍是好好的，倒像是它们的一双儿女，依依膝下似的。客堂中有两副楹联，都是歌颂四古柏的，其一是清同治年间吴云所作：

清奇古怪画难状，
风火雷霆劫不磨。

> 我是一个
> 爱美成嗜的人

其二是光绪年间潘遵祁所作：

> 此中只许鸾凤宿，
> 其上应有蛟螭蟠。

我以为这些歌颂的语句并不过分，四株古柏确可当之无愧，但看那十二级的台风也奈何它们不得，不就是"风火雷霆劫不磨"的明证吗？

出了柏因社，仍由公路向石嵝进发。一路上随时随地都有一丛丛的白梅花，供我们闻香观赏。红、绿梅却不多见，据说在含蕊未放时，就把花苞摘下来，卖给收购站支援社会主义建设了。那么我们何必一定要看红、绿梅，还是欣赏那香雪丛丛的白梅花为妙。况且结了梅子，又是公社中一种有用的产品，经济价值很高，比那不结实而虚有其表的红、绿梅好得多了。

在石嵝住了一夜，第二天早上，又游了太湖边的石壁，领略那三万六千顷的一角。这一天半到处看到梅花，也随时闻到梅香，简直好像是掉在一片香雪海里，乐而忘返。在那石嵝西面不远的地方，有几座红瓦粼粼的建筑物矗立在梅花丛中，遥对太湖，风景绝胜，那是劳动人民的疗养院。石嵝精舍住持脱尘和尚，在山上种茶、种竹、种梅、种桃，是个生产能手，毛竹几百竿，直挺挺地高矗云霄，蔚为大观，全是他十多年来一手培植起来的。万峰台在石嵝高处，从这里四望山下的梅花，白茫茫一片，真是洋洋大观。下午二时半，我们就从潭东站搭车回去，身边带着四株小梅桩，当作新的旅伴；原来是昨天傍晚从光福公社的花田里像觅宝一般选购来的。还有那公社天井小队送给我的一大束折枝红、绿梅，安放在车窗边，倒也有色有香，似诗似画。于是我仍然一路看着梅花，看呀看的，一直看到了家里。

香雪海探梅必须算准时期，不要忘了日历。古人曾说"梅花以惊蛰为候"，大概每年惊蛰前后一星期内前去，才恰到好处，如果太早或太迟，那么梅花自开自落，是不会迁就你的。探梅的人们，最好能与山中人先行联系，探问梅花消息；开到七八分时，就可以前去，领略那暗香疏影的一番妙趣了。

第三章

有了朋友生命才显出全部的价值

我是一个
爱美成嗜的人

日本来的客

这几年来,有些日本人民,常不远千里,纷纷到我国来访问。就是我僻在苏州东南角里的一片小小园地,也扫清了三径,先后接待了三批日本来的客。

第一批是以《原子弹爆炸图》荣获世界和平奖金的丸木位里、赤松俊子夫妇;第二批是因雪舟四百五十年纪念应邀而来的山口遵春、山口春子夫妇,桥本明治、桥本璋子夫妇;第三批是日本岩波书店写真文库编辑部主任名取洋之助。这三批日本来的客,都是艺术家,难得他们先后贲临,真使我蓬荜生辉不少。

我和名取洋之助先生在一起,虽只一小时左右的时光,却在我心里留下了一个挺好的印象。他是一位三十岁上下的青年,身体很茁壮。这一天天气较冷,还刮着风,而他身上的衣服却穿得不多,头上不戴帽,露着一头鬈发,并不太黑;架着一副金丝边眼镜,分明也像我一样的近视。他的脖子里,吊着一个摄影机,正面有 NIXON 字样,很为动目,这大概是日本摄影机中的新品吧?

菊花的时节虽已过去了,而我家的菊展却还在持续下去;说也奇怪,这一年我的菊花寿命似乎特别地延长。爱莲堂的几张桌上、几上和地上,还陈列着好几十盆菊花,绿色的、白色的、黄色的、紫色的、红色的、妃白色的,大型的、小型的,什么都有。每一盆都是三朵五朵以至十余朵,有的配着小竹,有的伴以拳石,姿态都取自然,尽力求其入画。右壁的长方几上,有一盆悬崖形的绿菊叫作"秋江"的,名取先生最为欣赏,端详了一会,就把他胸前的摄影机擎了起来,格勒一声,收入了镜头。我们那只年高德劭的大绿毛龟,虽已经过几千几百人的欣赏,却从没有摄过影,这一次也居然上了名取先生的镜头。龟而有知,也该引以为幸吧?我因一向知道日本园艺家精于盆栽,年年都有不少精品,因问起近来情形如何。据名取先生回说,他们在国内搞盆栽的还是不少,希望我有机会前去看看。我表示将来一定要争取一个机会,前去向他们园

第三章
有了朋友生命才显出全部的价值

艺家学习；又问起《盆栽》月刊是否仍在继续出版。在十余年以前，我曾定阅过三年，月刊中并且也有一次登过我的盆栽摄影好几帧。名取先生回说《盆栽》仍在出版，等回国后寄几本来给我看。我们彼此说了不少关于盆栽方面的话，译员叶同志从中传达，很为努力，这是可感的。

名取先生一路从走廊中走去，摄取了我一满架的小型盆景。到了我的书室紫罗兰庵里，又把两个桌子上的许多石供盆供，全都收入了镜头。后来进入园中，又把地上的那株二百年的老榆树桩和盆景"听松图"、四株老柏"清奇古怪"等，都摄了影。末了我正在回过半身，招待他回到爱莲堂里去休息时，冷不防一声格勒，我也被收到镜头里去了。这天因为他还要赶往上海去参加日本商品展览会的工作，就匆匆别去，而他那格勒格勒摄影机的声音，似乎常在我的耳边作响。我在苏沪两住所见到的摄影专家很多，而像他那么眼快手快的，却是从来没有见过。他拨弄着那个摄影机，仿佛是宜僚弄丸，熟极而流。

丸木位里和赤松俊子夫妇，更给予我一个十分深刻的印象，至今还是怀念着。彼此相见握手之后，赤松女士先就送给我一个日本母亲大会的纪念章，白铜绿地，上面是母亲抱着孩子的图案，很为精美。母亲大会是一个和平机构，代表全日本的母亲为孩子们呼吁世界和平的。她在我的《嘉宾题名录》上签了名，又画了一个赤裸的小孩子躺在烟雾里，并题上了字句，原来她画的就是广岛牺牲在美国原子弹下的无辜赤子，意义是很深长的。丸木先生给我画了一枝梅花，作悬崖形，笔触简老得很。我一生爱好和平，系之梦寐，这两位和平使者的光临，似乎带来了一片光风霁月，使我兴奋极了。

山口遵春和桥山明治两先生，是日本第一流的画家，这一次是为了大画家雪舟四百五十年纪念，应邀来我国访问的。山口夫人春子长身玉立，着西洋装；而桥本夫人璋子却穿的是和服，我们已好久没有见过了，在我四个小女儿的眼中，觉得新奇得很。山口先生在我的题名录上写错了一个苏州的"苏"字，夫人立刻指了出来，请他改正。他们对于我的盆栽盆景，都看得很细致，也许是老于此道的，使我有"自惭形秽"之感！在园子里，他们看到了那被台风刮坏了一角的半廊，又对旁边的一株老槐树看了一眼，便微笑着说："这个倒很有画意！"我有些窘，怀疑这句话里是含有讽刺性的。但据伴同前来的谢孝思同志说："这倒不一定，他们也许是别具只眼，欣赏这残缺之美的。"我听了，心中虽作阿Q式的自慰，过了几天，连忙把这半廊修好了。

> 我是一个
> 爱美成嗜的人

一瓣心香拜鲁迅

一九五五年十月十九日,是我们伟大的文学家、思想家和革命家鲁迅先生逝世十九周年纪念日。我不能抽身到上海去扫一扫他的墓,只得在自己园子里采了几朵猩红的大丽花,供在他老人家的造像之前,表示我一些追念他景仰他的微忱。作为一个文学工作者的我,不但在公的一方面要追念他,景仰他,就是在私的一方面也要追念他,景仰他;因为我对他老人家是有文字知己之感的。

一九五〇年上海《亦报》刊有鹤生的《鲁迅与周瘦鹃》一文,随后又有余苍的《鲁迅对周瘦鹃译作的表扬》一文,就足以说明我与鲁迅先生的一段因缘。鹤生文中说:

关于鲁迅与周瘦鹃的事情,以前曾经有人在报上说过,因为周君所译的《欧美名家短篇小说丛刊》三册,由出版书店送往教育部审定登记,批复甚为赞许,其时鲁迅在社会教育司任科长,这事就是他所办的。批语当初见过,已记不清了,大意对于周君采译英美以外的大陆作家的小说一点,最为称赏,只是可惜不多。那时大概是一九一七年夏,《域外小说集》早已失败,不意在此书中看出类似的倾向,当不胜有空谷足音之感吧。鲁迅原希望他继续译下去,给新文学增加些力量,不知怎的,后来周君不再见有译作出来了。(下略)

余苍文中说:

(上略)我们首先应确定周先生在介绍西洋文学上的地位,恐怕除了《域外小说集》外,把西洋短篇小说介绍到中国来印成一本书的,要以周先生的《欧

第三章
有了朋友生命才显出全部的价值

美名家短篇小说丛刊》(中华书局出版)为最早。此书取材方面,南欧、北欧、十九世纪的名家差不多全了;而且一部分是用语体译的。每一作品前面,还附有作者小传、小影,在那个时候,是还没有什么人来做这种工作的。此书出版年月,大约为一九一八年(民国七年)左右,曾获得北京政府教育部的奖状,此事与鲁迅先生有关。原来鲁迅那时正在教育部的社会教育司当佥事科长,主管这一部门工作,曾将中华送审的原稿带回绍兴会馆去亲阅一遍。他老先生本来就有意要提倡翻译风气,故在原书批语上,特别加上些表扬的话。中华书局如能找出当日原批,还可以肯定这是出于鲁迅先生的手笔呢。抗战前夕,上海文化工作者为针对当时国情,积极呼号御侮,曾一度展开联合战线,报纸上发表郭沫若、鲁迅、周瘦鹃等数十人的联合宣言;鲁迅对周先生的看法一直是很好的。

不过鹤生说我后来不再有译作出来,实在不确。我除了创作外,还是努力地从事翻译,散见于各日报、各杂志上,鲁迅先生他们也许没有留意。一九三六年大东书局出版的《世界名家短篇小说全集》四册,就是一个铁证;内中包含二十八国名家的作品八十篇,单是苏联的就有十篇,其他如波兰、捷克、匈牙利、罗马尼亚、保加利亚等,一应俱全。鲁迅先生在天之灵,也许会点头一笑,说一声孺子可教吧!

至于余苍所说的出版年月,一九一八年左右,实在已是再版了;初版发行是在一九一七年二月。那时我是二十二岁,为了筹措一笔结婚费而编译这部书的。包天笑先生序言中所谓"鹃为少年,鹃又为待阙鸳鸯,而鹃所辛苦一年之集成,而鹃所好合百年之侣至",即指此而言;他老人家原是知道这回事的。

此书出版后,由中华书局送往北京教育部审定,事前我并不知道,后来将奖状转交给我,也已在我脱离中华书局二年之后。那时鲁迅先生正任职教育部,并亲自审阅加批,也是直到解放以后才知道的。前年北京鲁迅著作编辑室的王士菁同志曾来苏见访,问起鲁迅先生的批语是不是在我处,想借去一用。其实我从未见过,大约当初留存在中华书局,只因事隔三十余年,人事很多变迁,怕已找寻不到了。抗日战争初起时,鲁迅先生等发起文化工作者联合战线,共御外侮,曾派人来要我签名参加,听说人选极严,而居然垂青于我。鲁迅先生

我是一个
爱美成嗜的人

对我的看法的确很好,怎的不使我深深地感激呢!

　　鲁迅先生的大作《呐喊》《彷徨》,我曾看过三遍。看了这两部书的名字,就可知道他处于黑暗的时代,以彷徨来表示愤激,以呐喊来惊醒国人。我们未尝不彷徨,可是未敢做斗争;未尝不呐喊,可是声音太低弱,其贤不肖之相去也就远了。鲁迅先生如果知道今天的祖国,阴霾尽扫,八表光明,也该含笑于九泉啦。

第三章
有了朋友生命才显出全部的价值

我翻译西方名家短篇小说的回忆

时间过得真快,弹指间,四十四年已经过去了!四十四年前,我还是一个十八岁的青年,为了生活的鞭策,就东涂西抹的卖文了。每天孜孜兀兀,劳动十余小时,所作小说和杂文,散见于各日报各杂志。那时我除了创作外,还从事于翻译西方各国名家的短篇小说。因为我生性太急,不耐烦翻译一二十万字的长篇巨著,所以专事搜罗短小精悍的作品,翻译起来,觉得轻而易举。由于我只懂得英文,所以其他各国名家的作品,也只有从英译本转译过来。

二十岁时,中华书局编辑部的英文部聘我去专做翻译工作,除译了几种长短篇的"福尔摩斯侦探案"外,还译些杂文和短篇小说,供给该局月刊"中华小说界""中华妇女界"等刊用。二十二岁时,为了筹措一笔结婚的费用,就把这些年来译成的西方各国名家短篇小说汇集拢来,又补充了好多篇,共得十四个国家的五十篇作品,定名为"欧美名家短篇小说丛刻",计英国十八篇,法国十篇,美国七篇,俄国四篇,德国二篇,意大利、匈牙利、西班牙、瑞士、丹麦、瑞典、荷兰、芬兰、塞尔维亚等国各一篇,并于每一篇之前,附以作者的小影和小传。这五十篇中,用文言文翻译的多于语体文。

编译完工之后,就由局中收买了去,得稿费四百元,供给了我的结婚费用。包天笑先生在卷首的序文中,还提到此事,天虚我生陈栩园先生在序言中道出翻译西方小说的甘苦,而主编"礼拜六"周刊的王钝根先生,也作了一篇序,除了夸奖之外,也说到我艰苦笃学之况。现在包先生虽还健在,年逾八十,而远客海外,阔别多年;陈王二先生已先后作古,无从亲炙,重读遗文,如听山阳之笛,不由得感慨系之!

当时中华书局当局似乎还重视我这部"欧美名家短篇小说丛刻",一九一七

> 我是一个
> 爱美成嗜的人

年二月初版，先出平装本（三册），后又出精装本（一册），我自己收藏着的，就是这样一册精装本。只因经过了四十年，书脊上的隶书金字，已淡至欲无，而浅绿色的布面也着了潮，变了色了。不意到了一九一八年二月还再版了一次，这对于那时年青的我，是很有鼓励作用的。至于中华书局把这部书送往教育部去申请审定登记，我根本不知道有这回事。两年后，我已不在局中工作，局方却突然送给我一张教育部颁发的奖状，使我莫名其妙；直到一九五〇年，周遐寿先生用"鹤生"的笔名，在上海"亦报"上发表了一篇短文（此文后收入他所著的"鲁迅故家"中），我才知道：民初，鲁迅先生正在教育部里任社会教育司科长，这部书就由他审阅，批复甚为赞许。那奖状当然也是他老人家所颁发的了。最近周遐寿先生在上海《文汇报》上发表的"鲁迅与清末文坛"那篇文章中，又提起此事。

我推想鲁迅先生之所以重视这部书，自有其原因。周遐寿先生也说得很明白，说他对于我采译英美以外的大陆作家的小说一点，最为称赏。我翻译英、美名家的短篇小说，比别国多一些，这是因为我只懂英文的缘故，其实我爱法国作家的作品，远在英美之上，如左拉、巴尔扎克、都德、嚣俄①、巴比斯、莫泊桑诸家，都是我崇拜的对象。东欧诸国，以俄国为首屈一指，我崇拜托尔斯泰、高尔基、安特列夫、契诃夫、普希金、屠格涅夫、罗曼诺夫诸家，他们的作品我都译过。此外，欧陆弱小民族作家的作品，我也欢喜，经常在各种英文杂志中尽力搜罗，因为他们国家常在帝国主义者压迫之下，作家们发为心声，每多抑塞不平之气，而文章的别有风格，犹其余事。所以我除于"欧美名家短篇小说丛刻"中发表了一部分外，后来在大东书局出版的"世界名家短篇小说集"八十篇中，也列入了不少弱小民族作家的作品。

近年来，我不再从事翻译，因为没有机会读到英美进步作家的作品；其他各国的文字，又苦于觌面不相识，那就不得不知难而退了。如果要重弹旧调，只得乞灵于古典文学，我想英译本中，也还有不少未曾译过的各国名作，只要用一番沙里淘金的工夫，也许能淘到一些金的。

---

① 嚣俄：指雨果。

第三章
有了朋友生命才显出全部的价值

有朋自远方来

古人道得好,"有朋自远方来,不亦乐乎!"远方来了朋友,谈天说地,可以畅叙一番,自是人生一乐。何况这个朋友又是三十余年前的老朋友,并且足足有三十年不见了,一朝握手重逢,喜出望外,简直好像是在梦里一样。

记得是某一年秋天的一个月明之夜,在上海旧时所谓"法租界"的一幢小洋房里,有南国剧社的一群男女青年正在演出几个短小精悍的话剧:《父归》啊,《名优之死》啊,都表演得声容并茂,有光,有热,有力,真的是不同凡俗。那导演是个瘦长个子的年轻人,而模样儿却很老成,头发蓬乱,不修边幅。他一面招待我和那些特邀的观众,一面还在总管剧务,东奔西走,而脸上的表情,也紧张得很。一口湖南话,又快又急地从舌尖上滚出来,分明是个与《水浒》里"霹雳火秦明"同一类型的人物。这年轻人就是现在中国戏剧家协会主席田汉同志,也就是这次从远方来的老朋友。

这是一九五六年九月间一个秋高气爽的日子。还只清早六点多钟,就有一位苏州市文联的同志,赶到我家里来,说昨晚上田汉同志到了苏州,现在西美巷招待所中候见。我一得了这天外飞来的喜讯,兴奋得什么似的;料知这位现代的"霹雳火秦明"是不耐久待的,于是捺下了手头正在整理的盆景,急匆匆地赶往西美巷去。

一位头发花白而身材微胖的中年人从沙发上站起来,和我紧紧地握住手;除了他那面目还能辨认出是田汉外,其他一切都和三十余年前大不相同了。那时他正热烈地和几位文化界同志谈着地方戏剧上的种种问题。我不愿打搅他们,恰见那位研究舞蹈的专家吴晓邦同志也在座中,就和他讨论起我国舞蹈的新事业来。

我是一个
爱美成嗜的人

我们正在谈着谈着，却见田汉同志已站了起来，忙着说道："来！来！我们大家玩儿去！"只因其他同志恰好都有别的任务，就由我和交际处的李瑞亭处长作陪，同行的还有两位上海戏剧家协会的干部吴瑾瑜、凤凰和田汉的秘书李同志；一行六人，分乘两辆汽车，向灵岩进发。

我和田、凤、李秘书合乘一车，颇不寂寞。凤凰同志原是十余年前的电影小明星。我初见她时，她还只十岁，恰像一头娇小玲珑的雏凤；而现在玉立亭亭，已是一个二十七岁的少妇了。这时我和田同志就打开了话匣子，从回忆过去，再说到现在，真是劲头十足。田同志说他经常在外边跑来跑去。最近在安徽合肥看地方戏的会演，几天里看到了庐剧和从湖北输入的黄梅戏，而安徽旧有的徽剧却没有了，这是一件莫大的憾事！这一次已和当地文化部门商讨发掘徽班老艺人、复兴徽剧的办法，使它发扬光大起来。我向他叙述了上月在江苏省人民代表大会上所听来的关于艺人们生活的情况。

我们谈谈说说，不觉已到了灵岩。田同志一下了车，就一马当先，大踏步赶上山去；脚上虽穿着皮鞋，却如履平地。他比我虽然年轻一些，也已五十八岁了，而"霹雳火秦明"的脾气，依然不变。他在山上到处流连，到处留影，到处都有兴趣，足足游赏了两小时。在寺门口买了一只大型的元宝式柳条篮子，亲自拎着，飞一般地奔下山去。据他说，要把这篮子送给他那位在文工团里工作而正在扬州演出的爱女，作为此次游苏的纪念。

这时已是正午了，我们不但忘倦，并且忘饥；又一同游了天平。田同志对于亭榭楼阁中的楹联都很欣赏，请李秘书一一抄录下来。在白云精舍中大啜钵盂泉水，放了二十六个铜子在杯子里，水还没有溢出，足见水质的醇厚。大家跑上一线天，田同志拉了我和凤凰，合拍了一张照，就步步登高，由下白云而到达中白云。他远望着"万笏朝天"光怪陆离的无数奇石，叹赏不已。因为时间的限制，就只得放弃了上白云，恋恋不舍地下山来了。

他虽将于明晨离苏赴锡，可是游兴很浓，还要一游园林。先到我家看了盆景和盆栽，又请吴同志替我们合拍了几张彩色照，已经四点钟了。中共苏州市委文教部长凡一同志夫妇俩伴他去游拙政园、寒山寺、虎丘等处，直到七点多钟方始回来，出席了凡一同志的宴会，再预备去看评弹和苏剧。田同志喜滋滋地对我说："今天时间虽匆促，但我还在寒山寺里叩了几下钟呢。"

第四章 历史的香味盗走了我的骄傲

我是一个
爱美成嗜的人

江南第一风流才子

看了"江南第一风流才子"这个头衔，以为此人一定是个拈花惹草、沉湎女色的家伙了，其实诗酒风流也是风流，不一定是属于女色方面的。江南第一风流才子是谁？就是明代大画家大文学家唐寅唐伯虎。

唐寅是一个道地的苏州人，号伯虎，又号子畏，幼年就学，才气奔放，绝顶聪明。稍长，经常跟他的好友张灵（梦晋）吃喝玩乐，绝无功名利禄之想。祝允明（枝山）是他的知己，见了不以为然，时常劝他奋发上进。他慨然道："只需闭户一年，取解元有如反掌，容易得很！"弘治戊午，他就举乡试第一，主考梁储爱上了他的文章，还朝后带给学士程敏政去看，彼此击节叹赏；于是常叫唐寅到他们那里去，往还极密。乙未会试时，敏政主考，江阴富人徐经是唐寅同舍的考生，贿赂了敏政的家童，得到了考题。东窗事发，有给事华昶上本弹劾敏政，牵连了唐寅；于是一同被捕下狱，屡受拷问。出狱之后，唐寅被谪到浙江去做小吏。他深以为耻，辞而不就，索性放浪形骸，远游祝融、匡庐、天台、武夷诸名山，更观海于东南，买舟泛洞庭、彭蠡，然后郁郁回到苏州。从此隐居桃花坞桃花庵，天天招邀三五友好，聚饮其中，借酒浇愁，客去不问，醉便酣睡。他曾有《桃花庵歌》一首云：

桃花坞里桃花庵，桃花庵里桃花仙。桃花仙人种桃树，又摘桃花换酒钱。酒醒只在花前坐，酒醉还来花下眠。半醒半醉日复日，花落花开年复年。但愿老死花酒间，不愿鞠躬车马前。车尘马足贵者趣，酒盏花枝贫者缘。若将富贵比贫贱，一在平地一在天。若将贫贱比车马，他得驰驱我得闲。别人笑我忒疯癫，我笑他人看不穿。不见五陵豪杰墓，无花无酒锄作田。

第四章
历史的香味盗走了我的骄傲

读了这首诗,可不要以为他在桃花庵里纵酒看花,已看穿了一切,其实是故作闲适,掩盖他的失意,借这一唱三叹来发发牢骚罢了。

唐寅于失意之余,羌无好怀,就借故休了他的妻,过他鳏居的生活。在百无聊赖的时光,很有厌世之意,但是一转念间,却又振作起来,自己谴责自己道:"大丈夫虽不成名,也该慨当以慷,何必效学那楚囚的模样呢!"于是刻了一个图章,自称"江南第一风流才子",作《伥伥词》以寄意:

伥伥莫怪少时年,百丈游丝易惹牵。何岁逢春不惆怅. 何处逢情不可怜。杜曲梨花杯上雪,灞陵芳草梦中烟。前程两袖黄金泪,公案三生白骨禅。老后思量应不悔,衲衣持钵院门前。

细味诗意,仍然是衰飒而颓废的。

那时宁王宸濠企慕他的才名,用甘言厚币来聘请他去。唐寅一见之下,知有谋反的企图,就使酒跳踉,假装疯疯癫癫的样子;宸濠受不了,只得放他走了。他回到了苏州,从此隐居不出,专心研究学问。对于应世的诗文,却不很经意,曾对人说:"后世知我不在此!"因此也就掉以轻心了。他有时兴之所至,作画自娱,下笔直追唐宋名家,但又厌苦人家向他求画,还是留着一手,并没有十足发挥他的才能。晚年信奉佛法,作出世之想,自号六如居士;仅仅活到了五十四岁,就与世长辞了。他临终时神志清明,口占一绝句云:

生在阳间有散场,死归地府也何妨。阳间地府俱相似,只当漂流在异乡。

这首诗明白如话,而也包含着无穷感慨。唐寅死后,他的老友祝允明为他作墓志铭,情文并茂,语多翔实;可是不知怎的,对于他义绝宁王宸濠的一回事,却只字不提。

唐寅于嘉靖癸未十二月二日去世,原配徐氏,因故离异,继娶沈氏. 生一女,无子。墓在横塘镇王家村,清代诗人方引谐有《吊唐六如墓》一绝云:

先生胸次海天宽,只爱桃花不爱官。荒土一抔魂魄在,满溪红雨落春寒。

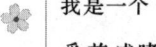

我是一个
爱美成嗜的人

墓已年久失修，苏州市文物古迹保管委员会因唐有关苏州文献，特地鸠工整修，于是这三尺断坟，不再埋没在荒草中了。凡是经过横塘而仰慕唐寅大名的人，总得前去凭吊一下；甚至有人还在追想他那段子虚乌有的"三笑姻缘"呢。

唐寅的画传世很多，而赝品也不少。我曾见过他的《东方朔》《墨梅》《蕉石图》三幅，都是真迹，并曾用小芭蕉二株、小顽石二块，仿蕉石图制作了一个盆景，见者都说有虎贲中郎之似。江苏省博物馆得其所作《李端端落籍图》一幅，为梅景书屋吴氏旧藏，也是精品。图中一男四女，身份不同，服饰也不同，可以看到唐代的服制和装饰，这是很够味儿的。

唐于诗文词曲都有一手，却随意著笔，并不求工。与花有关的，有"花月吟"效连珠体十一首，和沈石田落花诗三十首。我却爱他一首《妒花歌》：

昨夜海棠初着雨，数朵轻盈娇欲语。佳人晓起出兰房，折来对镜比红妆。问郎花好奴颜好？郎道不如花窈窕。佳人闻语发娇嗔，不信死花胜活人！将花揉碎掷郎前，请郎今夜伴花眠。

写来不假雕琢，自饶风趣；并且情景如画，倒也可以画一幅佳人妒花图的。

这些年来，我因定居苏州，爱好苏州，不论在口舌上，文字上，老是说苏州，话苏州，以至夸苏州。不料五百年前的唐寅，也是一个歌颂苏州的惯家。我从明代万历年间苏州何大成所编的《六如居士全集》中，读到了他歌颂苏州的诗，计有数十首之多，对于苏州的名胜古迹、岁时令节以及繁华情况，都大书特书，极尽其歌颂之能事。例如《姑苏八咏》是咏姑苏台、长洲苑、百花洲、响屧廊等八个名胜古迹，有些古迹早已荡然无存，找不到遗迹了。内中如天平山和寒山寺，那是前几年曾经整修，为广大群众游踪所至而是十分熟悉的。如《天平山》云：

天平之山何其高，岩岩突兀凌青霄！风回松壑烟涛绿，飞泉漱石穿平桥。千峰万峰如秉笏，峻峻嶒嶒相壁立。范公祠前映夕晖，盘空翠黛寒云湿。

《寒山寺》云：

第四章
历史的香味盗走了我的骄傲

金阊门外枫桥路，万家月色迷烟雾。谯阁更残角韵悲，客船夜半钟声度。树色高低混有无，山光远近成模糊。霜华满天人怯冷，江城欲曙闻啼乌。

唐寅所咏及的，偏重于自然景物，跟我们现在所见到的，并没有多大出入，可是建筑物却已整修得焕然一新了。

还有值得提供出来的，是那专说繁华富庶的《姑苏杂咏》四首，兹录其二云：

门称阊阖与天通，台号姑苏旧帝官。银烛金钗楼上下，燕樯蜀柁水西东。万方珍货街充集，四牡皇华日会同。独怅要离一抔土，年年青草没城墉。

长洲茂苑古通津，风土清嘉百姓驯。小巷十家三酒店，豪门五日一尝新。市河到处堪摇橹，街巷通宵不绝人。四百万粮充岁办，供输何处似吴民？

这是明代嘉靖年间的苏州，已使唐寅写得这样的有声有色；要是给他看了我们现在的新苏州，怕要舌拵不下，不知道该怎样的歌颂呢。

当时唐寅所住的桃花坞，就是北寺塔迤西的那条桃花坞大街，是颇为名的木刻发祥之地。他那桃花庵就是现在的准提庵，庵中还有他手写的碑刻。唐寅对桃花坞有特殊的好感，他那《姑苏八咏》中，就有《桃花坞》一首：

花开烂漫满村坞，风烟酷似桃源古。千林映日莺乱啼，万树围春燕双舞。青山寥绝无烟埃，刘郎一去不复来。此中应有避秦者，何须远去寻天台！

"上有天堂，下有苏杭"这句话，明代以前即已有之，因此唐寅《寄郭云帆》诗就这么说：

我住苏州君住杭，苏杭自古号天堂。东西只隔路三百，日夜那知醉几场。保俶塔将湖影浸，馆娃官把麝脐香。只消两地堪行乐，若到他乡没主张。

他对故乡苏州是一向有一种自豪感的。

我是一个
爱美成嗜的人

依楼听月最分明

关于月球的神话，千百年来深入人心，似乎尽人皆知，什么嫦娥奔月啊，吴刚伐桂啊，月中的桂树啊，蟾蜍啊，玉兔啊，给予人们种种美丽的幻象。古今诗人对月亮有很多美丽的描写，远如唐代李商隐的名句"嫦娥应悔偷灵药，碧海青天夜夜心"；近如毛主席《蝶恋花》词中的"问讯吴刚何所有，吴刚捧出桂花酒。寂寞嫦娥舒广袖，万里长空且为忠魂舞"等，都是传诵天下，脍炙人口的。

记得清代曾有一个《听月》的故事，很有趣味。据说某地某富翁家请一位秀才作西席，那时候恰巧造了一座楼，就请他起一个名字，写作匾额。秀才取宋代陆放翁的"小楼一夜听春雨"句，本想题为"听雨楼"，不知怎的误写为"听月"。富翁原是不通文墨的，竟制成了匾额，挂在楼上。

有一天，一个亲戚某举人看见了，说月亮只能看，不能听，"听月"二字是不通的。富翁就责备秀才，要解他的职。秀才慌了，求援于他的朋友某翰林。翰林想了想，答应帮忙。于是秀才约了富翁和举人，置酒高会，展开辩论，翰林也来了，故意尊秀才为老师，一看那楼上的匾额，连说："妙极，妙极！"立时写了一首诗，阐发"听月"二字的妙义：

听月楼高接太清，依楼听月最分明。摩天咿哑冰轮转，捣药丁东玉杵鸣。乐奏广寒音细细，斧修丹桂响丁丁。偶然一阵香风起，吹落嫦娥笑语声。

举人看了，大为叹服，而秀才的饭碗也就保住了。

这首诗在当时虽然是牵强附会，而到了今天，却就觉得很有意思；不见飞往月球的宇宙火箭上带着无线电收音机吗？当然是可以听到月球上的一切声音了。

第四章
历史的香味盗走了我的骄傲

无 言

　　春秋时,楚文王灭了息国,将息侯的夫人妫掳了回去,以荐枕席;后来生下了堵敖和成王,但她老是不开口,不说话。楚子问她却为何来,她这才答道:"我以一妇而事二夫,虽不能死,还有什么话可说呢?"于是"息妫无言"就成了一个典故。可是天赋人以一张嘴、一条舌,原不专为吃喝而设,是兼作说话之用的。人既不能不和社会相接触,也就不得不借说话来表达自己的意思。如果天生是个哑巴,造物之主先已夺去了她说话的权利,倒也罢了。至于说过话的人,而忽然装哑巴不说话,虽有一肚子的话要说而无从说起,这痛苦就可想而知了。息夫人以不说话来表示亡国之痛,对楚国是一种无言的抗议,值得后人同情。过去我们不幸处在一个反动统治的黑暗时代,虽都生了口舌,尽可说话,然而说起话来,有种种顾忌,有时说了一无所用,也等于空口白说。所以我在大发牢骚的时候,自愿变做一个哑巴,一辈子不再说话;甚至变成一个瞎子,一辈子不再看报。

　　中国有一位为了祖国而不言语的息夫人,西方也有一位为了祖国而三十年不言语的匈牙利人福立西林尔。那时匈牙利屈服于奥地利统治之下,失去了一切自由。林尔愤慨之余,就在一八四八年集合了同志,揭竿起义。只因兵力单薄,终于失败,林尔也做了俘虏。奥人用了酷刑,逼他说出同志匿迹的所在来,以便一网打尽,杜绝后患。林尔自求一死,嚼齿不答。奥国政府再把他的老母、弱妹和恋人都捉了来,威胁他吐实,谁知依然无效。最后把他这三个亲人当着他的面处死,他还是不屈不挠地不发一言。奥国政府不敢杀害这位爱国英雄,处以无期徒刑。林尔在狱中被幽囚了三十年,从没有说过一句话,一直到死。英国诗人南士弼氏曾有《不语行》一诗咏其事,赞叹不止。

我是一个爱美成嗜的人

西方既有一位三十年不言语的爱国者，又有一位四十九年不言语的痴情人。那是十九世纪时英国甘莱郡中的青年威廉夏柏。威廉爱上了一个邻近的农家女，此女也深深地爱着他，早就以身相许。无奈她的父亲是个老顽固，从中作梗，她又不忍告知爱人，偷偷地竟把结婚的吉期也确定了。到了那天，威廉鲜衣华服，欢天喜地地到礼拜堂去，满以为有情人终成眷属了，谁知他的爱人已被她那顽固的老父禁闭了起来，连信也没法儿递一个给他。威廉左等也不来，右等也不来，料知好事已变了卦，垂头丧气地回到家里。从此万念俱灰，离群独处，一连四十九年，从没有和人说过话，直到七十九岁死去，也没有一句遗言，真的是伤心极了。

第四章
历史的香味盗走了我的骄傲

歌颂诗人白乐天

我们现在作诗,作文,作小说,总要求其通俗,总要为工农兵服务,这才算得上是人民文学;如果艰深晦涩,那就像天书一样,还有什么人要读呢?唐代大诗人白乐天,虽生在一千多年以前,倒是一位深解此意的先进人物。据说他老人家每作一诗,先要请一个老婆婆解释一下,问她:"懂得吗?"她回说:"懂得的。"就把这首诗录下来,如果不懂,他就将诗句换过。所以古今人每谈到白乐天的诗,总说是老妪都解。《白氏与元微之书》有云:"……自长安抵江西,三四千里,凡乡校、佛寺、逆旅、行舟之中,往往有题仆诗者;士庶、僧徒、孀妇、处女之口,每有咏仆诗者。"这也足见他对于自己诗句的明白通俗,接近群众,不由得要自鸣得意了。当然,他的诗也有并不通俗的,不过并不太多。

白名居易,乐天其字,太原人,生于唐代大历七年。元和二年进士,迁左拾遗,后因获咎贬江州司马。那首有名的长诗《琵琶行》,就是在这时候做的。元和十五年召还,历官至刑部尚书。而最为我们所熟知的,就是他先任杭州太守,后又任苏州太守。苏杭向有天堂之称,他倒像做了天堂的看守人。我们现在每游西湖,游山塘,总得到白堤上去溜达一下,欣赏堤上的红桃绿柳,大家都会感念他老人家的遗爱。原来苏杭的两条白堤,都是他在任时造起来的。到了晚年,以诗酒自娱,因号醉吟先生,又因居住香山,自称香山居士。他以会昌六年去世,享年七十有五。乐天真是一个乐天派,所以有人说他生平作诗二千八百余首,多数是快乐的诗,关于饮酒的就有九百首之多。至于那首唱遍旗亭的《长恨歌》,还是成于高中进士之前,时年三十五岁,正是精力充沛的时候。

> 我是一个
> 爱美成嗜的人

一九五七年春，为了纪念他老人家诞生一千一百八十六年，南北各地诗人们纷纷集会赋诗，给他祝寿。三月四日，苏州市由老诗人杨孟龙先生招邀诗友，在拙政园宴集，虽然天不作美，风雨交作，仍有十四人出席。最有趣的，是姓氏无一相同，而把年龄统计起来，竟得一千零十四岁。席上诗人们逸兴遄飞，赋诗饮酒。女诗人汤国梨先生首唱，赋五律一首。我虽不是诗人，也胡诌了七绝四首：

凄绝《新丰折臂翁》，痛瘅在抱几人同。香山佳什都能解，老妪居然字字通（《新丰折臂翁》系《长庆集》中新乐府二十首之一，为反战而作）。

千有余年弹指过，弥纶四海诵遗篇。那知乌拉山边客，也拜诗人白乐天（苏联有白诗译本，传诵一时）。

甘棠遗爱至今留，堤上垂杨蘸碧流。装点湖山凭好句（《长庆集》中有《吴中好风景》《苏州柳》等多首，均为歌颂苏州而作），使君应谥白苏州。

联翩裙屐集名园，诗圣前头寿一樽。风雨萧骚浑不管，梅花香里各销魂（远香堂举行梅花展览会，我亦有"鹤舞""凤翔""梅月图"等参加展出）。

白乐天任苏州太守，虽只短短一年，而政绩却很不差，公正廉明，爱民如子。因此他去任时，人民都依依不舍，涕泣送行。当时刘禹锡赠诗，曾有"苏州十万户，尽作婴儿啼"之句；而他自己的诗中，也有"何乃老与幼，泣别尽沾衣，一时临水拜，十里随舟行"等句，足见他确是一位关心人民而为人民所爱戴的好官了。

第四章
历史的香味盗走了我的骄傲

西王母杖

西王母是神话中的天上仙人,那么西王母杖一定是她老人家所使用的一根仙人杖了。谁知千不是,万不是,却是山野中一种平凡的植物的别名;它的本名叫做枸杞。枸杞的别名很多,有天精、地仙、却老、却暑、仙人杖等十多个。枸杞原是两种植物的名称,因其棘如枸之刺,茎如杞之条,所以并作一名。叶与石榴叶很相像,稍薄而小,可供食用。干高二三尺,丛生如灌木。夏季开浅紫色小花,花落结实,入秋色作猩红,艳如红玛瑙。果实有浑圆的,有椭圆的;椭圆的出陕甘一带,较为名贵,既可欣赏,又可入药。不论是花、叶、根、实,都可作药用,有益精补气、坚筋骨、悦颜色、明目安神、轻身却老之功。它之所以别名西王母杖和仙人杖,料想就是为了它有这些功效之故。

枸杞的果实落在地上,入了土,就可生根,所以我的园子里几乎遍地皆是。春秋两季,采了它的嫩叶做菜吃,清隽有味。老干不易得,友人叶寄深兄,曾得一老干的枸杞,居中有一段已枯,更见古朴,大约是百年以外的东西,每秋结实累累,红艳欲滴。他为了重视这株枸杞之王,特请江寒汀画师写生,并题其书室为"杞寿轩",可是后来已割爱让与庐山花径公园了。我也有一株盆栽的老枸杞,作悬崖形,原出南京雨花台,已有好几十岁的年龄了。最奇怪的,干已大半枯朽,只剩一根筋还活着,我把一根粗铅丝络住了下悬的梢头,又在中部用细铅丝络住,看上去岌岌欲危。我曾和朋友们打趣地说:"这一株老枸杞,好像是一个害了第三期肺痨病的病人,不知能活到几时?"哪里知道三年来它的生命力还是很强,年年开花结实,鲜艳如故。不久近根处又发了一根新条,枝叶四布,结实很多。我曾宠之以诗,有"离离朱实莹如玉,好与闺人缀玉钗"之句。各地来宾,见了这一株老枸杞,没一个不啧啧称怪的。

> 我是一个
> 爱美成嗜的人

枸杞的老干老根多作狗形。据说宋徽宗时,顺州筑城,在土中掘得一株枸杞,活像是一头挺大的狗,当时认为至宝,就献到皇宫中去。旧籍中载:"此乃仙家所谓千岁枸杞,其形如犬者也。"在宋代以前,这种狗形的枸杞,也屡有发现;唐代白乐天诗中,就有"不知灵药根成狗,怪得时闻夜吠声"之句,刘禹锡诗也有"枝繁本是仙人杖,根老新成瑞犬形"之句。宋代史子玉《枸杞赋》有句云:"仙杖飞空,仿佛骖鸾,寿干通灵,时闻吠庞。"也是说它的干形像狗的。此外,如朱熹诗"雨余芽甲翠光匀,杞菊成蹊亦自春",陆游诗"雪斋茆堂钟磬清,晨斋枸杞一杯羹"。而苏东坡、黄山谷各有长诗咏叹,尊之为仙苗、仙草。枸杞,在一般人看来,虽很平凡,而古时却有这许多大诗人加以揄扬.那就见得不平凡了。

第四章
历史的香味盗走了我的骄傲

仲秋的花与果

仲秋的花与果,是桂花与柿,其金黄色与朱红色把秋令点缀得很灿烂。在上海,除了在花店与花担上可以瞧到折枝的桂花外,难得见整株的桂树;而在苏州,人家的庭园中往往种着桂树,所以经过巷曲,总有一阵阵的桂花香,随着习习秋风飘散开来,飘进鼻官,沁人心脾。我的园子里也有三株桂树,一大二小,大的那株着花很繁,整日闻到它的甜香。等到花已开足,就采下来,浸了一瓶酒,以供秋深持螯之用;又渍了一小瓶糖,随时可加在甜点心的羹汤内,如汤山芋、糖芋艿、栗子、白果羹中,是非此不可的。

柿,大概各地都有,而上市迟早不同,有大小两种,大的称铜盆,小的称金钵盂。杭州有一种方柿,质地生硬,可削了皮吃。我园有一株大柿树,每年都是丰收,累累数百颗,趁它略泛红色时,就随时摘下来,用楝树叶铺盖,放在一只木桶里,过了十天到十五天,柿就软熟,可以吃了。味儿很甜,初拿出来,颗颗发热,像在太阳下晒过一般。

古书中说柿有七绝:一、树多寿,二、叶多荫,三、无鸟巢,四、少虫蠹,五、霜叶可玩,六、佳实可啖,七、落叶肥大,可以临书。这七绝确是实情,并不夸张。所说落叶肥大可以临书,有一段故事可以作证:唐代郑虔任广文博士时,穷苦得很,学书苦无纸张。知慈恩寺有大柿树,布荫达数间屋。他就借住僧房,天天取霜打的红柿叶作书,一年间全都写满。后来他又在叶上写诗作画,合成一卷进呈,唐玄宗见了大为赞许,在卷尾亲笔批道:"郑虔三绝。"

柿初红时,也可作瓶供。某秋我曾从树上摘下一长一短两大枝,上有柿十余只,只因太重了,插在古铜瓶中方能稳定。我整理了它的姿态,供在爱莲堂

| 我是一个
| 爱美成嗜的人

中央的方桌上,历时快将一月,柿还没有大熟,却已红艳可爱。可惜叶片易于干枯,索性全都剪去,另行摘了带叶的大枝插在中间,随时更换,红柿绿叶,可以经久观赏。

第四章
历史的香味盗走了我的骄傲

回首当年话昆剧

我是一个昆剧的爱好者,朋友中又有不少昆剧家,最最难忘的,就是擅长昆剧的袁寒云盟兄。当年他因反对他的父亲(袁世凯)称帝,避地上海,每逢赈灾救荒举行义演时,他总粉墨登场,串演一两出昆剧。给我印象最深的,就是那出《八阳》,他饰的是亡国之君建文帝,真的是声容并茂,不同凡俗。唱那句"把大地山河一担装"时,悲壮激越,至今还是深印在我的心坎上,如闻其声。记得有一年嘉兴举行赈灾游艺会,请寒云兄去串演昆剧。他拉我同去,会场设在精严寺,节目很多。昆剧连演两夜,第一夜是《长生殿》的《小宴》《惊变》,第二夜是《折柳》《阳关》,都由平湖昆剧家高叔谦饰旦角和他合演,博得了很好的评价。在上海时,我又屡次看到昆剧名票友们的会演,最突出的就是徐凌云、俞振飞两先生,可说是祥麟威凤,一时无敌。徐先生多才多艺,什么角儿都会一手,并且都很精工。在年轻的时候,串演《连环记》中的吕布,曾有"活吕布"之称。最难得的,他还能串那《安天会》中的齐天大圣孙悟空,这一个跳跳蹦蹦活泼泼的猴子王,实在是不容易应付的。他要是串丑角儿吧,像《借茶》中的浪子张三郎,会演的人很多,可是和他一比,就有雅俗之分。俞先生是昆剧前辈俞粟庐先生的哲嗣,渊源家学,腹有诗书,又天赋一副好扮相,一条好喉咙,只要他一出场,就会使人精神一振,尽量地享受耳目之娱。他的一甩袖,一亮相,唱一句,笑一声,都有一种吸引人的魅力。他的杰作《贩马记》《连环记》《玉簪记》等,我都曾看过,风流儒雅,给予我一个深刻的印象。后来他以名票友下海,与梅兰芳先生配演京剧,有时也演演昆剧,真是璧合珠联,出出都成了极优美的艺术品。

昆剧的基本队伍,当然要算浙江昆苏剧团中和担任上海戏曲学校教师的几

我是一个
爱美成嗜的人

位"传"字辈的名演员了。三十五年前，苏州的几位昆曲家创办了昆曲传习所，招收了十余名学生，都以"传"字嵌在名字里，地点在桃花坞的五亩园，这就是今天各位"传"字辈名演员的摇篮，是昆剧中兴的发祥之地。后因苏州方面财力不足，由上海企业家穆藕初先生接办下去，扩充了学额，学生多至五十余人。穆先生自己也是一位名曲家，提携后进，不遗余力，把这传习所办得很好。学生们学成之后，就组成了"新乐府"，后又改名"仙霓社"，先后在笑舞台、大世界、小世界、新世界等游艺场中演出，我是经常去做座上客的。那时"传"字辈的名演员都还年轻，而表演都很老练，为一般昆曲迷所欣赏，可是曲高和寡，终于没落了。

前年在苏州举行的昆剧观摩演出，真是数十年未有的盛举，也给昆剧奠定了一个复兴的基础。我抱着病，连夜前去观赏，乐此不疲，简直把病魔也打退了。徐先生年逾古稀，俞先生也人到中年，而他们声容如旧，还是年轻得很。"传"字辈的各位名演员，艺事精益求精，已达到了炉火纯青的境界。他们并且培养好了新生力量，中如包世蓉、张世萼、龚世葵等，就是许多"世"字辈的小艺人，现在都已脱颖而出，前途无可限量。

这一次昆剧观摩演出，轰动了整个苏州市，真是有万人空巷之盛。徐凌云、俞振飞二大家的妙艺，更是有口皆碑。我和他们俩都是二三十年的老朋友，连夜看了他们的演出，满足了艺术享受，可惜没有机会和他们畅谈一下。一天下午，徐俞二先生忽然光临了我的小园，徐子权先生（凌云先生子，也是名曲家）也惠然肯来，使我喜出望外，促膝谈心，获得了莫大的安慰。现在且不谈艺事，来谈谈他们的"私底下"。

徐先生今年七十一岁了，还是精神饱满，一点儿没有老态。他在抗日战争期间，曾得过好几年的糖尿病，因为调理得当，早已痊愈了。他生平的爱好是多方面的，而且样样都精，除了曲艺外，也爱好古玩，爱好花鸟虫鱼，和我的爱好略同。三十年前，他在康定路上有一座园子，名叫"双清别墅"，俗称"徐园"，备具亭台花木之胜，荷池假山，布置脱俗。我于文事劳动之暇，常去盘桓，顿觉胸襟一畅。曾有一个时期，他在园后辟地数弓，架木为台，供昆曲传习所的生徒们排戏演出。那时周传瑛、王传淞、朱传茗、张传芳诸名艺人，都还年轻；并且还有一个后来转入商界的名小生顾传玠。他们合伙儿在这里演出，

第四章
历史的香味盗走了我的骄傲

我曾看过不少好戏。徐先生爱护他们，如同自己的子侄，天天周旋其间，顾而乐之。现在"双清别墅"早已没有遗迹可寻，而我回首当年，依稀如昨日事。

徐先生后来住在愚园路，有一座旧式的厅堂，陈设十分古雅。他爱好山栀子，亲自到杭州山上去掘取了大批苍老的干儿，回来养在水里，甚至还能开花。记得有一年，我到他那里去，见左右两个红木八仙桌上，陈列着好几十本老干的山栀子，用各色各样的瓷盆、瓷碗、瓷碟、瓷盘盛着，白石清泉，衬托着碧绿的叶子，使我眼界一清。

在这里，我也曾有一次遇见过主持昆曲传习所的企业家和名曲家穆藕初先生。他带着一只描金朱漆的大提篮，篮里安放着好几只很名贵的蟋蟀盆，都是乾嘉年间的古物；从盆里透出瞿、瞿、瞿的鸣声来。原来徐先生爱好蟋蟀，穆先生也有同好，双方经常约同斗蟋蟀，一决雌雄。

俞先生的小生，真可说是当代第一，盖世无双。我们看了他演出《连环记》中的吕布，《玉簪记》中的潘必正，哪里会相信他已是五十五岁的中年人。

俞先生能书能画，也写得一手好文章。同来的省文化局吴白匋同志，偶然在我书桌旁翻到一本抗战胜利后出版的《半月戏剧》，恰好刊有俞先生的一篇大作《穆藕初先生与昆曲》，真巧得很！我最爱他末了的一段："……庵临半山，门前修竹万竿，终朝凉爽；凭槛清歌，笛声与竹声相和答，翛然尘外，炎暑尽忘。……"限于篇幅，不能毕录；单读了这寥寥几句，就可知道他腹有诗书气自华，无怪艺事也会登峰造极了。

> 我是一个
> 爱美成嗜的人

红楼琐话

　　我的心很脆弱，易动情感，所以看了任何哀感的作品，都会洏眼抹泪，像娘儿们一样。往年读《红楼梦》，读到《苦绛珠魂归离恨天——病神瑛泪洒相思地》那一回，心中异样地难受，竟掩卷不愿再读下去了。

　　当年我也曾看过《红楼梦》电影。我不是批评家，不唱高调；单以情感来说，那么不怕人家笑话，我又照例掉过眼泪的。我很爱潇湘馆的布景，绿竹漪漪，使人起"天寒翠袖薄，日暮倚修竹"之感。我也很爱听周璇所唱的那首《葬花词》，似乎把黛玉心中的哀怨都唱了出来。

　　这一部电影，以《红楼梦》为名，自是太广泛了一些；因为所演出的只是贾林二人的一段哀史，不如称作《双玉哀史》《还泪记》或竟直率地称《贾宝玉与林黛玉》，而旁边注明"红楼梦的一节"，那就妥当得多。倘要用《红楼梦》这一个大名字，那么索性包罗万象地来一下，把《鸳鸯剑》《风月宝鉴》《宝蟾送酒》《刘姥姥初进大观园》《王熙凤毒设相思局》等等，一股脑儿包括在内，依原书中情节的先后，依次拍摄起来，不过人力物力，也要相当地扩大了。

　　梅兰芳的《黛玉葬花》，我曾瞧过两次，表情细腻，歌喉婉转，自是他生平的力作。当时词人况蕙风倾倒得了不得，特地为他填了两首词捧场。我爱他的那阕《西子妆》：

　　蛾蕊颦深，翠茵蹴浅，暗省韶光迟暮。断无情种不能痴，替消魂乱红多处。飘零信苦。只逐水沾泥太误。送春归，费粉娥心眼，低徊香土。娇随步。着意怜花，又怕花欲妒。莫辞身化作微云，傍落英已歌犹驻。哀筝似诉。最肠断红楼前度。恋寒枝，昨梦惊残怨宇。

第四章
历史的香味盗走了我的骄傲

我虽不懂大鼓,而白云鹏的《黛玉悲秋》《黛玉焚稿》,倒也去听过的。可是任他唱得怎样缠绵悱恻,我却并不感动,也许因为我是外行的缘故吧!

往年女诗人杨令茀女士,曾做过一个大观园的立体模型,有两张八仙桌那么大,曾在上海、苏州公开展览,所有园中亭台楼阁,山水花木,以及各种人物,都制作得十分精细,一丝不苟,而且宝玉、黛玉的面目,也栩栩如生,令人叹为观止!

《红楼梦》有英译本,就直译其名为 The Dream of the Red Chamber。译者是位精通中文的英国人,名叫 David Hawks,这倒是一件吃力不讨好的工作。

解放以后,《红楼梦》在文艺上仍保持了它崇高的地位,而贾宝玉与林黛玉也获得了很高的评价,如果双玉真有其人,也该含笑于九泉了。

舞台上常见有各剧种新编的《宝玉与黛玉》的演出,而以江苏省锡剧团的《红楼梦》为最,由姚澄、沈佩华、王兰英主演,吴白、木夫编剧,因为意义正确,很得好评。苏州弹词作家吴和士前辈,正在替朱雪琴、郭彬卿两艺人编《宝玉与黛玉》弹词,不料尚未脱稿,而苏州市评弹工作团潘伯英等已编成了中篇弹词《红楼梦》,分上中下三集,先后在苏沪演出,风靡一时。

我对林黛玉向有好感,深表同情于她的不幸遭遇。我虽是一个男子,而我的性情和身世也和她有相似之处:她孤僻,我也孤僻;她早年丧母,我早年丧父;她失意于恋爱,我也失意于恋爱;她多愁善感而惯作悲哀的诗词,我也多愁善感而惯作悲哀的小说。因此当我年轻的时候,朋友们往往称我为小说界的林黛玉,我也直受不辞。

林黛玉自号颦卿,颦又是悲哀的表示,颦与哭是分不开的,所以一部《红楼梦》,一半儿是林黛玉的泪史,说她是在还泪债,一点也不差。我自幼至长,为了恋爱,为了国恨,为了家难,也简直构成了一部泪史,也在还我的一笔泪债。记得当年曾有《还泪》两首诗:

悲来岂独梦无成,直欲逃禅了此生。偷活人间缘底事?尚须还泪似颦卿。
学书学剑两难成,愁似江潮日夜生。为有情逋偿未了,年年还泪作颦卿。

我是一个爱美成嗜的人

可是那个时代女子的心,毕竟是脆弱的,所以林黛玉因受不了悲哀的袭击而死了。我却顽强地抵抗着,终于渡过了一重重难关:恋爱早已告一段落,家难也早就应付过去,而祖国获得了新生,国恨也一笔勾销了。到如今我已还清了泪债,只有欢笑而没有眼泪,只有愉快而没有悲哀。

林黛玉孤芳自赏,落落寡合,她死心塌地地爱着贾宝玉,而不肯赤裸裸地透露出来。她面对着残酷的封建和礼教,孤军作战,坚持着不妥协的精神,与恶劣的黑暗势力相周旋。所以她虽受不了悲哀的袭击,而走上了死亡之路,仍不愧为封建社会中一个勇敢的女斗士。

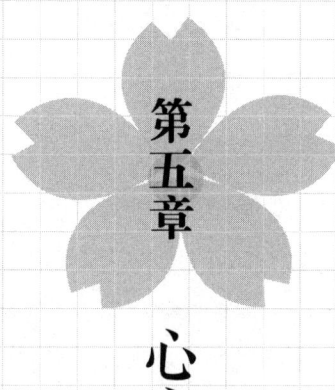

第五章 心心相聚的节日

春节话旧

苏沪间旧时风俗，对于年头岁尾特别重视，以为辛辛苦苦地忙了一年，这时应该欢天喜地地乐一下了。自从民间奉行了阳历以后，农历新年改称春节，一直沿袭至今。

春节前后的繁文缛节，举不胜举，以清代为甚。近数十年来，有的早已取消，有的却依然未能免俗，一般家庭中称为"过年景致"。

"过年景致"大概从十二月二十四日开始，按迷信旧俗，这天晚上例行送灶，俗称"送灶界"。据说这夜，灶神要上天去朝见玉皇大帝报告一年的工作，于是大家就举行送灶仪式。

送灶之后，还得举行一个较为隆重的仪式，叫作"过年"，又称"谢年"。从历书上选定一个"顺日"，在厅堂中央挂上一幅神轴，再供几副红纸做的所谓佛马。除了斋供各色果饵糕饼之外，再要供上猪肉、全鱼、全鸡三件，称为"三牲"，并附以鸡子和鸡血。照例，猪肉和鸡是熟的；而那尾鱼却是生的，并且以活跃为贵，寓有"鲤鱼跳龙门"的意义，取其吉利。此外还要烧兽炭、敲锣鼓，送神时还要放爆竹。

大除夕那天，那更要大忙特忙了。所有过年食用的东西全要办齐，称为"办年货"。亲友互送食物果饵，称为"送年盘"。入夜祭祖以后，合家长幼团聚宴饮，叫作吃"年夜饭"，又称"合家欢"。所有菜肴，都要配上一个吉利的名称。清代周宗泰《姑苏竹枝词》云：

妻孥一室话团栾，鱼肉瓜茄杂果盘。下著频教听谶话，家家家里合家欢。

第五章

心心相聚的节日

酒阑席散之后，还有接灶、祀床、封井、供年饭、画米囤、辞年、守岁许多花样，不胜其烦；所谓守岁，宋代已有此俗了。这夜合家在火盆旁团坐，盆中烧大炭团，美其名曰欢喜团；或歌唱，或谈笑，或敲锣鼓，直闹到天明，这就是所谓守岁。家家卧室里，还须点上一对大红蜡烛，也要通宵不熄，这就叫作"守岁烛"。

农历正月初一日，是春节的第一天，全家都穿新衣新鞋袜，焕然一新，男女依次向家长叩头拜贺，再往亲友家去道贺，称为"拜年"。有些人家，早起开门，先放爆竹三响，称为"开门爆仗"，据迷信的说法，这是可以吓退瘟神疫鬼的。这一天还有种种忌讳，忌扫地，忌汲水，忌乞火，忌做针线，忌用刀剪，忌倾倒粪秽，忌用汤淘饭，忌说不吉利话。有些人家，更要兜喜神方，烧十庙香，也全是迷信的行径，其目的无非是自求多福罢了。初三日称为"小年朝"，一切禁忌与初一相同。这天不知怎的，竟与初一同样被重视。初五日，据迷信的说法，是路头菩萨的生日，人家里和商店都备了三牲供品，有所谓接路头之举。接到了路头，就是取得一年的所谓利市。商店接过了路头，就请伙计们吃路头酒。而从这天起也就结束了假期，开始营业了。从初一到初五，是春节的最高潮，大家总要尽情地娱乐一下。

春节第二个高潮，就是正月十五夜。一年十二月，月月有十五夜，如果不是阴雨，也总有一个团圆的月儿，原没有什么稀罕，然而这正月十五夜却被另眼相看，称为"元宵"，又称"元夜"、"元夕"，家家户户都要张挂花灯；通都大道上，还有盛大的灯市。此风俗起于一千余年前的唐睿宗景云二年，而以开元年间为极盛。后来宋、元、明、清四朝也沿袭下来。明朝的灯市，连续十夜，胜于前朝。大画家唐伯虎曾有一诗咏元宵云：

有灯无月不娱人，有月无灯不算春。春到人间人似玉，灯烧月下月如银。满街珠翠游村女，沸地笙歌赛社神。不展芳尊开口笑，如何消得此良辰？

读了这首诗，就可见明朝元宵的盛况了。

元朝袭唐、宋遗风，元宵也盛极一时，既有灯市，也有歌舞。但看元曲中就有不少歌颂元宵的作品，如马致远《青哥儿》云：

> 我是一个
> 爱美成嗜的人

春城春宵无价,照星桥火树银花,妙舞清歌最是它。翡翠坡前那人家,鳌山下。

张可久《天净沙》云:

金莲万炬花开,玉梅千树香来。灯市东风暮霭,彩云天外,紫绡人倚瑶台。

又《水仙子》《元夜小集》云:

停杯献曲紫云娘,走笔成章白面郎。移宫换羽青楼上,招邀入醉乡。彩云深灯月交光,琉璃界笙歌闹。水晶宫阙绮罗香,一曲霓裳。

当时的元宵,就是这样在酣歌恒舞、绿酒红灯之间消磨过去。到了清朝和民国时期,元宵的盛况虽已不如前代,但因欢度春节,余兴未尽,仍要狂欢一下。这一切,实际上也只有少数人才真能享受得到。

沪苏旧俗,以元宵节前二夜为上灯之期,而以元宵后三夜为落灯之期。上灯时吃圆子,落灯时吃年糕,所以有"上灯圆子落灯糕"之说。而元宵这一夜,也非吃圆子不可,因此这种圆子又有一个"元宵"的别名。宋人范成大《上元记》说:"吴下节物,拈粉团栾。"足见宋朝就有元宵吃圆子的风俗了。清人吴饱庵诗:"既饱有人频咳唾,席间往往落珠玑。"就为圆子而作。

灯谜之制,也起源于元宵灯市。一般文人墨客,制了谜,写了纸条,粘在花灯上。灯的一面贴住墙壁,而三面都粘满谜语的纸条,任人揣摩。这就叫作"打灯谜"。谜面全从经史子集或小说传奇中取材,分为二十四格,猜中的揭条去领奖品。清朝词人陈其年《元夜词》,曾有"更夹路香,谜凭人打"之句,可见打灯谜就是当时元宵的文娱活动。现在打灯谜仍然盛行,但并不一定在元宵,也并不粘在花灯上了。

旧时苏州人家和商店中凡是有十番锣鼓的,除了春节头几天大吹大擂之外,到了元宵,也一定要再来一下,甚至通宵达旦,称为"闹元宵"。又有一种迷信

第五章
心心相聚的节日

的风俗,妇人们元宵一定要出外溜达,走过了三条桥,方始回家,称为"走三桥",据说可以祛病延年。此俗明朝即已有之,诗人陆伸曾作《走三桥词》云:

细娘分付后庭鸡,不到天明莫浪啼。走遍三桥灯已落,却嫌罗袜污春泥。

在清朝道光年间,此俗还在流行,到了光绪年间,似乎已废止了。

我是一个
爱美成嗜的人

上元灯话

农历正月十五日向称上元,这夜即称"元夕",俗称"元宵";旧俗必须张灯,盛极一时。考之旧籍,据说还是起于唐代睿宗景云二年,只有一夜。到唐玄宗时,改为三夜,元宵前后各一夜。到了北宋乾德五年,又加上十七、十八两夜,增为五夜。到南宋理宗淳祐三年时又增一夜,自十三夜起,名为"试灯"。到得明代朱太祖时,更变本加厉,增为十夜,自初八夜起就张灯于市,到十七夜才罢,名为"灯市"。近年来苏沪风俗,都以十三夜至十八夜为灯节,倒还是依照着南宋的旧俗。

制灯最工巧的地方,近推浙江菱湖。往年我在上海居住时,就听得菱湖灯彩的大名,也曾见过各式各样的菱湖灯,确有鬼斧神工之妙。记得当年有一个叫作桑栋臣的,专给新旧剧场扎灯彩,听说他就是菱湖人,技术确很不差。但在宋代,苏州倒是以制灯著名的。周密《乾淳岁时记》称:"元夕张灯,以苏灯为最。圈片大者径三四尺,皆五色琉璃所成,山水人物,花竹翎毛,种种奇妙,俨然著色便面也。"梅里人用彩笺铸细巧人物扎灯,名梅里灯,也很有名。又有一种夹纱灯,是用彩纸刻花竹禽鱼而夹以轻绡的,现在恐已失传了。清代道光年间,阊门内吴趋坊皋桥中市一带,都有出卖各种彩灯的,满街张灯,陆离光怪,令人目不暇接。人物有张君瑞跳粉墙、西施采莲花、刘海戏蟾诸品。花果有莲、藕、玉兰、牡丹、西瓜、葡萄诸品。禽兽水族则有孔雀、凤凰、鹤、鹿、马、兔、猴与金鱼、鲤鱼、虾、蟹诸品,其他如龙船灯、走马灯等,不胜枚举。一九五四年春节,人民路怡园为了引起大众兴趣,特请名手精制彩灯大小数十只,全用各式绢绸,或加彩绘,或缀流苏,十分悦目;而给我以良好印象的,是塔灯、莲花灯和走马灯三只,不愧为个中精品。

第五章

心心相聚的节日

走马灯是我儿时最爱看的。大概用纸剪了人物车马或京剧中的《三国》《水浒》等戏,着了彩色,粘贴在竹制的轮子上,承以蛎壳,一点上蜡烛,就会转动。大概小朋友们都是喜欢这玩意儿的。清代吴谷人有《辘轳金井》词咏走马灯云:

涨烟飞焰,送星蹄逐队,奔腾不少。一片迷离,向蝉纱围绕。帘深夜悄,怕壁上观来应笑。几许英雄,明明灭灭,冬烘头脑。

平生壮怀渐老。念五陵游历,空负年少。陈迹团团,叹磨驴潦倒。山香插帽,要鼓打太平新调。尽洗弓兵,飚轮迅卷,月斜天晓。

古时重视上元,夜必张灯,以唐代开元年间为最盛。旧籍中曾说:"上元日天人围绕,步步燃灯十二里。"其盛况可以想见。诗人崔液曾有《上元诗》六首记其事。兹录其两首云:

今年春色胜常年,此夜风光最可怜。鸤鹊楼前新月满,凤凰台上宝灯燃。
神灯佛火百轮张,刻象图容七宝装。影里如闻金口说,空中似放玉毫光。

所谓灯市,宋代初期,也称极盛。《石湖乐府》序中曾记苏州灯市盛况,据说元夕前后,各采松枝竹叶,结棚于通衢,昼则悬彩,杂引流苏;夜则燃灯,辉煌火树,朱门宴赏,衍鱼虎,列烛膏,金鼓达旦,名曰"灯市"。凡闤阓以内,大街通路,灯彩遍张,不见天日。到了后来,却渐渐衰落了。明初,灯市又极热闹,南都搭了彩楼,招徕天下富商,放灯十天。北都灯市在东华门,东亘二里,自初八起,到十三就盛起来,到十七才止。白天,各处的珍异古董以及服用之物,都来参加,好像开展览会一样。入夜便张灯放烟火,还有鼓吹杂耍弦乐,通宵达旦。据刘侗所记称:"丝竹肉声,不辨拍煞,光影五色,照人无妍媸,烟骨尘笼,月不得明,露不得下。"那时明太祖刚建了都,大概就借这元宵来庆祝一下吧?

清初,灯市也盛极一时,上元不可无灯,已成了牢不可破的风俗。如康熙年间,词人彭孙通有《洞仙歌·元夕》云:

我是一个爱美成嗜的人

千门万户,听踏歌声遍。一派笙箫暗尘远。有麝兰通气,罗绮如云,香过处隐隐红帘尽卷。闲行南北曲,玉醉花嫣,争簇天街闹蛾转。更谁家丽质,灯火阑干,蓦地里夜深重见。向皓月光中费疑猜,不道是今宵,广寒人现。

又嘉庆年间,王锡振有《鹧鸪天·元夕出游》云:

油壁香车骎骎轻,天街风扑暗尘生。市楼一簇金盘焰,便碍纱笼侧帽行。前堕珥,后遗簪。烛围灯树几家屏。鱼龙杂遝街如墨,不觉当头有月明。

读了这两首词,便可知道那时看灯的兴高采烈了。

明代张大复《梅花草堂笔谈》,是小品文中的代表作,文笔隽永,读之如啖谏果(橄榄),很有回味。他曾有《上元》一篇云:"东坡夜入延祥寺,为观灯也。僧舍萧然无灯,大败人意。坡乃作诗云:'门前歌舞闹分明,一室清风冷欲冰。不把琉璃闲照佛,始知无烬亦无灯。'此老胸次洒落,机颖圆通,聊作此志笑耳。崔液云:'玉漏铜壶且莫催,铁关金锁辄明开。谁家见月能闲坐,何处闻灯不看来?'方是真实语。老盲不能夜游,晚来月色如银,意欲随逐行辈,稍穿城市,而疟鬼恼人,裹足高卧,幼女提一莲灯,戏视亦自灿然。"

他老人家不能出去看灯,而对于幼女的莲花灯却表示好感。我爱莲花,也爱莲花灯,今年元宵,就买了个莲花灯,聊以自娱。

第五章
心心相聚的节日

清明时节

  清明时节往往多雨,所以唐人诗中曾有"清明时节雨纷纷,路上行人欲断魂"之句;而每年入春以后,也往往多雨,所谓杏花春雨江南,竟做得十足,连杏花也给打坏了。清明那天,苏州市各园林中,游人络绎,虎丘千人石畔挤得水泄不通。各处扫墓的人也不少。清代周宗泰《姑苏竹枝词》云:

衣冠稽首祖茔前,盘供山神化楮钱。欲觅断魂何处去?棠梨花落雨余天。

这也是为前人扫墓而作的。
  邻居到我的园子里来,摘了好几枝杨柳,插在他家门上;又做了几个杨柳球,给小姑娘们戴在头上。旧时有迷信之说,女人们戴了杨柳,可使红颜不老,所以《江震志》称:"清明,男女咸戴杨柳,谚云清明不戴柳,红颜成皓首。"吴曼云《江乡节物词》有云:

新火才从竹屋分,绿烟吹作雨纷纷。杨枝最是无情物,也逐春风上鬓云。

他咏的是杭州清明的风俗,正与苏俗相同。
  清代词人陈其年有《清明后一日吴阊道中》作调寄《南乡子》二首云:

卷絮搓绵,雪满山头是纸钱。门外桃花墙内女,寻春路,昨日子规啼血处。

> 我是一个
> 爱美成嗜的人

又云：

才过清明，东风怯舞不胜情。红袖楼头遥徙倚，垂杨里，阵阵纸鸢扶不起。

前一首是咏的扫墓寻春，而后一首分明是咏放断鹞了。纸鸢俗称鹞子，春初每逢晴日，孩子们每以放鹞子为乐。杨韫华《山塘棹歌》有云：

春衣称体近清明，风急鹞鞭处处鸣。忽听儿童齐拍手，松梢吹落美人筝。

所谓鹞鞭，是用竹芦粘簧缚在鹞子的背上，遇风喤喤作声，很为动听。我在童年时，也很喜欢这玩意儿。照例放鹞子到清明后为止，称为放断鹞。

清明前二日为寒食节，一说是前三日。洛阳人家每逢寒食日，装万花舆，煮桃花粥。苏州的俗用稻麦苜蓿捣汁，和糯米作青粉团，以赤豆沙为馅，清香可口，这是旧时每家每户所少不了的应景食品。

清明日，旧时还有淘井的风俗，大概也为了要使井水清明之故。据旧籍中载，苏东坡在黄州时，梦中听得高僧参寥朗诵所作新诗，醒后记起两句："寒食清明都过了，石泉槐火一时新。"梦中问："火固新矣，泉何故新？"参寥答道："清明俗以淘井。"这淘井的风俗，倒是卫生之道。苏州人家几乎家家有井，可是清明日淘井这回事，却早就没有了。

宋代名臣范成大归隐苏州石湖，对于乡村节景，都喜发为吟咏，如"石门柳绿清明市，洞口桃红上巳山"，"桃杏满村春似锦，踏歌椎鼓过清明"诸句，读之使人神往！至于《四时田园杂兴》诸作，描写农家乐事，也是大可一读的。

第五章
心心相聚的节日

端午景

农历五月五日,俗称端午节或端阳节,也有称为重五节、天中节的。苏沪一带旧俗,家家门前都得挂菖蒲、艾蓬;妇女头上都得戴艾叶、榴花;孩子们身穿画着老虎的黄布衫,更将雄黄酒在额上写一王字,并佩带绸制健人、雄黄荷包、袅绒铜钱、独瓣网蒜等一串。这一切的一切,都称为"端午景"。

旧时,有些迷信的人家,还在客堂里挂上一幅钟馗的画像,以为他能杀鬼。蒲蓬除挂在门上外,还要挂在床上,以蒲作剑,以蓬作鞭,再配上一个锤子形的蒜头,据说这都是用以吓退鬼物的。清代诗人吴曼云《江乡节物词》咏之以诗:

蒲剑截蒲为之,利以杀鬼,醉舞婆娑,老魅亦当退避。破他鬼胆试新硎,三尺光莹石上青。醉里偶然歌斫地,只怜蒲柳易先零。

末句调侃得妙,足以破除迷信。

此外又在门上床上张贴用彩纸画成的蛇、蝎、蜈蚣、壁虎、蜘蛛等五毒符,并在每一间房中,用铜脚炉焚烧苍术、白芷、芸香等,再点上一根蚊烟条,直烧得烟雾腾腾,都是可以去毒的。这些旧风俗虽有迷信成分,却还是一种卫生运动。

孩子们所佩带的健人等物,我在幼年时代也曾佩带过;先母工女红,所以也善于做这小玩意儿。所谓健人者,是用彩绸缝制的一个小孩子,骑在一头小老虎背上,下面再加上袅绒的小铜钱,袅丝的小角黍,绸制的小荷包,内装雄黄或衣香,这几件东西用丝线联成一串,五色斑斓,美丽悦目,倒又是旧时代

我是一个
爱美成嗜的人

妇女们一种精细的手工艺了。此外又有所谓长寿线，是用五色的丝线编就，缚在孩子们的臂上，男左女右，用以验看将来的胖或瘦，线宽则瘦，线紧那就胖了。

端午景中最有意义的两件事，是裹角黍和划龙船，都是用以纪念我们的爱国大诗人屈原的。

角黍俗称粽子，用箬叶裹了糯米制成，中间以猪肉或猪油、豆沙为馅，作三角形，因名角黍。据说角黍创始于屈原的姐姐，从前每逢端午，人们用竹筒盛了米，投在水中祭屈原，以表敬意，角黍就是从竹筒盛米演变出来的。可是后来人们裹了角黍，只为满足口腹之欲，再也想不到投水祭屈原了。

龙船竞渡，三十余年前我住在上海时，曾到黄浦江边去躬与其盛。船共两艘，用彩绸扎满船身，龙头和龙尾都是特制的。划船的青年们，头裹彩帕，身穿彩衣、彩裤，雄赳赳气昂昂地把住了桨，锣鼓喧天声中，两艘龙船彼此竞赛，倏前倏后，各不相下，直到夺得了锦标才罢。相传这端午竞渡的旧俗，也是为了凭吊屈原自沉汨罗而作，并不是单单闹着玩的。宋代吴礼之有《喜迁莺·端午泛湖》词云：

梅霖初歇。乍绛蕊海榴，争开时节。角黍包金，香蒲切玉，是处玳筵罗列。斗巧尽输少年，玉腕彩丝双结。舣画舫，看龙舟两两，波心齐发。奇绝。难画处，激起浪花，飞作湖间雪。画鼓喧雷，红旗闪电，夺罢锦标方彻。望中水天日暮，犹自朱帘高揭。归棹晚，载荷香十里，一钩新月。

这首词中对于端午景都略有咏及，而描写龙船竞渡，更有颊上添毫之妙。

第六章 诗情画意中的惬意生活

> 我是一个
> 爱美成嗜的人

上海大厦十二天

　　凡是到过上海的人,看过或住过几座招待宾客的高楼,对于那座十八层高的上海大厦,都有好感。一九五六年秋,我曾在上海大厦先后住过十二天,天天过着丰富多彩的文化生活,在我这一年的生命史上,记下了极度愉快的一页。这巍巍然矗立在苏州河畔的上海大厦,简直是我心灵上的一座幸福的殿堂。

　　永恒的景仰与怀念,不是时间的浪潮所能冲淡的,何况又加上了一重永恒的知己之感。十月十四日鲁迅先生灵柩的迁葬仪式,与十九日先生逝世二十周年的纪念大会,终于把我从百忙中吸引到了上海。感谢文化局的一片盛情,招待我在上海大厦第十二层楼上的十四号室中住下。俗有十八层地狱之说,而这里却是十八层的天堂。

　　跨上了几级石阶,走进了挺大的钢门,就是一个穿堂,右边安放着大小三张棕色皮面的大沙发,后面一块搁板上,供着一只大花篮,妥妥帖帖地插着好多株粉红色的莒兰花,姹娅欲笑,似乎在欢迎每一个来客。

　　右边是一个供应国际友人的商场,但是自己人也一样可以进去买东西,所有吃的、穿的、用的,形形色色,全是上品,如入山阴道上,目不暇接。我向四下里参观了一下,觉得不需要买什么,就买了两块"可口糖"吃,我的心是甜甜的,吃了糖,我的嘴也是甜甜的了。

　　左边是一个供应西点、鲜果、烟酒、糖食和冷饮品的所在,再进一步,是一座大厅,供住客作文娱活动,设想是十分周到的。第一层楼上,是大小三间食堂,一日三餐,按时供应,定价很为便宜,有大宴,也有小吃,任听客便。据交际处吴惠章同志对我说,这里的四川菜和淮扬菜,都是上海第一流的。

　　记得往年这里名称"百老汇大厦"时,我常和苏州老画师邹荆庵前辈到此

第六章
诗情画意中的惬意生活

来吃西餐，一眨眼已是十年以前了。如今邹老作古，我却旧地重游，非先试一试西餐，以资纪念不可；因此打了个电话招了大儿铮来，同上十七层楼去，只见灯火通明，瓶花妥帖，先就引起了舒服的感觉。我们点了几个菜，都是苏联式的烹调，很为可口；又喝了两杯葡萄酒；醉饱之后，才回到十二层楼房间里去。

这是一个挺大的房间，明窗净几，简直连一点尘埃都找不出来。凭窗一望，只见当头就是一片长空，有明月，有繁星，似乎举手可以触到。低头瞧时，见那一串串的灯，沿着弧形的浦江之滨伸展开去，直到很远很远的地方；并且也看到了浦东的万家灯火，有如星罗棋布。我没有到过天堂，而这里倒像是天堂的一角，晚风吹上身来，不由得微吟着"琼楼玉宇，高处不胜寒"了。

当晚在十一层楼上会见了神交已久的许广平先生。她比我似乎小几岁，而当年所饱受到的折磨，已迫使她的头发全都斑白了。许先生读了《文汇报》我那篇《永恒的知己之感》，谦和地说："周先生和鲁迅是在同一时代的，这文章里的话，实在说得太客气了。"我急忙回说："我一向自认为鲁迅先生的私淑弟子，觉得我这一枝拙笔，还表达不出心坎里的一片景仰之忱。"

这是第一度住在上海大厦，过了整整七天的幸福生活。第二度是十一月三日，为了被邀将盆景参加中山公园的菊展，由园林管理处招待我住在十四层楼的五号室中，真的是"前度刘郎今又来"了。这回还带了我的妻文英同来，作我布置展出的助手；并且为了今年是我们结婚十周年，也算是举行了一个西方人称为"锡婚式"纪念。

这五号室仍然面临苏州河，正中下怀，而且比上一次更高了两层，更觉得有趣。从窗口下望时，行人车辆，都好似变做了孩子们的玩具，娇小玲珑。黄浦公园万绿丛中的花坛上，齐齐整整地满种着俗称嘴唇花的一串红，好似套着一个猩红色的花环，构成了一幅美丽的图案画。大大小小的船只，像穿梭般在河面上往来，帆影波光，如在几席间，供我们尽量地欣赏。

一床分外温暖的厚被褥，铺在一张弹簧的席梦思软垫上，让我舒舒服服地高枕而卧，迷迷糊糊地溜进了睡乡，做了一夜甜甜蜜蜜的梦。老实说，我自有生以来，还是破天荒第一次宿在这么一座高高在上的楼房里，俗话说："一跤跌在青云里"，我却是"一噌睡在青云里"了。

| 我是一个
| 爱美成嗜的人

  为了要参加苏州拙政园的菊展，小住了五天，只得恋恋不舍地辞别了上海大厦，重返故乡。呀！上海大厦，我虽并不喜爱这软红十丈的上海，但我在你那里小住了十二天之后，对于你却有偏爱；因为你独占地利之胜，胜于其他一切的高楼大厦。我希望不久的将来，仍要投入你的怀抱。

第六章
诗情画意中的惬意生活

乞巧望双星

苏州好,乞巧望双星。果切云盘堆玉缕,针抛金井汲银瓶;新月挂疏棂。

这是清代沈朝初的《望江南》词,是专为七夕望牵牛、织女二星乞巧而作的。这一段美丽的神话,流传已久,几乎尽人皆知;就是戏剧中也有《牛郎织女》一出应时戏,旧时每逢农历七月七日总要搬演一下。

神话的来源是这样的,据《荆梦岁时记》说:天河之东,有织女,是天帝的女儿,年年在织机上劳动,织成云锦天衣。天帝怜悯她单身独处,许她嫁与河西牵牛郎。她嫁了之后,不再从事纺织,天帝一怒之下,就责令她仍回河东,只许每年七月七日,渡过天河去与爱人一会。天帝拆散这一对恩爱夫妻,似乎忒煞无情。然而织女一嫁就不再纺织,也是自取其咎。足见照神话的作者看来,劳动不但是人间应有之事,就是做了神仙,也是不许不劳动的。

苏州旧俗,在七夕的前一夜,妇女们将杯子盛了一半河水、一半井水的所谓鸳鸯水,露在庭心,天明后在阳光下曝晒了一会,就把绣针丢下去。针浮在水面,水底的针影或粗或细,自能幻出种种物象,借此验看丢针的女孩子是巧是拙。这玩意儿北京人称为丢巧针,杭州人称为针影,据说是古代的穿针遗俗。清代吴曼云咏之以诗云:

穿线年年约比邻,更将余巧试针神。谁家独见龙梭影,绣出鸳鸯不度人。

七夕,苏州旧时人家有乞巧会,凡是女孩子都须参加,因又称为"女儿节"。她们往往在庭心或露台上供了香案,烧香点烛摆瓜果,各个礼拜牵牛、织

我是一个
爱美成嗜的人

女二星,向他俩乞巧。这天还得吃巧果,也是乞巧之意。所谓巧果,是用面粉和着白糖打成一个结,入沸油氽脆而成。这种巧果,在七夕前茶食店中早就制备了。现在敬礼双星的旧俗虽已废止,而巧果却仍是年年可吃。

据说织女渡过天河去和牛郎相会,是借重许多乌鹊作成一座桥的,因此称为鹊桥。还有一个可笑的传说,说每逢七月七日,乌鹊头上的毛都会无故脱落,就为了作桥梁给织女过渡之故。它们这种服务精神,倒是很可佩服的。鹊桥,自是很好的词料,所以词牌中也有《鹊桥仙》一调,如清代女词人袁希谢《七夕》调寄《鹊桥仙》云:

银河耿耿,鹊桥填否?试想彩云堆里,双双曾未诉离愁,听壶漏三更近矣。月光斜照,良辰易过,促织声催不已。年年此夕了相思,才了却相思又起。

又孙秀芬《蝶恋花》云:

又见佳期逢七夕。乌鹊桥成,欲渡还娇怯。一岁离情应更切,银河执手低低说。莫怪天孙肠断绝,修到神仙,尚有生离别。风露悄凉人寂寂,夜深独向瑶阶立。

这两位女词人,都是深表同情于这一对神仙夫妇的别离的。

每年只有一个七夕,所以牛郎织女也只有一年一度的相会;除非逢到闰七月,再来一个闰七夕,他俩才占到了便宜,可以再渡天河相会一次了。清初词人董舜民曾有《闰七夕》一词,调寄《八声甘州》云:

再向银河畔,数佳期,相望又相邀。正欢娱此夜,一年两度,良会非遥。记得从前好合,离恨在明朝。更值秋光永,清漏迢迢。天遣多情灵匹,却无情乌鹊,有意偏劳。看云开月帐,重与渡星桥。愿乞取羲和历日,算年年,长是闰今宵。何须叹,世间儿女,一别魂销。

词人多情,对于这一对神仙眷属的再度相会,也觉得高兴,所以词中充满着欢欣鼓舞的情调;并且愿望年年有个闰七夕,好让他俩年年多会一次了。

第六章
诗情画意中的惬意生活

爱 猫

　　猫是一种最驯良的家畜，也是家庭中一种绝妙的点缀品，旧时闺中人引为良伴，不单是用以捕鼠而已。我家原有一只玳瑁猫，已畜有三年之久，善捕鼠，并不偷食，便溺也有定处，所以一家上下都爱它。不料后来却变了，整天懒得动弹，常在灶上打盹，见了东西就偷去吃；便溺也不再认定一处，并且常把脚爪乱抓地毯和椅垫，使我非常痛恨，但也无可奈何。不料一天早上，却发现它死在园子里了，也不知道它是怎么死的。幸而它已生下了两只小猫，总算没有绝嗣，差无后顾之虑。我们送掉了一只，留下了一只，毛片火黄夹着深黑色，腹部和四脚都作白色，比它母亲生得更美丽，也可算得是移入尤物了。

　　我国文人墨客，大都爱猫，因此诗词中常有咏叹之作。清代词人钱葆酚调寄《雪狮儿》咏猫，遍征词友和韵，名家如朱竹垞、吴谷人、厉樊榭等都有和作；朱氏三阕，雅韵欲流，可称狸奴知己。其一云：

　　吴盐几两，聘取狸奴，浴蚕时候。锦带无痕，搊絮堆绵生就。诗人黄九，也不惜买鱼穿柳。偏爱住戎葵石畔，牡丹花后。

　　午梦初回晴昼，敛双睛乍竖，困眠还叉。惊起藤墩，子母相持良久。鹦哥来否？惹几度春闺停绣。重帘逗，便请炉边叉手。

其二云：

　　胜酥入雪，谁向人前，不仁呼汝？永日重阶，恒把子来潜数。痴儿骏女，且莫漫彩丝牵住。一任却食鱼捕雀，顾蜂窥鼠。百尺红墙能度，问檀郎谢媛，春眠何处？金缕鞋边，惯是双瞳偏注。玉人回步，须听取殷勤吩咐。空房暮，但唤衔蝉休误。

又陈其年《垂丝钓》一云：

房栊潇洒，狸奴嬉戏檐下。睡熟蝶裙儿，皱绡衩。梅已谢，撒粉英一把。将伊惹，正风光艳冶。寻春逐队，小楼窜响鸯瓦。花娇柳姹，向画廊眠藉。低撼轻红架，鹦鹉怕唤玉郎悄打。

董舜民《玉团儿》云：

深闺驯绕闲时节，卧花茵，香团白雪。爪住湘裙，回身欲捕，绣成双蝶。春来更惹人怜惜，怪无端鱼羹虚设。暗响金铃，乱翻鸳瓦，把人抛撇。

刘醇甫《临江仙》云：

绣倦春闺谁伴取？红毹日暖成堆。炉边叉手任相猜。金猊从唤住，玉虎罢牵回。刚是牡丹开到午，亭阴尽好徘徊。几番移梦下妆台。买鱼穿柳去，戏蝶踏花来。

清词丽句，足为狸奴生色。

不但我国文人爱猫，就是西方文坛名流，也有好多人都有猫癖的；如法国文豪雨果（V. Hugo），要是不见他的爱猫在房间里时，心中就会郁郁不乐，若有所失。小说家柯贝（F.copped），更如痴如醉地爱着猫，连年搜罗名种，不遗余力，有几头波斯种的，名贵非常。小说家戈缔叶（Gautier），也豢养着好多只猫，无一不爱，都给它们起了东方式的名儿，如茶比德、左培玛等；有一只雌猫，用埃及女王克丽巴德兰的名儿称呼它；另有一只最美的，生着红鼻蓝眼，平日最为钟爱，不论到哪里去，总带着同行，他称之为西菲尔太太，原来西菲尔是他自己的名儿，简直当它像爱妻般看待了。英国文坛上，也有位爱猫的名

第六章
诗情画意中的惬意生活

流,如小说家兼诗人司各特(W. Scott),本来是爱狗成癖而并不爱猫的,到了晚年,却来了个转变,对于猫引起极大的好感。他曾在文章中写着:"我在年龄上最大的进步,就是发现我爱着一只猫;这畜牲本来是我所憎恶的。"诗人考伯(Cowper)每在家里时,他所爱的一只小猫总是厮守在他的身旁,他曾写信给朋友说:"这是蒙着猫皮的一只最灵敏的畜生。"其他如约翰生(O. Johnson)、白朗(O. M. Brown)、华尔泊(H. Walpole)诸名作家,也都是有名的爱猫者,平日间是与猫为友,非猫不欢的。

首都名画家曹克家同志,是一位画猫的专家,在他彩笔上产生出来的大猫小猫,不论形态神情,都好像是活的一样。一九六一年间,他在苏州待了好几个月,给刺绣工场画了不少的猫,也收了几个高徒。我们只要看了双面绣绣出来的那些活灵活现的猫,就可知道这是曹克家画笔上的产物,而过渡到"针神"们的金针上去的。

> 我是一个
> 爱美成嗜的人

茶 话

茶，是我国的特产，吃茶也就成了我国人民特有的习惯。无论是都市，是城镇，以至乡村，几乎到处都有大大小小的茶馆，每天自朝至暮，几乎到处都有茶客，或者是聊闲天，或者是谈正事，或者搞些下象棋、玩纸牌等轻便的文娱活动，形成了一个公开的群众俱乐部。

茶有"茗"、"荈"、"槚"几个别名。据《尔雅》说，早采者为茶，晚取者为茗，荈和槚是苦茶。吃茶的风气始于晋代。晋人杜育就写过一篇《荈赋》，对于茶大加赞美；到了唐代，那就盛行吃茶了。

茶树的干像瓜芦，叶子像栀子，花朵像野蔷薇，有清香，高一二尺。江苏、浙江、福建、安徽各省，都是茶的产地，如碧螺春、龙井、武夷、六安、祁门等各种著名的绿茶、红茶，都是我们所熟知的。茶树都种于山野间，可是喜阴喜燥，怕阳光怕水，倘不施粪肥，味儿更香。绿茶色淡而香清，红茶色香味都很浓郁，而味带涩性。绿茶有明前、雨前之分，是照着采茶的时期而定名的，采于清明节以前的叫作明前，采于谷雨节以前的叫作雨前，以雨前较为名贵。茶叶可用花窨，如茉莉、珠兰、玫瑰、木樨、白兰、玳玳都可以窨茶；不过花香一浓，就会冲淡茶香，所以窨花的茶叶，不必太好，上品的茶叶，是不需要借重那些花的。

吃茶有什么好处，谁也不能肯定。茶可以解渴，这是开宗明义第一章。有的人说它可以开胃润气，并且助消化，尤以红茶为有效。可是医学家却并不赞同，认为茶有刺激神经的作用，不如喝白开水有润肠利便之效。但我们吃惯了茶的人，总觉得白开水淡而无味，还是要去吃茶，情愿让神经刺激一下的。

唐朝的诗人卢仝和陆羽，可以说是我国提倡吃茶的有名人物，昔人甚至尊

第六章
诗情画意中的惬意生活

之为茶圣。卢仝曾有一首长歌，谢人寄新茶，其下半首云：

……柴门反关无俗客，纱帽笼头自煎吃。碧云引风吹不断，白花浮光凝碗面。一碗喉吻润；两碗破孤闷；三碗搜枯肠，唯有文字五千卷；四碗发轻汗，平生不平事，尽向毛孔散；五碗肌骨清；六碗通仙灵；七碗吃不得也，唯觉两腋习习清风生。

夸张吃茶的好处，写得十分有趣；因此，"卢仝七碗"也就成了后人传诵的佳话。陆羽字鸿渐，有文学，嗜茶成癖，著《茶经》三篇，原原本本地说出茶之源、之法、之具，真是一个吃茶的专家。宋朝的诗人如苏东坡、黄山谷、陆放翁等，也都是爱茶的，他们的诗集中，就有不少歌颂吃茶的作品。

制茶的方法，红、绿茶略有不同，据说要制红茶时，可将采下的嫩叶铺满在竹席上，放在阳光中曝晒。晒了一会，便搅拌一会，等到叶子晒得渐渐萎缩时，就纳入布袋揉搓一下，再倒出来曝晒，将水分蒸散，然后装在木箱里，一层层堆叠起来，重重压紧，用布来遮在上面，等到它变成了红褐色透出香气来时，再从箱里倒出来晒干，放在炉火上烘焙。经过了这几重手续，叶子已完全干燥，而红茶也就告成了。制绿茶时，先将采下的嫩叶放在蒸笼里蒸一下，或铁锅上炒一下，到它带了黏性而透出香气来时，就倒出来，铺散在竹席上，用扇子把它用力地扇。扇冷之后，立即上炉烘焙，一面烘，一面揉搓，叶子就逐渐干燥起来。最后再移到火力较弱的烘炉上，且烘且搓，直到完全干燥为止，于是绿茶也就告成了。

过去我一直爱吃绿茶，而近一年来，却偏爱红茶，觉得醇厚够味，在绿茶之上；有时红茶断档，那么吃吃洞庭山的名产绿茶碧螺春，也未为不可。

在明代时，苏州虎丘一带也产茶，颇有名，曾见之诗人篇章。王世贞句云："虎丘晚出谷雨后，百草斗品皆为轻。"徐渭句云："虎丘春茗妙烘蒸，七碗何愁不上升。"他们对于虎丘茶的评价，都是很高的；可是从清代以至于今，就不曾听得虎丘产茶了。幸而洞庭山出产了碧螺春，总算可为苏州张目。碧螺春的特点，是叶子都蜷曲，用沸水一泡，还有白色的细茸毛浮起来。初泡时茶味未出，到第二次泡时呷上一口，就觉得"清风自向舌端生"了。

我是一个爱美成嗜的人

从前一般风雅之士，对于吃茶称为"品茗"。原来他们泡了茶，并不是一口一口地呷，而是像喝贵州茅台酒、山西汾酒一样，一点一滴地在嘴唇上"品"的。在抗日战争以前，我曾在上海被邀参加过一个品茗之会。主人是个品茗的专家，备有他特制的"水仙"、"野蔷薇"等茶叶，并且有黄山的云雾茶。所用的水，据说是无锡运来的惠泉水，盛在一个瓦铛里，用松毛、松果来生了火，缓缓地煎。那天请了五位客，连他自己一共六人。一张小圆桌上，放着六只像酒盅般大的小茶杯和一把小茶壶，是白地青花瓷质的。他先用沸水将杯和壶泡了一下，然后在壶中满满地放了茶叶，据说就是"水仙"。瓦铛水沸之后，就斟在茶壶里，随即在六只小茶杯里各斟一些些，如此轮流地斟了几遍，才斟满了一杯，于是品茗开始了。我照着主人的方式，啜一些在嘴唇上品，啧啧有声。客人们赞不绝口，都说："好香！好香！"我也只得附和着乱赞，其实觉得和我们平日所吃的龙井、雨前是差不多的。听说日本人吃茶特别讲究，也是这种方式，他们称为"茶道"，吃茶而有道，也足见其重视的一斑。我以为这样的吃茶，已脱离了一般劳动人民的现实生活，实在是不足为训的。

第六章
诗情画意中的惬意生活

绣

近世统称刺绣为顾绣。代表顾绣最著名的，是露香园顾氏，绣品有如绘画，因有画绣之称，绣价最为昂贵。此外又有顾氏兰玉，也是刺绣名手，曾经设帐招收生徒，传授绣法，她的作品也称为顾绣。可是顾绣除了上海之外，松江也有顾绣。清代词人程墨仙有《顾绣》一记云：云间顾伯露，会余于海虞，两月盘桓，言语相得。余时将别，伯露出其太夫人所制绣囊为赠，盖云间之有绣也，自顾始也。囊制圆大如荇叶，其一面绣绝句，字如粟米，笔法遒劲，即运毫为之，类难如意，而舒展有度，无针线痕，睇视之，莫知其为绣也。其一面则白马一大将突阵，一胡儿骑赤马，二马交错。大将猿臂修髯，眉目雄杰，胡儿深目咒唇，状如鹰顾，袍铠銎带，鞍鞯具备，锦裆绣服，朱缨绿縢，鲜熠炫耀。白马腾跃，尾刷霄汉，势若飞龙；赤马失主，惊溃奔逸，神姿萧索。一小胡雏远坡遥望，一胡方骑马赴阵，皆首蒙貂幞，毛毿散乱，光采凌轹，有非汉物，窄袖裹体，蕃部结束。复有旗旖刀戟，布密森严，旖缀金牙，旗张云彩。蕃汉二屯，遥相犄向。共计远坡二，白、赤、黄战马三，大将、胡将及小雏四、戈戟五、云旗锦旖各一。界二寸许地，为大战场，而中间空阔，气象寥远，不见有物。绣法奇妙，真有莫知其巧者。余携归，终日流玩，为纪于简。以二寸许的面积，而绣出这许多人马刀戟旗旖，也可见它的精巧细致，不愧为神针了。

苏绣中的第一名手，要算是清末的沈寿。她于一九〇九年曾绣成意大利君后肖像，由清政府送去，作为国际礼物。意国君后特赠沈寿钻石金时计一枚，嵌有王家徽章，系御用品。她四十二岁时，又绣成耶稣像一幅，由其夫余觉亲自送往美国，陈列巴拿马展览会中，得一等大奖。四十六岁时，又绣了一幅美国名女伶的肖像，面目如画，这是她最后的杰作。不久她就在南通女工传习所

我是一个爱美成嗜的人

所长任上因病去世了。她的作品,一部分存在江苏省博物馆,都很精致。她在中国刺绣史中,是有很大贡献的。

清代诗人樊樊山有《忆绣》诗十首,斐然可诵。兹录其五云:

绣绷花鸟逐时新,活色生香可夺真。近世写生谁好手,熙荃画意属针神。
淡白吴绫四角方,风荷水鸟画湘江。去年绣得鸳鸯只,直到今年始作双。
枕函绣出红莲朵,比并真如脸际霞。猛忆北池同避暑,翠盘高捧两三花。
妃俪鲜明五色丝,花跗鸟翼下针迟。亦如文笔天然巧,尽在挑纱破线时。
十景西湖只等闲,裙花枕凤许多般。金针线脚从人看,愿度鸳鸯满世间。

诗中所咏绣件,几乎应有尽有,也总算想得周到的了。

亡妻凤君胡氏,工绣,先前所用绣绷和绷凳,至今仍还存在。她绣有彩凤一幅,我曾借郭麐《清平乐·咏绣凤仕女》上云:

低鬟斜鬈,浅研吴绫妥。唤作针神应也可,一口红霞浓唾。秦楼烟月微茫,当年有个萧郎。到底神仙堪美,等闲不绣鸳鸯。

这一幅绣凤遗作,已在抗日战争时遗失,为之惋惜不止!

第六章
诗情画意中的惬意生活

檀香扇

　　四十年以前，上海盛行一种小扇子，长不过三寸余，除了以象牙玳瑁为骨外，更有用檀香来做的，好在摇动时不但清风徐来，还可以闻到幽香馥馥，比了象牙扇、玳瑁扇更胜一着。当时女子们都很爱好，几乎人手一柄。

　　这种檀香小扇，自以女用为宜；后来便又流行了一种檀香骨的大扇，那就专给男子们用的了。二十余年前，我有一柄足长一尺二寸的檀香扇，两根一寸多阔的大骨上，有一位署名古吴子安所刻的汉代金石文字，小骨只有九根，扇面上一面由名艺人梅兰芳给我画的芭蕉碧桃，一面由袁寒云给我写的"题紫罗兰神造像诗"。诗是七绝二首，也是他所做的。书画都可宝贵，我至今珍藏着。记得抗日战争胜利、日本投降消息传来的那天，我带着此扇，手舞足蹈地往访老友陈定山，报这喜讯。定山就在梅君所画的芭蕉叶上题了二十八字："怀素尝为蕉叶书，广文丹柿闭门居；海陬忽听欢雷动，从此升平百虑无。"这也是很可留作永久纪念的，所可惜的，时隔二十多年，那檀香已淡至欲无了。

　　近几年来，檀香小扇又流行起来，并且流行到了国外去，为苏联和其他人民民主国家的朋友们所喜爱，每年源源输出，数量惊人。那扇骨的制作很为精细，而扇面上所画的花卉或仕女，也十分工致，色彩更鲜艳得很。过去几乎都由上海王星记笺扇号所包办，扇骨大都归苏州折扇业工人制作，而画则由上海、杭州、苏州等各地画家分任。最近苏州方面，已由手工艺局亲自掌握，开始大量生产。据说莫斯科人都热爱我们的檀香扇。曾有两位苏联专家特地到苏州来参观檀香扇制作的情况。折扇业的工人十分兴奋，由工会召集了二百多个工人，举行生产动员大会，大家立下决心，要做出特别优美的檀香扇来，供给国际友人使用。各单位还订立了生产公约，要各自小心谨慎的去干。锯工们要设计锯

> 我是一个
> 爱美成嗜的人

法,或横锯,或斜锯,避免裂缝蛀洞和黑斑等种种毛病。拉花工人们要小心地不把扇骨拉坏。糊扇面的工人们要小心地不使扇面的夹里起泡。

老友蔡震渊画师,是个工于在檀香扇扇面上绘画花卉的专家,已有了一年多的经验。我曾见过他的作品,在那绢质的扇面上画着工笔的牡丹花,大抵是五朵花,设色各个不同,再加上很多的绿叶,工作是十分繁重的。除了牡丹花以外,或画罂粟花,或画菊花,每面或五朵或七朵,也一样的要工细而鲜艳。画仕女的,总得画两个美女,再加上布景,以园林景为多,比了画花卉似乎更为细致。最近他们十多位画师,已加入了合作社,每天聚在一起研究,一起工作。蔡画师原是识途老马,正很热情地在帮助他的画友,共求精进。

第六章
诗情画意中的惬意生活

情　鸟

　　西方有情鸟，叫作"乃丁格"（Nightingale），我们翻译西方的小说诗歌说到乃丁格时，就称之为夜莺，因为它们能在夜晚歌唱。英国大戏剧家莎士比亚与大诗人济慈、拜伦、白朗宁等，每于曲中、诗中歌颂它们，也像我国的诗人词客们歌颂黄莺一样。

　　夜莺的身体像雀子般大，形态很美，毛羽作棕褐色，两翅有光泽，尾儿较长，胸部、腹部和喉部都作灰白色，脚与脚爪都尖而细，两眼作暗褐色，炯炯发光。惯常在篱落短树间飞来飞去，善于歌唱，旁的鸟都比不上它。雄鸟每向雌鸟调情时，就以歌唱来献媚于她，歌声婉转，好像是珠走玉盘，月明之夜，更觉曼妙动听。雌鸟听了这歌，就爱上了它。在营巢和孵雏的时期，它也继续不断地歌唱；到得巢成之后雏儿出生时，歌声才嘶哑起来，好似鸦鸣一般。倘有旁的鸟毁了它们的巢或卵，夫妇俩也不以为意，立刻从头做起，雄鸟又高唱起来，向雌鸟献媚。它在白天也会歌唱，可是声调很低，常被旁的鸟鸣所掩盖，几乎听不出来。

　　夜莺于每年初夏远远地从非洲飞来，取道法国北部飞过英伦海峡而到达英国。五六月间，处处都是雄夜莺的歌声，向它们的情侣争唱情歌，十分悦耳。雌鸟有生子较迟的，那么雄鸟直歌唱到七月还没有中止，它们总要借此博取雌鸟的欢爱的。七月过去，雏鸟破卵而出，等到羽毛丰满之后，于是跟着它们的父母飞往南方，仍回到非洲去，因为英国的冬天太冷，夜莺是受不了的。

　　此外如原名阿稣儿的娇凤，毛羽有蓝、绿、黄诸色，很为美丽，雌雄并栖一笼，往往交头接耳，似作情话，因此有"恋鸟"之称。还有那红嘴黄胸的相思鸟，顾名思义，也就知道它们是多情的鸟。我曾养过一笼，雌雄俩作对儿比

> 我是一个
> 爱美成嗜的人

翼双栖,依依不舍。有一天笼门没有关好,一只飞了出去,栖息在树上婉转地叫着,它叫一声,笼里的那只也和一声;这样唱和了好久,分明是不忍相离。于是我计上心来,忙把笼门敞开了,不多一会,飞在树上的那一只终于飞了回来。至于鸳鸯,那是尽人皆知的"老牌"情鸟,古人早就把"卅六鸳鸯同命鸟"的诗句来歌颂它们了。

第六章
诗情画意中的惬意生活

吾家的灵芝

古人诗文中对于灵芝的描写,往往带些神仙气,也看作一种了不得的东西;但看《说文》说:"芝,神草也。"《尔雅》说:"芝一岁三华,瑞草。"又云:"圣人休祥,有五色神芝,含秀而吐荣。"宋代大诗人陆放翁有《玉隆得丹芝》绝句云:

何用金丹九转成,手持芝草已身轻。祥云平地拥笙鹤,便自西山朝玉京。

又《丹芝行》云:

剑山峨峨插穹苍,千林万谷墦其阳。大丹九转古所藏,灵芝三秀夜吐光。如火非火森有芒,朝阳欲升尚煌煌,何由斸取换肝肠,往驾素虬朝紫皇。

写得何等堂皇,可知芝之为芝,决不能与闲花野草等量齐观的了。

芝的品种繁多,神农经所传五芝,据说红的如珊瑚,白的如截肪,黑的如泽漆,青的如翠羽,黄的如紫金,这就是所谓五色神芝。其他如龙仙芝、青灵芝、金兰芝三种,据说吃了之后,可以寿至千岁;月精芝、萤火芝、万年芝三种,吃了之后,可以寿至万岁。我终觉得古人故神其说,并不可靠,大家姑妄听之好了。

十余年前,之江大学的一位教授,在杭州山里掘得一株灵芝草,认为稀世之珍,特地送到上海去公开展览,并且拍了照片,在报上尽力宣传。我生平对于花花草草,本有特殊的癖好,难得现在有这神草瑞草展览于上海,合该不远

我是一个
爱美成嗜的人

千里而来，观赏一下。可是一则因岁首触拨了悼亡之痛，鼓不起兴致来；二则吾家也有灵芝，正如报端所说质地坚硬，光亮而面有云纹，不过是死的；死的与活的没有多大分别，不看也罢。

吾家灵芝，大大小小一共有好几株。有朋友送的，也有往年在古董铺里买来的；大的插在古铜瓶里，小的供在石盆子里，既不会坏，又十分古雅，确当得上"案头清供"之称。最好的一株，是十年前苏州一位盆景专家徐明之先生所珍藏而割爱见赠的；三只灵芝连在一起，而在左角上方，更缀上三只较小的，姿态非常美妙，却是天生而并非人为的。这六个灵芝都面有云纹，作紫红色，背白而光，柄作黑色，好像上过漆一样，其实是天生的；质地极坚，历久不坏。抗日战争期间，我曾带着它一同逃难，后来在上海跑马厅中西莳花会中与其他盆景并列，曾引起中西仕女们的赞赏。平日间我只当它是木菌，并不十分珍视，作为一件普通的陈设；直至看了之江大学那枝灵芝的照片，才知它也是灵芝，所不同的，就是活的与死的罢了。

近年我又得了一株灵芝，据说是一个竹工在玄墓山上工作时掘来的。五芝联结在一起，两芝最大，过于手掌，三芝不整齐地贴在后面，大小不等，五芝都坚硬如石，作紫色，沿边有两条线，色较浅淡，柄黑如漆，有光泽，的确是此中俊物。我把它插在一只白端石的双叠形长方盆里，铺以白砂，配上了一个葫芦，一块横峰的英石，供在紫罗兰庵中，自觉古色古香，非同凡品，朋友们都来欣赏，恋恋不忍离去。我不知道这是什么芝？吃了下去能不能长寿？我倒也不想活到千岁万岁，老而不死，寿比南山；只要活到了一百岁，也就福如东海，心满意足了。呵呵！

然而，我却没有勇气吃下这一株五位一体的灵芝！

第六章
诗情画意中的惬意生活

岁朝清供

春节例有点缀,或以花木盆景,或以丹青墨妙,统称之为岁朝清供。我以花木盆景作岁朝清供,行之已久;就是在"八一三"国难临头避寇皖南时,索居山村中,一无所有,然而也多方设法,不废岁朝清供。那时我在寄居的园子里,找到了一只长方形的紫砂浅盆,向邻家借了一株绿萼梅,再向山中掘得稚松小竹各一,合栽一盆,结成了岁寒三友。儿子铮助我布置,居然绰有画意。我欣赏之余,以长短句宠之,调寄《谒金门》云:

苔砌左,翠竹青松低掸,借得绿梅枝矮婧,一盆栽正妥。旧友相依差可,梅蕊弄春无那。计数只开花十朵,瘦寒应似我。

原来这一株绿梅,先天不足,后天失调,一共只开了十朵花。这乱离中的岁朝清供,真是够可怜的了!

一九五五年的岁朝清供,我是在大除夕准备起来的。以梅兰竹菊四小盆,合为一组,供在爱莲堂中央的方桌上,与松柏等盆景分庭抗礼。梅一株,种在一只梅花形的紫砂盆中,含蕊未放,花虽稀而枝亦疏,干虽小而中已枯,朋友们见了,都说它是少年老成。兰一丛,着花五六朵,已半开,风来时幽香微度。竹是早就种好了的。高低疏密,恰到好处,这一次严寒袭来,虽经冰冻,却还青翠可爱。菊是小型的黄色文菊,插在一只明代瓯瓷的长方形浅盆中,灌以清水,伴以蒲石,虽曾结冰三天,依然无恙,它不但傲霜,并且傲冰了。此外有天竹、蜡梅各三、四枝,用水养在一只长方形的大石盆中,庋以红木高几,落地安放。蜡梅之下,放着一块横峰大层岩石,更有紫竹一小株,从石后斜出,倒影水中。这一盆早就制成，本是庆祝一九五五年元旦的，那时蜡梅大半含蕊，现在却已全放，正可作春节的点缀了。在这大石盆前，着地放着一个蜡梅盆景，老干虬枝，足有六七十年的树龄，今年着花不多，已在陆续开放，色香都妙。我曾有绝句一首咏之：

> 蜡梅老树非凡品，檀色素心作靓妆。纵有冬心橡样笔，能描花骨不描香。

古画中曾有"岁朝清供"这个专题，名家作品很多，都是专供春节张挂的。我也藏有清代计儃石、张猗兰等好几幅，所绘花果中，都含有善颂善祷之意。最难得的，有苏州的十六位画师给我合作的一幅大中堂，由邹荆庵作胆瓶天竹、水仙，陈负苍作松枝、山茶，余彤甫作石，周幼鸿作菖蒲，朱竹云作书卷，张星阶作老梅，蔡震渊作紫砂盆，张晋作柏枝、万年青，朱犀园作竹，柳君然作百合、柿子、如意，程小青作荸荠、橄榄，韩天眷作蜡梅，谢孝思作宝珠山茶，乌叔养作橘，蒋乐山作菱，卢善群作盂，命名为"岁朝集锦"，由范烟桥题记云：

> 丁亥之秋，集于紫罗兰庵。琴樽余韵，逸兴遄飞，以素楮为岁朝图，迓新庥也。

我每逢春节，总得张挂此画，并以陈曼生所书"每行吉祥事，常生欢喜心"一联为配。联用珊瑚笺，朱色烂然，很适合于点缀春节。

第六章
诗情画意中的惬意生活

垂直绿化

　　垂直绿化是上海绿化运动中创造出来的一个新名词，换一句说，就是要多多种植蔓性的植物。俗说做事不爽快，叫作"牵丝攀藤"，而种植蔓性植物，恰好是尽其牵丝攀藤的能事。丝要牵得越多越好，藤要攀得越长越好，这才完成了垂直绿化的任务。

　　大都市中，鳞次栉比的全是房屋，很少有空地给你种树，那就适用垂直绿化了。如果有楼，楼外如果有阳台，那么就可在阳台的两角，安放两只中型的泥花盆，要是没有花盆，那么漏水的缸甏和废弃的木箱、木桶，装进了八九成泥土，就可作种植蔓性植物之用。朋友们，你们不要以为太寒酸，这就是废物利用，这就叫作节约。然而你要是有现成的陶瓷花盆搁置不用的，那么何妨搬到阳台上来露露脸，紫陶红陶，或青花粉彩，五色缤纷，那更足以壮观瞻了。

　　种植这些蔓性植物的盆子，不必太大，也不宜太小，无论是泥盆、陶盆、瓷盆，无论是圆的、方的，只要直径一市尺，深一尺余，就可应用；缸甏和木箱木桶，也是如此。其中如蔷薇、木香、月季、十姊妹、金银花、紫藤、凌霄、葡萄等，一盆可种一二株，但还要看泥垛的大小和根须的多少而定。至于容易成长的茑、薜、荔、常春藤和子出的牵牛、茑萝、南瓜、北瓜、丝瓜、扁豆、锦荔枝等，那么一盆可种三四株，还要好好地培养，灌水施肥，都须恰到好处，过与不及，就不能使它们欣欣向荣了。

　　凡是蔓性植物，都有向上爬的特性，但你一定要帮助它们，攀缘在墙头屋角上的，可用麻线钉住，将藤蔓牵引上去，见一条藤蔓就需要一根麻线，才可分头向上攀爬，将来分散在四面八方，才可使墙头屋角形成一个个活色生香的画屏。不然的话，许多藤蔓纠缠在一起，弄得难解难分，即使开花结果，也杂

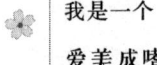

我是一个
爱美成嗜的人

乱无章地一无足观，怎么比得上画屏那样丰富多彩呢！至于牵引要用麻线，因为它有韧性，并且比较细致；如果用了草绳，一则太粗，二则经不起风吹日晒，容易折断，折断之后，再要把藤蔓牵引上去，那就自找麻烦了。瓜类可以攀缘在晒台或屋顶上，除了用麻线牵引外，最好用竹竿在晒台上搭架，或用细竹扎成许多方格，盖在屋顶上，让瓜藤在方格里自己爬开去，倘有不爬在格子里的，那么也得施行手术，帮助它一下。

薜，俗称爬山虎，与薜荔、常春藤同样是蔓性植物中没有倚赖性的好汉，不需要人家帮助牵引，自己会向上爬；并且会像行军中的散兵线般，逐渐四散开去。薜的成长最快，最好是爬在空白的墙上，不上几年，就会变成一堵绿油油的绿墙。所可惜的，所开的花比桂花更小，成串，作白色，一点儿观赏的价值也没有。但它会结成一串串的绿子，像野葡萄一样。叶片很像三角枫而较大，深秋经霜之后，变作赭红色，却很美观；可是不多几天，就纷纷地掉落了。常春藤和薜有虎贲中郎之似，叶片作心形，经冬不脱，名为常春，确是当之无愧，不过成长较缓，美中不足。薜荔也是四季常青的蔓性植物，叶片很小，作腰圆形，开花也很细小，不为人们所注意，而结实特大，俗称"鬼馒头"，不知道它为什么获得这个可怕的名称？我很爱那一片片的小叶，因为它们蔓延极快，无论树木、墙壁、假山石，都是它们的殖民地。国画家山水画中所画的藤萝，就是给它们写照，一登画面，身价十倍，这就使那两位老大哥薜和常春藤自叹不如了。

薜的生殖力极强，随处生根，随处蔓延，而向上爬的本领也特别大；有墙爬墙，有树爬树，有石爬石，简直是无所不爬；任是三四层楼的高墙，也会逐渐逐渐地爬了上去。但看从前上海西藏路上的慕尔堂，苏州官巷中的乐群社，都是高高在上的高楼，竟全被薜爬满了，风来叶动，如翻碧浪，在大热天里看上去，自然而然地给人感受到一种清凉味。好在它无须播种，无须培养，灌水施肥，也一概豁免，倘要移植开去，又易如反掌。至于薜荔，生殖力和向上爬的本领，虽也不在薜下，可是移植难活，并且为了它叶片太小，要爬满一堵高墙，实在是不容易的。

要使"墙头屋角画屏开"，单单是绿化还不够，一定要彩化、香化，才配得上画屏的美称。那么用什么来把墙头屋角绿化、彩化、香化呢？这就要求助

第六章
诗情画意中的惬意生活

于那些蔷薇类的蔓性植物了。说到绿化吧,它们的叶片终年常绿。说到彩化吧,它们的花朵儿有白色的,有黄色的,有浅红色的,有深红色的,可以算得上丰富多彩的了。说到香化吧,那么香水花、月季花、木香花和野蔷薇花,都是香喷喷地使人陶醉的。

蔷薇类中最够得上绿化、彩化的条件而可以形成画屏的,要算是十姊妹或七姊妹,因为它一小簇上就放出十朵花或七朵花,是植物中最最爱好集体和团结的。正为了这样,花朵儿就分外地见得密集,而叶片也就分外地见得多了。花型虽然小一些,却是复瓣的,因此也就不觉其小。花有深红、浅红、紫、白各色,很为娇艳,真像是一群娇滴滴的小姊妹,玲珑可爱得很!明代散文作家张大复曾说:"十姊妹花之小品,而貌特媚,嫣红古白,嫋嫋欲笑,如双环邂逅,娇痴篱落间。……"又清代吴蓉斋诗云:

袅袅亭亭倚粉墙,花花叶叶映斜阳。谁家姊妹天生就,嫁得东风一样妆。

足见前人对于此花都以娇女作比,而篱落粉墙之句,也就写出它的蔓性,可以攀缘在篱上和墙上的。像它们那么花繁叶密,如果把那一条条的蔓分头在墙头屋角用麻线牵引开去,不就是很快地可以构成一个画屏了吗!至于繁殖的方法,可于梅雨期间剪取二三寸长的花枝,扦插在泥盆里,是未有不活的,一说可于农历八九月间扦插,正月间移植,两个扦插的时期虽有不同,都可一试。

我是一个
爱美成嗜的人

和台风搏斗的一夜

一九五六年七月下旬,虽然一连几天,南京和上海的气象台一再警告十二级的台风快要袭来了,无线电的广播也天天在那里大声疾呼,叫大家赶快预防,而我却麻痹大意,置之不理。大概想到古人只说"绸缪未雨",并没有"绸缪未风"这句话,所以只到园子里溜达了一下,单单把一盆遇风即倒的老干黑松从木板上移了下来,请它在野草地上屈居一下。至于我那几间平屋,一座书楼,倒像是两国战争时期不设防的城市,一点儿防备都没有。

八月二日下午,台风的先头部队已经降临苏州,我却披襟当风,心安理得,自管在书楼上写作,一面还听着无线电收音机中的音乐,连虎啸狮吼般的风声也充耳不闻。哪里料到文章没有写完,这一夜就饱尝了苦于黄连的台风滋味呢。

入夏以来,我是夜夜独个儿睡在那座书楼上的。前年五月,儿女们为了庆祝我六十岁的生日,在东厢凤来仪室的上面,建起了一座小小书楼,名为"花延年阁"。这原是我十余年来的愿望,总算如愿以偿了。这书楼四面脱空,一无依傍,倒像是个遗世独立的高士;而这夜可就做了台风袭击的中心。大约在十一点钟的时候,台风的来势已很猛烈,东北两面的玻璃窗,被刮得格格地响着;加上园子里树木特多,被风刮得分外的响。我听了有些害怕,便抱着枕头和薄被,回到楼下卧室里来。

正在迷迷糊糊地快要入睡的当儿,猛听得楼上豁琅琅一片响声。我大吃一惊,立时喊一声"哎哟",从床上跳了下来,趿着拖鞋,忙不迭和妻赶上楼去。却见北面那扇可以远望双塔的冰梅片格子的红木大方窗,已被击破,玻璃落地粉碎,连窗下那座十景矮橱顶上一尊乾隆佛山窑的汉钟离醉酒造像也带倒了。

第六章
诗情画意中的惬意生活

这是我心爱的东西,急忙拾起来察看,还好,并没有碎。此外打碎了一只粉彩凤穿牡丹的瓷胆瓶,和一个浮雕螭虎龙的白端石小瓶,这损失不算大,台风伯伯还是讲交情的。

回到了楼下,又回到了床上,听那风刮得更响了。我想怎样可以入睡呢?没有办法,只得向妻要了两团棉花,塞在两个耳朵里,风声果然低下去了。歇了一会,妻还是不放心,重又上楼去看看。我却自管高枕而卧;不料一霎时间,我那塞着棉花团的耳朵里,仿佛听得妻的惊呼之声。我不由得胆战心惊,霍地跳起身来,飞奔上楼。只见妻呆立在那里,而靠北的一扇东窗,不知怎样飞出去了。我的心立刻向下一沉,想窗兄做了这"绿珠坠楼"的表演,定然要粉身碎骨的了。那时狂风夹着雨片,疾卷而入,连西窗下安放着的书桌也被打湿了。桌上的所谓"文房四宝"和小摆设之类,都湿淋淋地变成了落汤鸡。我不知哪里来的勇气,随手拖了一条席子和一张吹落下来的窗帘,双臂像左右开弓似的,用力遮着窗口;可是没有用,身上的衣裤都给打湿了,风雨还是猛扑着,几乎把我扑倒,几乎一口气也透不过来。

妻赶下楼去报警呼援,于是整个屋子的人都赶了上来,还掯来了一扇门板,替我抵住了窗口。大家手忙脚乱地去找铁榔头,找长钉子,把那门板牢牢钉住在上下的窗槛上,总算把台风伯伯挡住了驾。

可是台风见我们有办法,当然不甘心默尔而息,更以全力进攻。我正在提心吊胆的当儿,只听得"格"的一声,靠南的一扇东窗又不翼而飞了。我喊一声"天哪!"没命地扑向前去,扯起窗帘来抵住窗口,和无情的风雨再作搏斗;好不容易到园子里找到了那扇飞去的窗,回上来放在原处,又用长钉上下钉住了,总算又再次把台风伯伯挡住了驾。

天快要亮了,我们五个人通力合作,做好了这些起码的防御工事,筋疲力尽地退回后方休息。这座明窗净几的书楼,早已变了个样。楼外的台风伯伯似乎向我冷笑道:"你还要麻痹吗?你还要大意吗?这回子才叫你晓得咱老子的厉害!"我只得苦笑着道:"台风伯伯,我小子这才领教了!"

我和台风的这一场搏斗,引起了许多亲友的关怀,尤其是远在首都的黄任之前辈,特地寄了一首诗来慰问:

| 我是一个
| 爱美成嗜的人

小小山林小小园，主人胸次地天宽。一诗将我绸缪意，呵尔封姨莫作顽。

黄老这首诗情深意厚，写作都好。说也奇怪，第二次从南海里刮起来的台风，就乖乖地转了向，不再到我们苏州来开玩笑，而浩浩荡荡地赶到日本九州去登陆了。

第六章
诗情画意中的惬意生活

热　话

　　一九五七年七月下旬，热浪侵袭江南，赤日当空，如张火伞。有朋友从洞庭山邻近的农村中来，我问起田事如何，他说天气越热，田里越好，双季早稻快要收割了，今年还在试种，估计每亩也可收到四五百斤。农民兄弟们从来不怕热，都在热情地工作着，争取秋收时再来一个大丰收。我们住在城市里，吃饭莫忘种田人，既说是天气越热田里越好，那么我们就熬一熬热吧。

　　任是大热天，我家爱莲堂和紫罗兰庵中，仍然不废盆供瓶供，都是富有凉意的。一个豆青窑变的瓷瓶中，插上一朵大绿荷，配着三片小荷叶，自有亭亭玉立之致。一只不等边形的石器中，种着五枝高高低低的观音竹，真使人有"不可一日无此君"之感。一只椭圆形的紫砂浅盆中，种着三株小芭蕉，配着一块雪白的昆山石，绿叶婆娑，使人心头眼底都觉得清凉起来。此外如菖蒲、水石之类，也是最合适的炎夏清供。

　　扇子是夏天的恩物，几乎一天也少不了它，所以俗有"六月不借扇"一句话。在多种多样的扇子中间，我尤其爱檀香扇，因为扇动时不但是清风徐来，并且芳香扑鼻。苏州的檀香扇，在手工艺品中居第一位，每年输出几十万柄，还是供不应求。在有些国家，仕女们甚至排队购买，一到了手，就爱不忍释。我们不要轻视了这柄小小的檀香扇，它在社会主义建设中也贡献了一些力量。

　　在大热的几天里，一天到晚，总可听得蝉声如沸，小园里树木多，所以蝉也特别多，便织成了一片交响乐，简直闹得人心烦意乱。天气越热，蝉也越闹，清早就闹了起来，直闹到夕阳西下时，还是无休无歇。听它们的声音，似乎在唤"知了！知了！"所以蝉的别名就叫"知了"。但不知它们成日地唤着知了知了，到底知道了什么？昨天孩子们从枫树上捉到了一个蝉，尽着玩弄，不知怎

我是一个爱美成嗜的人

样把它的头弄掉了,可是它还在嘶叫,足见它的发声器得天独厚。国药中有一味知了壳,可治喉哑,大概也就为了它发声特响之故。

从前每逢暑天,街头巷口常可听到小贩们一声声唤着卖冰,自远而近,又自近而远,这是生活的呼声。自从有了机制的棒冰,就取而代之,再也没有卖冰的了。北京卖冰的,用两个铜盏相戛作响,比南方卖冰的更有韵致。此风由来已久,清代乾嘉年间,即已有之;王渔洋诗中,曾有"樱桃已过荼香减,铜碗声声唤卖冰"之句。周稚圭也有一首《玲珑玉》词:

蓉缺樱残,早添得韵事京华。玻璃沁碗,唤来紫陌双叉。妙手叮当弄巧,胜肩头鼓打,小担声哗。停车。裁油云,隔住玉沙。暗想槐熏倦午,正窗闲雪藕,鼎怯煎茶。碎响玲珑,问惊回好梦谁家?屏间珠喉轻和,有多少铃圆磬彻,低唱消他。晚香冷,伴清吟,深巷卖花。

一九五一年夏,我曾到过北京,早就不听得卖冰的铜盏声了。

西瓜是暑天的恩物,吊在井里浸了半天,然后剖开来吃,甘凉沁脾,实在胜似饮冰。从前苏州、扬州一带,人家往往做西瓜灯玩,把一个圆形的西瓜,切去了顶上的一小部分,将瓜瓤逐渐挖去,只剩了薄薄的一层皮,就用小刀子雕了花边,大都分成四部分,在每一部分中雕出花鸟山水,或作梅兰竹菊,或作渔樵耕读,十分工致。在瓜的内部,安放一个油盏,晚上点了火,挂起来细细欣赏,真好玩得很。清代词人冯登府,曾作《瓜灯词》,调寄《辘轳金井》云:

冰园两黑,映玲珑,逗出一痕秋影。制就团圆,满琼壶红晕,清辉四迸。正苏井寒浆消尽,字破分明,光浮细碎,半丸凉凝。

茅庵一星远近,趁豆棚闲挂,相对商茗。蜡泪抛残,怕华楼夜冷。西风细认,愿双照秋期须准。梦醒青门,重挑夜话,月斜烟暝。

我以为用平湖枕头瓜作灯,更为别致,好事者何妨一试。

暑天的香花,以茉莉、素馨、夜来香、晚香玉为最,簪在衿上或插在瓶中,

第六章
诗情画意中的惬意生活

就可香生不断。我最爱前人咏及这些花的诗句,如:"酒阑娇惰抱琵琶,茉莉新堆两鬓鸦。消受香风在凉夜,枕边俱是助情花。""已收衣汗停纨扇,小绾乌云插素馨。暗坐无灯又无月,越罗裙上一飞萤。""珠帘初卷燕归梁,浴罢华清理残妆。双鬟绿云三百朵,微风吹度夜来香。"读了之后,仿佛有阵阵花香,透纸背出。

清代有一位诗人,病暑气急,想登雪山浴冰井而不可得,因此把一块雪白的玉华石放在左旁,名之为"雪山",又把一只盛满清泉的白瓷缸放在右旁,名之为"冰井"。他就把一张竹榻放在中间,终日坐卧其上,顿觉暑气渐消,凉意渐来,仿佛登雪山而浴冰井了。这是一种想入非非的消暑法,亏他想得出来。

清代李笠翁,对于夏季的午睡也是尽力宣传的。他说:午睡之乐,倍于黄昏,三时皆所不宜,而独宜于长夏;非私之也。长夏之一日,可抵残冬之二日,长夏之一夜,不敌残冬之半夜,使止息于夜而不息于昼,是以一分之逸,散四分之劳,精力几何,其能堪此?况暑气铄金,当之未有不倦者,倦极而眠,犹饥之得食,渴之得饮,养生之计,未有善于此者。这一篇大道理,说得头头是道,真的是吾道不孤,获得了这一位拥护夏天午睡的忠实同志。

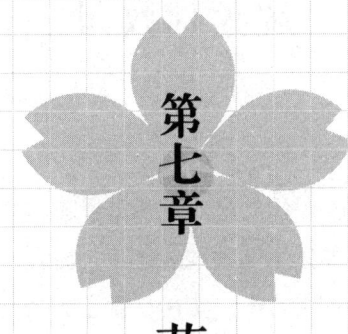

第七章

苏州园林甲天下

我是一个爱美成嗜的人

观莲拙政园

也许是因为我家祖祖辈辈传下来的堂名是爱莲堂的缘故，因此对于我家老祖宗《爱莲说》作者周濂溪先生所歌颂的莲花，自有一种特殊的好感。倒并不是为它出淤泥而不染，是花中君子，实在是爱它的高花大叶，香远益清，在众香国里，真可说是独擅胜场的。年年农历六月二十四日，旧时相传为莲花生日，又称观莲节，我那小园子里的池莲、缸莲都开好了，可我看了还觉得不过瘾，总要赶到拙政园去观赏莲花，也算是欢度观莲节了。

可不是吗？拙政园的水面，占全园面积的五分之三，池水沧涟，正可作为莲花之家；何况中部的堂啊，亭啊，轩啊，都是配合着莲花而命名的，因此拙政园实在是一个观莲的好去处。例如远香堂、荷风四面亭、倚玉轩，还有那船舫形的小轩"香洲"，以至西部的留听阁，都是与莲花有连带关系而可以给你坐在那里观赏的。

我们虽为观莲而来，但是好景当前，不会熟视无睹，也总要欣赏一下；况且这个园子已被列为第一批全国重点文物保护单位之一，真该刮目相看。怎么叫作"拙政"呢？原来明代嘉靖年间，御史王献臣因不满于权贵弄权，弃官归隐，把这里大宏寺的一部分基地造了一个别墅，取名拙政园。王死后，他的儿子爱好赌博，就在一夜之间把这园子输掉了。到了公元一八六〇年，太平天国忠王李秀成攻下苏州时，就园子的一部分建立忠王府，作为发号施令的所在。

从东部新辟的大门进去，迎面就看到新叠的湖石，分列三面，傍石植树，点缀得楚楚可观，略有倪云林画意。进园又见奇峰几座，好像是案头大石供。这里原是明代侍郎王心一归田园遗址，有些峰石还是当年遗物。这东部是近年来所布置的，有土山密植苍松，浓翠欲滴；此外有亭有榭，有溪有桥，有广厅

第七章
苏州园林甲天下

作品茗就餐之所。从曲径通到曲廊，在拱桥附近的水面上，先就望见一小片莲叶莲花，给我们尝鼎一脔。这是最近新种的；料知一二年后，就可蔓延开去了。从曲廊向西行进，就是中部的起点，这一带有海棠春坞、玲珑馆、枇杷院诸胜，仲春有海棠可看，初夏有枇杷可赏，一步步渐入佳境。走过了那盖着绣绮亭的小丘，就到达远香堂，顾名思义，不由得想起那《爱莲说》中的名句"香远益清，亭亭净植"八个字来，知道堂名就由此而得，而也就是给我们观莲的好地方了。

远香堂面对着一座挺大的黄石假山，山下一泓池水，有锦鳞往来游泳，堂外三面通廊，堂后有宽广的平台，台下就是一大片莲塘，种着天竺种千叶莲花，这是两年以前好容易从昆山正仪镇引种过来的。原来正仪镇上有个顾园，是元代名士顾阿瑛"玉山佳处"的遗址。在东亭子旁，有一个莲池，池中全是千叶莲花，据说还是顾阿瑛手植的，到现在已有六百多年，珍种犹存，年年开花不绝。拙政园莲塘中自从把原种藕秧种下以后，当年就开了花，真是色香双绝，不同凡卉。第二年花花叶叶，更为繁盛，翠盖红裳，几乎把整个莲塘都遮满了。并蒂莲到处都是，并且一花中有四五芯、七八芯，以至十三个芯的，花瓣多至一千四百余瓣。只为负担太重了，花头往往低垂着，使人不易窥见花蕊，因此苏州培养碗莲的专家卢彬士老先生所作长歌中，曾有"看花不易窥全面，三千莲媛总低头"之句，表示遗憾。其实我们只要走到水边，凑近去细看时，还是可以看到那捧心西子态的。今夏花和叶虽觉少了一些，而水面却暴露了出来，让我们欣赏那水中花影，仿佛姹娅欲笑呢。

远香堂西邻的倚玉轩，与船舫形的香洲遥遥相对，北面的斜坡上还有一个荷风四面亭，三者位在三个角度上，恰恰形成鼎足之势，而三处都可观莲，因为都是面临莲塘的。香洲贴近水边，可以近观；倚玉轩隔一条花街，可以远观；而荷风四面亭翼然高处，可以俯观；好在莲花解意，婉娈可人，不论你走到哪一面，都可以让你尽情观赏。穿过了曲桥，从假山上拾级而登，就见一座楼，叫作见山楼，凭北窗可以看山，凭南窗可以观莲，并且也可以远观远香堂后的千叶莲花了。

走进别有洞天，就到了园的西部，沿着起伏的曲廊向西行进，就看到一座美轮美奂的花厅，分作两半。一半是十八曼陀罗花馆，庭中旧时种有山茶十八

我是一个
爱美成嗜的人

株,而曼陀罗就是山茶的别号,因以为名。另一半是三十六鸳鸯馆,前临池沼,养着文羽鲜艳的鸳鸯,成双作对地在那里戏水,悠然自得。池中种着白莲,让鸳鸯拍浮其间,构成了一个美妙的画面;正如宋代欧阳修咏莲词所谓"叶有清风花有露,叶笼花罩鸳鸯侣",真是相得益彰,而大可供人观赏、供人吟味的。

向西出了三十六鸳鸯馆,向北走过一座小桥,就到了留听阁,窗户挂落,都是精雕细刻,剔透玲珑。我们细细体味阁名,原来是从那句"留得残荷听雨声"的古诗句上得来的。这个阁坐落在西部尽头处,去莲塘不远,到了秋雨秋风的时节,坐在这里小憩一会,自可听到残荷上淅淅沥沥的雨声的。

第七章

苏州园林甲天下

赏菊狮子林

　　节气已过小雪，而江南一带不但毫无雪意，天气还是并不太冷，连浓霜也不曾有过，菊花正开得挺好，正是举行菊展的好时光。大型的菊展，是在狮子林举行的。凡是苏州市各园林的菊花，几乎都集中于此，大大小小数千百盆，云蒸霞蔚地蔚为大观。

　　一进狮子林大门，就瞧见前庭陈列着不少盆菊，五色斑斓，似乎盛装迎客。沿着走廊北进，到了燕誉堂。堂前假山上、花坛里，都错错落落地点缀着菊花。堂上每一几、每一案，都陈列着大小方圆的陶盆、瓷盆，盆中都整整齐齐地种着细种、名种的菊花，真是形形色色、林林总总，任是丹青妙手，怕也没法儿一一描画出来。当初陶渊明所爱赏的，大概只有黄菊一种，怎能比得上我们今天的幸运，可以看到这样丰富多彩的各种名菊而大开眼界、大饱眼福呢！

　　这一带原是园中的建筑群。燕誉堂的后面，是一个小小结构的小方厅。从后院中，走出一扇海棠式的门，就到了揖峰指柏轩。再向西进，便是旧时建筑物中仅存的所谓古五松园。每一座厅、一座轩、一座堂，都陈列着多种多样的名菊，而这些厅堂前后都有院落，都有假山，也一样用多种多样的名菊随意点缀着。这触处都是不可胜数的名菊，都是公园、拙政园、留园、狮子林、网师园等花工们一年劳动的结晶。

　　揖峰指柏轩的前面，有一条狭长的小溪，溪上架着一条弓形的石桥，桥栏上齐整地排列着好多盆黄色和浅紫色的小菊花，好像是两道锦绣的花边，形成了一条绚烂的花桥。站在轩前抬眼望去，可见一座座的奇峰，一株株的古柏，就可明了轩名揖峰指柏的含义。此外还有头角峥嵘的石笋和木化石，都是五六百年来身历兴废的古物，还是元代造园时就兀立在这里的。这一带的假山迂回曲折，路复山重，要是漫不经心地随意溜达，就好像误入了诸葛孔明的八卦阵，迷迷糊糊地找不到出路。

荷花厅在揖峰指柏轩之西，厅前有大天棚很为爽垲，这是供游客们啜茗休憩的所在。棚临大池塘，种着各色名种荷花，入夏大叶高花，足供欣赏。现在荷花没有了，却可在这里赏菊。原来花工们别出心裁，在前面连绵不断的假山上，像散兵线般散放着一盆盆黄白的菊花，远远望去，倒像是秋夜散布天际的星斗一样。出厅更向西进，有一个金碧辉煌的水榭，上有蓝地金字匾额，大书"真趣"二字，并没款识，据说是清帝乾隆所写的。西去不多远，有一只石造的画舫，窗嵌五色玻璃，十分富丽；现在船舷头、船尾上，都密集地安放着各色小型的盆菊，形成了一只美丽的花船。沿着长廊再向西去，由假山上拾级而登，就是赏梅所在的暗香疏影楼。出楼向南，得一亭，叫作"听涛亭"，与荷池边的观瀑亭遥遥相对。原来这里是西部假山最高的所在，下有人造瀑布，开了机关，水从隐蔽着的水塔管中荡荡下泻，泻过湖石叠成的几叠水坝，活像山中真瀑，挂下一大匹白练来，气势磅礴，水声滔滔，边看边听，使人心脾一清。这是狮子林的又一特点，为其他园林所没有的。出亭，过短廊，入问梅阁。古诗云：

君自故乡来，应知故乡事。昨日绮窗前，寒梅着花未？

因阁下多梅树，就借用"问梅花开未"的意思，作为阁名。阁中桌凳，都作梅花形，窗上全是冰梅纹的格子，而又挂着"绮窗春讯"四字的横额，都是和梅花互相配合的。从这里一路沿廊下去，还有双香仙馆、扇子亭、立雪亭、修竹阁等建筑物，为了这一带已没有菊花，也就不用流连了。

第七章 苏州园林甲天下

访古虎丘山

对于苏州虎丘最有力的赞词,莫如《吴地记》中的几句话:"虎丘山绝岩纵壑,茂林深篁,为江左丘壑之表。吴兴太守褚渊过吴境,淹留数日,登览不足,乃叹曰:'昔之所称,多过其实,今睹虎丘,逾于所闻。'斯言得之矣。"不错,耳闻不如目睹,到了虎丘,才会一样地赞叹起来的。何况解放以后这几年间,年年不断地加以整修,二山门外开了河,造了桥;修好了云岩寺塔、拥翠山庄;最近又整理了后山,跟前山打成一片,顿使这破败不堪的旧虎丘,一变而为朝气蓬勃的新虎丘。

开宗明义第一章,先得说一说虎丘的历史和传说。虎丘山又名海涌山,在城市西北八里许,高约十三丈,周约二百十丈。吴王阖闾葬在山中,当时以十万人造坟,临湖取土,用水银灌体,金银为坑。葬了三天,有白虎蹲踞坟上,因此取名虎丘。秦始皇东巡时,到了这里,要找寻给阖闾殉葬的扁诸、鱼肠等三千柄宝剑,正待发掘,却见一头虎当坟蹲踞着;始皇拔佩剑击虎,没有击中,却误中石上。那头虎向西逃跑二十五里,直到虎疁(即今之浒墅关)才失踪了。始皇没有找到宝剑,而他所误击的石竟陷裂而开始成池,因此叫作剑池。到了晋代,司徒王珣和他的弟弟司空王珉把这山作为别墅,据说云岩寺塔所在,还有王珣的琴台遗址哩。唐代因避太祖名讳,改虎丘为武丘,可是唐以后,仍又沿称虎丘了。古今来歌颂虎丘的诗词文章很多,美不胜收,而我却偏爱宋代方仲荀的一首诗:

海涌起平田,禅扉古木间。出城先见塔,入寺始登山。堂静参徒散,巢喧乳鹤还。祖龙求宝剑,曾此凿屏颜。

> 我是一个
> 爱美成嗜的人

  我以为他这样闲闲着笔写虎丘,是恰到好处的。

  一个风和日丽、柳绿桃红的大好春天,我怀着十分愉快而又带一些骄傲的心情,偕同苏州市文物保管委员会同人,走过了那条前年用柏油铺建的虎丘路,悠闲地踱上了虎丘山,先就来到了那座饱阅沧桑的云岩寺塔下。云岩寺塔是第一批全国重点文物保护的一个单位。过去在黑暗统治的时期里,它受尽了折磨,老是歪着头,破破烂烂地站在那里。解放以后,经过了几年的调查研究,做好了充分的准备,才在一九五六年给它整修起来。在整修过程中,人们在这七层的塔身里,发现了许多宝贵的文物,对于建筑、雕刻、丝织、刺绣、陶瓷、工艺各方面,都提供了有价值的历史艺术资料;并且从文字记载上,确定了这塔起建于公元九五九年,即周显德六年己未,而完成于公元九六一年,即宋建隆二年辛酉;屈指算来,它已足足达到了一千岁的高龄了。

  出了塔,就到左旁的致爽阁去啜茗座谈。这是山上最高的一个建筑物,前后左右都有长窗短窗,敞开时月到风来,真可致爽,使人胸襟为之一畅。凭着后窗望去,远近群山罗列,耸翠堆蓝,仿佛是一幅山水大画屏,大可欣赏。阁中有老友蒋吟秋写作的一副对联:"高丘来爽气,大地展东风。"书法遒劲,语句写实而含新意。可不是吗?高丘来爽气,在这里就可以充分体验得到,而遥望山下许多的新工厂和新烟囱;虎丘公社到处绿油油的香花(茉莉、玳玳、玫瑰、珠兰)和农作物,工农业并驾齐驱,也就是"大地展东风"啊!

  从致爽阁拾级而下,向左转,到了云岩寺大殿前,走下那名为"五十三参"的五十三步石级,再向左去,过了那个传说当年清远道士养鹤的养鹤涧,沿着山路行进,就可达到那新经整修、大片绿化的后山。这一带石壁的上面,有平远堂、小吴轩、玉兰房等建筑物,高低起伏,错落参差,有如古画中的仙山楼阁一般,都是可以远眺下望,流连休憩的所在。

  虎丘的中心是千人石,是一块挺大的大磐石,坎坷高下,好像是用大刀阔斧劈削而成,面积足有一二亩大,寸草不生,这是别的山上所没有的。北面有一座生公讲台,据说当时人们都坐在石上听生公说法,因此石壁上刻有篆书"千人坐"三字,就是说这里是可容千人列坐的。旧时另有一个传说:阖闾当年雇工千人造坟,坟里有许多秘密的机关,造成之后,怕被泄露出去,因下毒手,

第七章

苏州园林甲天下

将这一千工人杀死,借此灭口,后人就把这块大磐石叫作"千人石"。

这座生公讲台,又名说法台,是神僧竺道生讲经的所在。传说他讲经时因为没有人相信,就聚石作为徒众,对他们大谈玄理,石都领会而点起头来。白莲池的一旁,有一块刻有篆体"觉石"二字的石,就是当时的点头石。这种神话,可发一笑,而"生公说法,顽石点头",后来却被引用作成语了。白莲池周围一百三十多步,巉石旁出,中有石矶,名为"钓月",池壁上刻有"白莲开"三字,古朴可喜。旧时又有一个神话:当生公说法时,正在严冬,而池中忽然开出千叶白莲花来,妙香四溢。现在池中也种有白莲花,洁白如玉,入夏可供观赏。

穿过千人石向北行进,见有两崖似被划开,中涵石泉一道,这就是剑池。池广六十多步,水深一丈有半,终年不干,可惜并不太清。崖壁上刻有唐代颜真卿所写的"虎丘剑池"四个大字和宋代米元章所写的"风壑云泉"四个大字,都是有骨有肉的好书法。旧时传说秦始皇和孙权都曾在这里凿石找寻阖闾殉葬的宝剑和珍物,两人各无所得,而凿处就形成了这个深池。当年池水大概是很清的,可以汲饮,所以唐人李秀卿曾品为"天下第五泉"。宋代张拭曾有《剑池赞》云:

湛乎渊渟,其静养也。卓乎壁立,其自守也。历四时而无亏,其有常也。上汲而不穷,其川不胶也。其有似乎君子之德乎?吾是以徘徊而不能去也。

以池水一泓,而比作君子之德,确是极尽其赞之能事了。

我们这一次是专为访古而来,而探访云岩寺塔,更是最大的任务。此外,逢到了古迹,也少不得要停一停,瞧一瞧。一路从剑池直到二山门,又探访了那个刻着陈抟像和吕纯阳像的二仙亭,那个曾由陆羽品为第三泉的石井,那个采取苏东坡"铁花绣岩壁"诗句而命名的铁花岩,那个利用就地山石雕成观世音像的石观音殿,那个百代艳名齐小小的真娘墓,那个一泓清味问憨憨的憨憨泉,那个相传吴王试过剑的试剑石,那个相传生公枕过头的枕头石。一路走,一路瞧,瞧它们还是别来无恙,我们也就得到了安慰。冷香阁下的梅花早已谢了,要看红苞绿萼,还须期之来年,因此过门不入。最后就到了拥翠山庄,这

> 我是一个
> 爱美成嗜的人

是一座山林中的小小园林，而又是当年赛金花的丈夫苏州状元洪文卿所发起兴建的。中有灵澜精舍、不波小艇、石驾轩、问泉亭等，气魄不大，而结构精巧。我们在这里流连半晌，便商量作归计；回头遥望云岩寺塔，兀立斜阳影里，仿佛正在那里对我们依依惜别呢。友人尤质君题诗云：

胜迹端凭妙笔传，溪山如画客情牵。十年阊阖新栽柳，七里山塘旧放船。致爽阁风吹不断，云岩寺塔故依然。支筇未信衰腰脚，还欲追登海涌巅。

瘦鹃作和云：

虎阜名高亘古传，一丘一壑总心牵。冷香阁下停华毂，绿水桥边系画船。百尺清泉仍湛若，千年古塔尚巍然。却因放眼还嫌窄，愿欲从君泰岱巅。

第七章

苏州园林甲天下

观光玄妙观

　　同志，您到过苏州吗？如果到过苏州，那么您一定逛过玄妙观了。因为它坐落在城市的中心，仿佛一头巨兽，张口雄踞在那里，一天到晚不知要吐纳多少人。它的东西南北，都有通道，而前面的那条大街，就因这座玄妙观而称为观前街，可说是苏州市商业的心脏，一个最繁盛的地区。

　　远在公元二七七年前后，距今大约已有一千六百八十多年了，时在晋代咸宁中叶，苏州就有一个真庆道院，是道教的圣地。相传当初吴王阖闾曾在这个地点兴建他的宫殿，壮丽非凡，到公元七二八年前后，在唐代开元中叶，就改名为开元宫了。末了有将军孙孺勾结朱全忠兴兵叛变，攻入苏州，烧开元宫，只剩下了正殿和山门，巍然独存，乱平，才重行修建。到公元一〇〇九年，即宋代大中祥符二年，又改名为天庆观。淳熙六年，那正中供奉圣祖天尊的圣祖殿突然失火，随即重建，改名为三清殿，直到如今。公元一二六四年，即元代至元元年，把天庆观改名为玄妙观。至正末年，张士诚起义失败，在兵乱中又毁于火。公元一三七一年，即明代洪武四年，玄妙观早已修复，又改名为正一丛林。到了清代康熙年间，因康熙帝名玄烨，为了避讳之故，改作圆妙观。以后由清代中叶以至民国，却又恢复了玄妙观的旧称。看了玄妙观的历史沿革，真是变化多端，建了又毁，毁了又建，连名称也一改再改，莫名其妙。足见保存一个古迹，真是颇不容易的。

　　玄妙观中原有二十五殿，是个建筑群，现在却只剩下祖师殿、真人殿、天后殿、雷尊殿、星宿殿、火神殿、机房殿、药王殿、文昌殿、太阳宫，再加上一个最近失火被毁的东岳殿，已不到半数了。正中的三清殿，是最大的一个，俨然是各殿的老大哥。殿中供奉着三尊像，就是三清像，每尊各高五丈许，金

> 我是一个
> 爱美成嗜的人

光灿烂，宝相庄严。据旧时志书载称，殿高十二丈，用七十四根大柱子支撑着。这大概是原始的记录，足见建筑的雄伟。可是因为历代迭经改建，早就打了个很大的折扣。殿上盖着两重大屋顶，四角有高高翘起的飞甍，屋脊两端的大龙头，还是宋代的砖刻，十分工致。正中有铁铸的平升三戟，也是古意盎然。殿内的承尘上，原有鹤、鹿、云彩和暗八仙等彩绘的藻井，所谓暗八仙，就是传说中的八仙吕洞宾、铁拐李等所佩带的宝剑、芦葫等八种东西，本是丰富多彩的，却因历年来点烛烧香，乌烟瘴气，以致熏灼得模糊不清了。西壁上有挺大的一块石刻"老君"画像，原是唐代大画家吴道子的手笔，而由宋代名手照刻的，上面还有唐玄宗的像赞和颜真卿的题字，自是一件宝贵的文物。殿前横额，是朱地金字的"妙一统元"四字，笔致遒劲，并不署名，相传这还是元代金兀术的真迹，像他这么一个喑呜叱咤的武将，怎么写得出这一手好字，这毕竟是民间传说罢了。那么是谁写这四个字的呢？其实是清初吴江的书家金之俊，曾有人说他是金圣叹的叔父，却不可靠。殿门有一座青石的平台，三面石栏，原是五代遗制，由巨匠加工雕刻而成，在艺术上自有一定的价值，不过现在只残存一部分了。

老一辈的苏州人，总津津乐道三清殿后面原有的一座弥罗宝阁，是当时整个玄妙观中最精美的建筑物，上下共三层，像三清殿一般高大，据说是明代正统年间，由巡抚周忱和苏州知府况钟监造的。人们要是看过昆剧《十五贯》，总很熟悉这两个人物。况钟在那个时代，是苏州不可多得的好官。这座阁共有六十根用青石凿成的大柱子，每柱各有六面，一共就有三百六十面，面面雕着天尊像，并且全有名号，作为一年三百六十天的象征，倒也很有意思。阁上第一层供奉着"万天帝主"，左右供奉着三十六天将；第二层上供奉着"万星帝主"，左右供奉着"花甲星宿如尊"；第三层上有刘海蟾像的石刻，原来是松江大画家杨芝所画的。清初词人陈其年曾宠之以词《沁园春·秋日登姑苏元妙观弥罗阁》云：

肃肃多阴，萧萧以风，危乎高哉。见飞甍复榭，虹霓辂轕；梅梁藻井，龙鬼琶恩。灯烛晶荧，铎铃戛触，虎篆雷音百幅哉。锵剑佩，是南陵朱鸟，北极黄能。玲珑月殿云阶，况珠斗斓编绝点埃。正井公夜戏，犀柙象博；麻姑昼降，

第七章

苏州园林甲天下

绣帔瑶钗。叱日呼烟，囚蛟锁魅，五利文成未易才。银鸾背，笑蟾蜍窟里，金粟争开。

读了这首词，可以想象当年的盛况。可惜四十年前，阁中不知为何起了一场大火，竟化为灰烬了。后由地方士绅在这里造了一座中山堂，用以纪念孙中山先生。解放以后，一度改作第一工人俱乐部，给工人兄弟们作为文娱活动的场所。近三年来，南门已造好了工人文化宫，这里就改为观前电影院。要是还有谁发思古之幽情，提起这危乎高哉的弥罗宝阁来，大家都会茫然啦。

可不要小觑了这一座城市中的小小道观，据说旧时内外竟有三十六景之多，内景外景，各有十八个。其实无所谓景，只是历代留下的许多古迹。可是由于一年年饱阅沧桑，有的虽还存在，大半却已找不到遗迹了。现在可以供我们流连欣赏的，不过是三清殿前那座青石平台上的一部分石阑和殿内那块吴道子所画老君像的石刻；此外引人注目的，那就是殿外东面地上的一大块无字碑，巍巍然耸立在那里，已经几百度春秋了。原来明代洪武年间，大文学家方孝孺写了一篇大文章，就有人给刻在这块碑上，铁划银钩，不同凡品。后来朱棣硬从他侄子的手里篡夺了皇位，自称永乐帝，定要方孝孺给他写一道诏书，诏告天下。方孝孺天生一副硬骨头，誓死不从，因此牺牲了生命；并且十族都被株连，同遭残杀，连这大石碑上的碑文也不能幸免，全被铲除，就变成了一块无字碑。然而这碑上虽不着一字，却永远默默地在控诉着暴君的罪恶。

其他列入三十六景之内的，有水火亭、四角亭、六角亭、五十三参、一人弄、五鹤街、一步三条桥、和合照墙、麒麟照墙、望月桶、三星池、七泉眼、半月石水盂、运木古井、鱼篮观音碑、靠天吃饭碑、永禁机匠叫歇碑、八骏图石刻、赵子昂手书三门记石刻、坐周仓立关公像等等，真是五花八门，名目繁多，可惜的是现在十之七八都已找不到了。祖师殿前庭，有一座长方形的古铜器，名"武当山"，似是殿宇的模型，高四尺许，横五尺许，下有石座，高四五尺，这铜器铜色乌黑，上有裂纹。据说是宋代的作品，虽不像夏鼎商彝那么名贵，却也是玄妙观的一件"传家之宝"。

玄妙观中并没有什么宝塔，而三十六景内却有所谓"双宝塔"，其实并不是真的宝塔，而是东岳殿前庭的两株大银杏树。相传是宋代的遗物，分立两边，

> 我是一个
> 爱美成嗜的人

亭亭直上,好像是两座宝塔一样。每一株的树干粗可二三人合抱,枝叶四张,绿沉沉地荫满一庭;虽非宝塔,却是玄妙观的宝树。不料前年东岳殿失火,祸延银杏,直烧得焦头烂额,面目全非,虽然生机未绝,却已不像宝塔了。

过去的玄妙观,全是些杂货和饮食的店和摊,以及所谓"九流三教"的营生,全都集中在这里,杂乱无章,简直把那些富有历史价值和艺术价值的古文物,全都淹没了。一九五六年春,苏州市人民委员会就鸠工庀材,把它整理起来,顿时焕然一新,给观前街生色不少。正山门的两翼,有两座新式的三层大楼,一般人以为跟古式的正山门不大调和,何必画蛇添足。其实这是早就有了的,拆去未免可惜,所以刷新了一下,利用它们辟作商场。现在东面的大楼,是工艺美术品的陈列馆和服务部,苏州著名的刺绣、缂丝、雕刻、檀香扇等,应有尽有,满目琳琅,充满着艺术的气氛,使人目迷五色,恋恋不忍舍去。

玄妙观整修以后,古为今用,曾不止一次地在三清殿举行文物展览会和书画展览会;而最为别致的,是举行过一个饮食品展览会,给"吃在苏州"做了一个有力的说明。会中陈列佳肴美点一千余种,都是全市制菜制点名手的劳动结晶品。每一种佳肴和每一种佳点,都有一个五彩的结顶,用各种色彩的面和粉做成人物、花果、龙凤、"暗八仙"和十二生肖等等,制作非常精巧,不知要费多少工夫。其中最引人注目的,是黄天源冯秉钧老师傅手制的一座三清殿全景,全用糯米粉制成,黑白分明,色调朴素;每一扇门,每一根柱子,都很精细地给塑造了出来,连殿前平台的三面石阑和一只古铜鼎,也一应俱全,真是一件匠心独运的艺术品。只因体力劳动和脑力劳动互相结合起来,才有这样美好的成果。

这一座享寿一千六百多岁的玄妙观,终于换上了崭新的面貌,返老还童了。加上这几年来从事绿化,辟了花圃,种了许多柏、榆、桂和桃树等,更见得勃勃有生气。一年到头,不但苏州市民趋之若鹜,就是从各地来的游客以及国际友人们的游览日程表上,"观光玄妙观"也是一个必要的节目。

第七章
苏州园林甲天下

苏州园林甲江南

江南园林甲天下，苏州园林甲江南。

这是前人对于苏州园林的评价。的确，苏州的园林，是一种艺术的结晶品，是由劳动人民费了不少心力创造出来的。

为什么苏州有很多园林呢？原因是在封建时代，有许多官僚地主和士大夫之流，看到苏州地方山明水秀，大可终老，于是请画师和专家们构图设计，鸠工庀材，造起一座一座园林来。当然，这些造园的钱，都是从人民头上剥削来的。

苏州园林的建造，是中国民族遗产的绘画、诗文、书法的综合体现，一般都富有诗情画意。城外一些园林的特点，在于尽可能利用自然；城内的园林，不能利用自然，那就模仿自然，例如掘池沼，堆山石，种树木，以构成自然的景色，然后就适当的环境，布置适当的建筑物。

构造园林时，首先是就园地的面积和形势，做出一个大致轮廓，定出主景部位，包括主山、主水、主要场地和主要建筑等；其次是察看地势的适宜处，逐步考虑叠石种树，安置附从建筑物，连接走廊、桥梁、道路和其他较小的部分。这个创造过程是一气呵成的，也是逐步发展的。苏州园林的景物，不论主景和次景，都是这样布置起来的。它们都有疏处、密处，并且高下曲折，互相掩映，处处有变化，处处却有呼应，务使在多种多样变化中求得统一，使整个园林，具有一种独特的风格。如拙政园以幽雅胜，留园以精致胜。

苏州园林在国民党反动派统治时期和日本军阀入寇时候，都被任意摧残，以致日就荒废。解放以后，经人民政府组织园林整修委员会逐一加以整修，每个园林不过花了三四个月时间，并尽量利用旧料和旧的装修，力求保持原来风格。今将已经整修而开放的六园，依创始先后，一一介绍如下：

沧浪亭

沧浪亭在南门内人民路三元坊学官南，五代吴越时，是广陵王元璙的池馆。宋代庆历年间，大诗人苏舜钦子美出四万钱买了下来，他在北碕傍水处造了一座亭子，命名为"沧浪亭"，还作了一篇传诵一时的《沧浪亭记》。子美逝世后，屡次易主，后为章申公家所有，把原来的地面扩大，建造了阁和堂，并且买进了亭北跨水的洞山，造成了两山相对的雄关。南宋建炎年间，又为抗金名将韩世忠所得。由元代至明代，废作僧居。明代嘉靖年间，又改建为纪念韩世忠的韩蕲王祠。

清康熙年间，先建造了苏公祠，后在山巅造了个亭子，找到明代大书画家文徵明隶书的"沧浪亭"三字，揭在额上，还造了"自胜轩"、"观鱼处"和一个题为"步碕"的长廊。道光七年，巡抚梁章巨重修时，因他自己姓梁，添造了一间楼，以祠梁鸿。太平天国大军攻入苏州时，亭又被毁，直到同治十二年才把它修复，还造了一座明道堂。堂后是东菑和西爽；西面是五百名贤祠，壁上石刻，全是苏州自周初到明末的五百多个所谓名贤的画像。当然，这些人的历史评价，必须站在人民的立场，重新加以考虑，但在考古方面，无疑是有历史价值的。祠南为翠玲珑，以北为面水轩，藕花水榭，都是临水而筑的。沧浪亭的妙处也就在大门外临水一带，水中旧有莲花极多，入夏花繁叶茂，一水皆香。可惜在抗日战争时给敌伪搞得荡然无存，现在已经补种了一些，并在对岸种了许多碧桃和垂柳。

沧浪亭的特点，在于内景与外景互相结合，亭榭水石，参差错落，掩映有致；而复廊蜿蜒而东，廊壁花窗（又名漏窗）一百余种，形式各个不同，更是绝妙的图案画。南部的看山楼，在石屋上起建，石屋名"印心"，结构精妙，登楼一望，远山隐隐，都在眼前，而墙外南园一带的农田景色，也一览无余。

第七章

苏州园林甲天下

狮子林

狮子林在城东北部，位于新辟的园林路。创建于元代至正年间，本来是菩提正宗寺的一部分，清乾隆年间，改称"画禅寺"。园子在寺的东部，最初系僧人天如禅师和他的高徒维则特地邀请了当代倪云林、朱德润、徐幼文等大画家和十余位艺术家共同设计，而绘图的就是倪云林，所以更觉难得。只因佛书中有"狮子座"，就定名为"狮子林"。

园中假山独多，全用太湖石堆叠而成，嵌空玲珑，盘旋曲折，游人穿行这些繁复非常的假山时，往往峰回路转，尽在那迷离的山径中摸索，几乎找不到出路。可惜因为历年已久，经过后人一再整修，未免有些儿走样，但那本来面目，还是依稀可辨。

园中旧有许多名胜，现在大半存在，并有许多松柏等乔木点缀其间，更觉美具难并。元末，张士诚的女婿潘元绍曾经居住园中。清代康熙、乾隆二帝南巡，都曾到过此园。相传乾隆曾在一座亭子里眺望园景，写了"真有趣"三字，作为园中匾额。当时有一个随从的大臣以为不雅，请求把中间的"有"字赐予他，于是剩下了"真趣"二字。此亭此额至今尚存，并且整修得富丽堂皇。

此园后来为上海巨商贝润生所得。贝原为苏人，以颜料起家，他把狮子林大大修葺了一下，并且加上了一只金碧辉煌的旱船。贝死后，年久失修，解放后由苏州市园林整修委员会做局部整理，后又修了"指柏轩"和"古五松园"，都尽力保持旧时朴素的风格。在"问梅阁"附近，也修好了人造瀑布，一开机关，水就倾泻而下，好像一匹白练，水声淙淙，如鸣瑟筑，这倒是其他园林所没有的。

拙政园

拙政园在娄门内东北街。明代嘉靖年间，御史王献臣将原来大宏寺的废址改为别墅；他因晋代潘岳做官不得意，退归田园，种树种菜，曾有"此亦拙者之为政也"一句话，所以他就以潘岳自比，名其园为拙政园。后来他的儿子因赌博输了钱，把它卖给徐姓。清初为大学士陈之遴所得。那时园中有一株宝珠

> 我是一个
> 爱美成嗜的人

山茶，初春着花烂漫，红艳可爱，诗人吴梅村曾作长歌赞美过它。后来陈之遴因事获罪，被放逐到关外去，园地也被没收。以后一度归吴三桂的女婿王永宁，吴败，又被没收入官。再后几经变迁，到咸丰庚申年间，太平天国忠王李秀成攻下了苏州，就把它作为王府，成为人民革命史上一个很宝贵的遗迹。同治十年，改为八旗奉直会馆。入民国后，虽未开放，但游人只需出些钱给守门的，便可进去游览，但是堂宇亭榭，都已破旧了。抗战期间，曾为伪江苏省政府盘踞。胜利后，又一变而为社教学院。解放后，初由苏南文物保管委员会接收，略加修葺，即行开放。后来改归苏州市园林管理处管理，力求改善，大加整修，中断的走廊，坍毁的亭榭和湮没的花街，都一一修复，使全园景色，顿觉楚楚可观。

一进园门，就可瞧见一株枯干虬枝的紫藤，前有"文衡山先生手植藤"一碑，原来是明代大书画家文徵明所手植，历时四百余年，却老而弥健，暮春繁花齐放，美艳夺目，真如遮上了一个紫绿大天幕。走进二门，迎面就是一座假山，上多老树，浓翠欲滴。沿着山边走廊过桥，就是四面开窗的"远香堂"。向东行进，有"枇杷院""海棠春坞""玲珑馆"诸胜。更东是一片新辟的园地，占地约二十余亩。

远香堂西面有"南轩"，更西为"香洲"，是一座船舫式的建筑物；这一带更有"小沧浪""小飞虹""玉兰堂"诸胜，水石花木，互相映带，饶有清幽之趣。西边假山上有"见山楼"，楼下有轩，三面临水，向有莲花很多，炎夏在此赏莲，心目俱爽。

拙政园西部，旧时划归西邻张氏，别称"补园"。这里的结构，于花木水石之外，厅堂亭榭密集，和中部的疏朗各有佳处。南有一厅，隔而为二，面北的名"卅六鸳鸯馆"，窗外池塘中蓄有鸳鸯对对；面南的名"十八曼陀罗馆"，庭前种山茶十余株。此外还有象形的"笠亭""扇亭"，雕刻特精的"留听阁"，为尊重文徵明、沈石田二位大师而建的"拜文揖沈之斋"等建筑。极西有一道水廊，系用黄石、湖石堆砌，设计别具匠心。

拙政园的特点在于多水，水的面积约占全园五分之三，亭榭楼阁，大半临水，所以用桥梁或走廊彼此联系。水中都种莲花，到了夏季，万柄摇风，香远益清，简直是一片莲花世界了。

第七章

苏州园林甲天下

留 园

留园在阊门外虎丘路，原为明代太仆徐同卿旧居。清代嘉庆初年，为观察刘蓉峰所得。刘性爱石，所以园中搜罗了奇峰怪石很多，为其他园林所不及。光绪初年，归武进盛旭人，改称"留园"。

全园面积五十余亩，结构布局，富丽工巧。建筑物特多，到处有亭台楼阁，轩榭厅堂，它们全用走廊曲曲折折地联系起来。解放以前，屡遭摧残，破坏不堪。现已整修得美轮美奂，恢复旧观。

园的中部，以"涵碧山房"为主体，它前面有荷花池，另三面都有重叠的假山。东有"观鱼处"，西有"闻木樨香轩"，北有"自在处""明瑟楼"，假山高处还有"半亭"。这一带有山有水，有树龄数百年的古树，是一幅绝妙的山水画。

"五峰仙馆"俗称"楠木厅"，是全园最大的一个厅，前庭叠石，全是当时刘蓉峰搜罗来的。他曾替它们题上了"青芝""印月""一云""仙掌"等名称，总称"十二峰"，只因其中有的像猴，有的像鸡，有的像……所以后人就管它叫"十二生肖石"。从西边"鹤厅"前进，是玲珑曲折的"揖峰轩"和"还我读书处"，这里每一小庭都有石峰石笋。由"五峰仙馆"沿着走廊向北，经"冠云台"就到了俗称"鸳鸯厅"的"林泉耆硕之馆"。这座建筑的窗、门、挂落、挂灯等，雕刻得都很精细，它是全园最精美的处所。对面有一座狭长形的楼，名"冠云楼"，登楼可以看山。楼下有三座奇峰，恰与"林泉耆硕之馆"相对。

从"冠云楼"下来，经竹楼西行到"又一村"，在一片桃、杏中有瓜架构成的竹廊。更向南进，便见土山一座，名"小蓬莱"，系用大小黄石与土壤相间叠成，很自然。山上有亭二座，顶有大枫树十余株，绿荫如盖，深秋变作猩红，灿如霞彩，真所谓"霜叶红于二月花"了。山下有小溪蜿蜒向南，到"绿溪行"，和长廊相接，廊尽处有水榭，名"活泼泼地"，小小结构，装修得特别精致，倘以文章作比，那么这是六朝骈俪的小品文了。由此过窄廊出门，就接连中部的"涵碧山房"。

我是一个
爱美成嗜的人

怡 园

怡园在南门内人民路乐桥以西,本为明代尚书吴宽故宅的一部分;太平天国失败后,为顾姓所得,就在住宅西部造园,命名"怡园"。怡园占地不多,而结构精巧,厅堂亭榭,位置得当,并能吸收其他园林的长处,加以融会贯通。

进了园门,经竹林小径前进,过"玉虹亭",就到"石听琴室",室外一角,有双峰并立,似在听琴。沿着曲廊进去,就到了全园的精华所在,假山绵延,亭榭相望,莲塘澄澈,古木参天,好像是《红楼梦》里的一幅大观园图,展开在面前,使人看了心旷神怡。

这里的假山,当初全是搜罗了其他废园中上好的太湖石,由名手设计堆叠而成,所以不论是竖峰、横峰、花台、驳岸所用的,都玲珑剔透;就是三块平凡的大石,因为安排得法,而且刻上了"屏风三叠"四个大字,也觉得突出而动目。山并不高,而布置得十分自然,"小沧浪"一带,尤其不凡,从莲塘北面山洞中进去,侧身从暗处石罅中拾级登山,可达山顶的"螺髻亭"。出"慈云洞"为"抱绿湾",沿塘绕山而北,入"绛霞洞",自下而上,又自上而下,使人迷迷糊糊,不知所从,这又是设计者在使狡狯捉弄人了。

莲塘上有曲桥通至"藕香榭",再向西,经"逐窟""碧梧栖凤精舍",就到形如画舫的"舫斋",上有小阁,因窗外有松,可听松涛,所以叫"松籁阁"。再进即俗称"牡丹厅"的大厅,厅前种有牡丹。出厅由走廊转至"藕香榭"后,穿梅林,到"岁寒草庐",前庭后庭,都用奇峰怪石随意点缀,更有石笋多株,和古柏、老梅、方竹等互相掩映,饶有诗情画意。

网师园

网师园在葑门内阔街头巷,前身是南宋时代侍郎史正志"万卷堂"故园的一部分,园名"渔隐",占地极大。他死后被后裔出卖,一分为四。清代乾隆年间,归于退休的官僚宋宗元,大修了一下,取名"网师园"。宋去世之后,荒废了三十年,没人过问。直到嘉庆年间,才由一个名叫瞿远村的买了去,重行布置,格局一新,人称"瞿园"。到了光绪年间,归于合肥李鸿裔,作为晚年颐养

第七章
苏州园林甲天下

之所,一时达官贵人,文人雅士,常在这里置酒高会,赋诗唱和,就成了一座名园。近四十年间,先后为张氏、何氏所得,一修再修,又起了变化。在抗战至胜利期间,大遭破坏,日渐荒芜。直到近几年间,由苏州市园林管理处接收下来,经之营之,费了不少人力物力,才恢复了它的青春。

园以大池塘为中心,建筑物以面南的"看松读画轩"为中心,轩前乔松古柏,苍翠欲滴,遥对黄石假山,峰峦突兀。旁有"濯缨水阁",栏楯临水,自有"沧浪水清,可以濯缨"的意味。池塘南面都有曲廊,逶迤起伏,以"樵风径""射鸭廊"为名;而所有亭台轩榭,也给连接了起来。其中如"月到风来亭""竹外一枝轩""潭西渔隐""小山丛桂轩""琴室""蹈和馆"等,都是游人流连游眺的好去处。

从"看松读画轩"出来,沿着曲廊向右转,就到了另一境界,以"殿春簃"为中心建筑。旧时,前庭满种芍药,为了芍药开在春末,此屋因以"殿春"为名。现在虽已改种了蔷薇和月季,而花期正和芍药相同,所以"殿春"两字还是适用的。这一带叠石为山,洞壑幽深,中有清泉一泓,名"涵碧泉",其上一亭翼然,名"冷泉亭",在这里小坐看泉,自有一种静趣。

网师园虽面积不大,而布局却十分紧凑。除了庭园部分外,另有一部分是建筑群,厅堂楼阁,一应俱全,而仍有庭院树石作为陪衬,并不觉其单调。在苏州的园林中,网师园是较小的一个,如果以文章作比,可以比作一篇班香宋艳的绝妙小品文。

苏州的园林太多了,现在只将以上业经整修而开放的六处介绍出来,一则因为它们是宋、元、明、清四个朝代的民族遗产;二则因为它们的结构布局,也足以代表苏州一切园林的风格。我们在整修工作上虽已作了最大的努力,当然还有许多缺点,有待以后逐年的改善。我们一定要把苏州所有的园林,整修得尽善尽美,才不负"苏州园林甲江南"的美名。

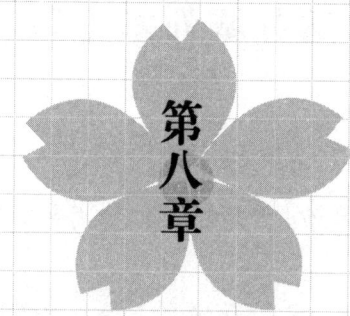

第八章 一个人出游不必去远方

我是一个
爱美成嗜的人

姑苏城外寒山寺

月落乌啼霜满天，江枫渔火对愁眠。姑苏城外寒山寺，夜半钟声到客船。

这是唐代诗人张继的一首《枫桥夜泊》诗，就使枫桥和寒山寺享了大名，永垂不朽。寒山寺在吴县西十里的枫桥旁，因此又称"枫桥寺"。起建于梁代天监年间，原名"妙利普明塔院"，宋代太平兴国初，节度使孙承祐又造了一座七层的塔，嘉祐年中由宋帝赐号"普明禅院"；可是在唐代已称之为"寒山寺"，所以自唐至今，大家只知寒山寺了。元代末，寺与塔俱毁于火，明代洪武中重建。以后再毁再修，在嘉靖中，铸了一口大钟，并造了一座楼，把这钟挂在楼中；可是后来不知如何，竟不翼而飞，据说是被日本人盗去的。所以康有为题寒山寺诗，曾有"钟声已渡海云东，冷尽寒山古寺风"之句。叶誉虎前辈也有一绝句咏此事：

长廊曲阁塞榛菅，法物何年赵璧还？不分风期成钝置，寒山寺里觅寒山。

现在的那口钟，听说是日本人另铸了送回来的，但是好像是翻砂翻出来的东西，一点儿没有古意了。

寒山寺之所以得名。考之姚广孝记称："唐元和中，有寒山子者，冠桦布冠，着木履，被蓝缕衣，掣风掣颠，笑歌自若，来此缚茆以居；寻游天台寒岩，与拾得、丰干为友，终隐而去。希迁禅师于此建伽蓝，遂额曰'寒山寺'。"明清二代间，寺中一再失火，一再修复，可是那座塔却终于没有了。

清代诗人王渔洋，曾于顺治辛丑春坐船到苏州，停泊枫桥。那时夜已曛黑，

第八章
一个人出游不必去远方

风雨连天,王摄衣着屐,列炬登岸,径上寺门,题诗二绝云:

日暮东塘正落潮,孤篷泊处雨潇潇。疏钟夜火寒山寺,记过枫桥第几桥?
枫叶萧条水驿空,离居千里怅难同。十年旧约江南梦,独听寒山半夜钟。

题罢,掷笔而去,一时以为狂。

旧时诗人词客,都受了张继一诗的影响,每咏寒山寺,总得牵及那钟。如宋代孙觌《过枫桥寺》云:

白首重来一梦中,青山不改旧时容。乌啼月落桥边寺,欹枕遥闻半夜钟。

清代胡会恩《送春》词云:

画黡苍苔陌上踪,一春心事怨吴侬。晓风欲倩游丝绾,愁杀寒山寺里钟。

词如宋琬《长相思·吴门夜泊》云:

大江东,五湖东,地主今无皋伯通。谁人许赁舂?听来鸿,送归鸿,夜雨霏霏舴艋中。寒山寺里钟。

赵怀玉《蝶恋花·吴门纪别》云:

才得清尊良夜共。醉不成欢,却被离愁中。多谢故人争踏冻,霜天也抵花潭送。别语无多眠食重。隔个城儿,各做相思梦。篷背月窥衾独拥,寒山寺又钟催动。

可是寒山寺中,并没有张继的真迹,旧有诗碑,是明代文徵明所写,因年久模糊,后由俞曲园重写勒石,至今尚存。

一九五四年十月,苏州市园林修整委员会鉴于寒山寺的日渐颓废,鸠工重

**我是一个
爱美成嗜的人**

修,我也是参加设计的一员。动工三月余,面目一新,可惜原有的枫江楼没有修复,引为憾事!幸而后来将城内修仙巷宋氏捐献的一座花篮楼移建寺中,仍可登临远眺,差强人意。开放以来,游人络绎不绝,钟楼上钟声镗镗,也几乎终日不断了。

第八章
一个人出游不必去远方

五人义

扬旗击鼓,斩蛟射虎,头颅碎黄麻天使。专诸匕首信豪雄,笑当日一人而已。华表崔巍,松杉森肃,壮士千秋不死。从来忠义出屠沽,惭愧杀干儿义子。

这是清代宋荔裳咏五人墓的一阕《鹊桥仙》词。五人墓在苏州虎丘东的山塘上,墓基本是普惠生祠,是明代太监魏忠贤的干儿子毛一鹭所造,用以献媚魏忠贤的;词末所谓"干儿义子"就是指毛。当时士大夫因五人仗义捐躯,就捐金将五人殓葬于此,吴默题曰"五人之墓",此碑至今尚在。虽则五人,实与田横五百人同其壮烈!

关于五人仗义捐躯的事,是这样的:当时苏州有一位万历中的进士周顺昌,字景贤,历官吏部文选司员外郎,请告归。正值太监魏忠贤乱政,国事大坏,故给事中嘉善魏忠节公触犯了他,被捕过苏州,周置酒相迎,欢叙三天,并将季女许嫁其孙。忠贤知道了大为气愤,就唆使御史倪文焕罗织其罪,派旗牌官来捕周;周怡然自若,不为所动。宣读诏书时,巡抚都御史毛一鹭、巡按御史徐吉等都在场;人民聚观的多至数千人,都说周吏部是冤枉的。诸生王节等直前诘责一鹭,说:"众怒难犯,何不暂缓宣诏。"旗牌官不耐,将刑具掷地威胁民众,大声呼喝,说:"这是魏公的命令,谁敢不从?犯人在哪里?"周公囚服出候宣诏,束手就缚,民众泣不能抑。其中有一人名颜佩韦的,首先替周公喊冤,愿以身代。另有杨念如、沈扬二人,也上前仗义执言,不许旗牌官捕周,群众哭声震天。又有一人名马杰,破口大骂魏忠贤,声若洪钟。旗牌官恼羞成怒,拔剑而前,问:"骂的是谁?割断他的舌头。"民众顿时哗噪起来,旗牌官们不问皂白,先用武器扑击沈扬。旁有一人名周文元的,立即攘臂而起,夺取

我是一个
爱美成嗜的人

武器,却被击伤了头额。一时民众怒不可遏,各自折断了门栏门限,反击旗牌。旗牌们抱头鼠窜,有的爬树逃到屋顶上去,有的躲在厕所里,终于有二人被打死了。事后一鹭等就上书告民变,捕去了颜、马、沈、杨、周等五人,处以极刑。临刑时五人毫无惧色,痛骂忠贤不绝口,远近民众,都为他们伤心落泪。而五人之名却永垂不朽,真所谓壮士千秋不死了。

诗人们歌颂五人的作品,不一而足。如孔传铎云:

直是奸凶阁,千秋气共伸。由来殉义客,何必读书人!胜国山河改,魏坟俎豆新。三良空惴惴,殊让尔精神。

张进云:

意气偶然激,成名竟杀身。空山余落日,古木出青燐。地近要离墓,云连胥水滨。匹夫能就义,嗟尔附炎人。

朱奕恂云:

花市东头侠骨香,断碑和雨立寒塘。屠沽能碧千年血,松桧犹飞六月霜。翠石夜通金虎气,荒丘晴贯斗牛芒。片帆落处搴清藻,结伴归鸦吊夕阳。

这些诗,都是义正词严,足为五人吐气的。

苏州市文物古迹保管会鉴于五人的墓却埋没在荒草里,芜秽不堪,因此鸠工庀材,整修了一下,这样,游客于畅游虎丘之后,可到山塘上来一吊这五人之墓了。

京剧中有一出《五人义》,就是采取五人这段舍生取义的故事编成的,可是久未上演,已变了一出冷门戏。

第八章
一个人出游不必去远方

放棹七里泷

江回滩绕百千湾，几日离肠九曲环；
一棹画眉声里过，客愁多似富春山。

我读了这一首清代诗人徐阮邻师的诗，从第一句读到末一句细细地咀嚼着，辨着味儿，便不由得使我由富春山而想起七里泷来。这一次是清游，是在一九二六年的春光好时，距今已有两年了。两年间的光阴，也像七里泷的水一般宛宛流去，不知漂洗了多少事情的回忆；然而那水媚山明的七里泷，却在我心头脑底留下了一个很深很深的印象，再也漂洗不去。七里泷啊，你真是一个移人的尤物！

我们告别了俗尘万丈的上海，跳上沪杭火车，一路兴高采烈地到了杭州，就近在旅馆里宿了一夜。第二天清早七点钟，便赶往南星桥去。我们打听得轮船直达桐庐的共有两艘，每天分早晨午后两班驶行。这时是八点半钟左右，轮船正在码头上，我们分坐了两个舱，因为大家都是熟不拘礼的熟人，一路上言笑晏晏，无拘无束。其中有一对夫妇新婚未久，还不到半年，虽说早已度过了蜜月，多少却还带些儿蜜意，因此便成了众矢之的，给我们借这船舱一角，补行闹新房的把戏。

轮船驶过了六和塔，回头不见了塔影，便渐渐地进入富春江了。一到这富春江上，说也奇怪，顿觉得山绿了，水也绿了，上下左右，一片绿油油的；我们容与于山水之间，也似乎衬映得衣袂俱绿，面目俱绿了。游侣中有一个摄影迷眼瞧着好景当前，不肯放过，兀自捧着他所心爱的一架摄影机，在船头上跳来跳去，一张又一张的，不知摄了多少。将到富阳时，天公不作美，忽地下起

我是一个爱美成嗜的人

雨来。雨点儿打在水面上,错错落落地,似乎撒下了明珠无数。四下里的山,都罩在雨气中,迷迷蒙蒙地,似是蒙着轻绡雾纱一般。同船有两个外国人,在船头看雨景,和我们攀谈;说这一带风景,绝似日本的西京,真是美绝妙绝,便是西方几个名胜之区,也比不上这里的幽丽呢。我们听了,也附和着他们叹赏不止。

午后五点钟光景,天上云散雨收,只是还没有放晴。一阵子汽笛呜呜,船上人报道:"桐庐到了。"我们上了岸,地上泥滑滑,雨水还没有干,脚下很觉难行。幸而旅馆就在岸边,走不上几十步路,就到了。这旅馆楼阁三层,临江而筑,所处的位置很好,确有帆影接窗潮声到枕之妙。

住的问题解决了,便解决吃的问题,在邻近一家菜馆中饱餐了一顿,才回到旅馆中休息。

我爱看夜景,独个儿凭栏待月,可是倚偏了栏杆,也不见月来,只见乱云如絮,在桐君山头相推相逐,煞是好看。夜半月上,沿江的一带栏杆都沐在月光之中,而富春江的水,更像铺着片片碎银似的,美妙已极。

我因舟车辛苦了一天,很觉疲倦,悄悄地先自睡了。难为游侣们已商定了明天游七里泷的计划,将船只和饭菜都安排好了。第二天早上八点钟,就预备出发。等候一位向导,兀自不见来,却望见了对面的桐君山,山容如笑,倒像在那里欢迎我们前去一游似的。于是搭了摆渡船,渡到对江的山下去。山虽不高,风景却还不恶。山顶有桐君寺、桐君祠。桐君姓氏、朝代都不详,传说是黄帝时代的人,采药求道,到这东山之上,偃在一株桐树下,有人问其姓,他则指桐示之,世因名其人曰桐君。他识得草木的性味,定三品药物,有《药性》(共四卷)和《采药歌》两种著作,此君可称是中国药剂师中的开山鼻祖了。桐君寺内有小轩一间,见柱上有联语,上联是"君系上古神仙,灵兮如在";下联是"我爱此间山水,梦也常来"。大家见了下联,都拍手喊好,像富春江上这样的山明水媚,真教入梦也常来了。

我们走下桐君山来,那向导已来了,正在对岸向我们招手,我们便急忙摆渡过去,走上昨夜预定的那只大船。那船倒是一只新船,十分宽敞,足足可容二十人。船中一家老小,都在船尾,真是云水乡中一个美满的家庭。我们一行十多人,占满了一船,红日三竿,便照着我们欢欣鼓舞地出发了。春水船如天

第八章
一个人出游不必去远方

上坐,已够舒服,何况又在富春江上呢。我和妻坐在船头饱看山水,越上去越见得山青水绿,如入画图,比了西子湖,自别有一番境界。

欸乃声声,似乎唱着快乐之歌,缓缓地在这幽美绝世的七里泷中行进,泷口水浅,船家上岸去背纤。我们全船的人,知道好景临头,不肯轻轻放过,都聚在船头,尽情赏览。我们瞧这一片伟大的美景,如展黄子久山水长卷;一时神怡心旷,兀自默默地看着,再也说不出一句话来。昔人见了绝色的美人,有"心嚛丽质"一句话,我这时也大有心嚛丽质之概了。一路看山看水,飘飘欲仙。三点三十五分钟,便到了那鼎鼎有名的严子陵钓鱼台之下。船儿停住了,大家走上山去。山上见有大碑矗立,标着"严子陵钓鱼台""谢皋羽恸哭西台"诸字。山顶有东西二台,高一百六十丈,东台便是严子陵钓鱼台,有亭翼然。亭下砖石很多,据船家说:倘能将砖石击中亭顶的,便是弄璋的喜兆。我们好奇,拾过了砖块,抛掷了一会。我坐在钓台的平石上,低头一望,毛发为竖。当下我们说着顽话,说这钓鱼台离水既这般高,不知当初严先生是怎样钓鱼的?也许那鱼竿是特别大特别长的吗?我们纷纷研究的结果,便断定当初水面很高,至少要比现在高百丈以上,所以严先生尽可在这钓台上安然钓鱼了。西台便是谢皋羽恸哭之所,台上也有一亭,亭中有"清风千古"一块大碑。我们小立摩挲了一会,仿佛瞧见谢先生的泪痕,听得谢先生的哭声呢。谢先生名翱,字皋羽,号晞发子,宋代长溪(今福建霞浦)人。后迁居浦城(今福建建安)。元兵南侵时,曾参加文天祥抗战部队,任咨议参军。宋亡不仕。及文天祥殉国,先生独带了酒,登富春山,设文山神主,酹奠号泣,作《西台恸哭记》。卒后葬钓台南。清代诗人徐东痴吊以诗云:"晞发吟成未了身,可怜无地着斯人。生为信国流离客,死结严陵寂寞邻。疑向西台犹恸哭,思当南宋合酸辛。我来凭吊荒山曲,朱鸟魂归若有神。"诗意也是很沉痛的。

山中有严先生祠,少不得要去拜谒一下,见是一幅画像,道貌蔼然,满现着笑容,回想到他当初隐姓埋名,洁身高隐,汉光武是他少时的同学,有意给他做大官,他却坚辞不就,宁可在富春江上种田钓鱼,以终其身。祠中有联云"磐石钓台高,任长鲸跋浪沧溟,料理丝纶,独把一竿观世局","扁舟云路近,携孤鹤放怀山水,安排诗酒,好凭七里听滩声"。祠旁有一座楼,名"客星楼",供有谢皋羽、苏东坡等神位,楼中有一联云:"大汉千古,先生一人。"分明是

我是一个
爱美成嗜的人

指严先生而言，称颂十分得体。

我们在严祠中小坐了半晌，啜了一盏清茶，才踱下山去。我们原议是要直到严州的。因为我曾听得前辈陈冷先生说，从桐庐到兰溪几百里水路，全是引人入胜的好景。倘若不到兰溪，那么至少也得到严州。所以我们此来，就决计以严州为目的地了。不料同行中有人醉心西子湖上裙屐之盛，不愿冷清清地再伴这清寂的山水，便贿通船家，推说当日不及到严州，势将搁在半路上。又说严州有强盗，往往打劫船客，于是就在钓台下回棹了。

归途到罗市镇一游，无甚可观，不过沿江一带的石滩，还可动目。而在岸上看那七里泷一带的山，罩在蔷薇色的夕阳里，真觉得春山如笑呢。

第八章
一个人出游不必去远方

雪窦山之春

千丈之岩,瀑泉飞雪;
九曲之溪,流水涵云。
——宁波府志形胜篇

梦想雪窦山十余年了。在十余年前,曾有一位老同学作雪窦之游,回来极言其妙,推为四明第一。从此以后,那瀑泉飞雪的千丈之岩,流水涵云的九曲之溪,使我魂牵梦萦,恨不得插翅飞去,啸傲其间。

年来每当春日,必作春游。天平山啊,鼋头渚啊,西子湖啊,七里泷啊,都去得厌了,便决意一游雪窦。珍侯、大佛诸老友一致赞成,破费了三天的工夫,准备一切,便搭宁兴轮出发。同行者共五人,颇觉热闹。夜中不能入睡,黎明即起,冒风登甲板,看海上旭日初升,真个如火如荼、奇丽万状。七时半到达宁波,一行五人分坐人力车到大佛家一坐,就赶往南门外汽车站。汽车站上的买票洞口,早已挤满了人,好容易买到了票,就跳上长途汽车,直放溪口。时已九时半,一路车行如飞,经小站七八,十时四十分到溪口镇。镇并不大,镇上人多务农为业,也有几家小商店,出售零物。溪头最胜处,有文昌阁峙其间,十分壮丽。溪面很广阔,碧水涟漪中,常有竹筏顺流而下,这一带地区,载人载物,多用竹筏,船只反而少见。正午,在一家小面馆中吃肉丝面果腹,探听去雪窦山路程,或说二十里,或说十五里。沿溪大道,全以水泥砌成,其平如砥,栏杆曲折,数步一灯,顿使这蕞尔小镇好似穿上了一身簇新漂亮的西装。离镇以后,渐入山野,汽车道可直达入山亭,便利游客不少。

我们雇到了一农民做入山向导,行行止止,奔波了三小时,又渴又热又疲

我是一个爱美成嗜的人

乏；三时十五分，总算到了雪窦寺。寺门有长方大匾，红地金字，大书"四明第一山"五字。考《宁波府志》："雪窦禅寺在宁波县西五十里，唐光启年间建，明州刺史黄晟舍田三千三百亩以赡之，旧名'瀑布'，宋咸平三年，改名'雪窦山资圣寺'，淳祐二年赐御书'应梦名山'四字，元至元二十五年又毁，所藏御书二部四十一卷俱无存。越二年复建，明洪武初改今额，为天下禅宗十刹之一。崇祯末毁于兵燹，今复兴建。"寺极大，寺僧不多，香火也很寥落。全寺所占位置极好，风景非常幽秀，在昔人的吟咏中，可以概见，兹摘录数首如下：

明·倪复《登雪窦岩》
倚天苍翠出峥嵘，中有飞泉泻碧鸣。
绝壑风高岩虎啸，千林月上野猿惊。
寺当绝顶丹题见，径转回溪素练萦。
徒觉尘区异寥廓，欲临寒碧洗烦缨。

明·陈濂《游雪窦寺》
青山面面削芙蓉，咫尺犹疑千万峰。
野草逢春都是药，碧潭和雨半藏龙。
池开锦镜晴波阔，路入珠林暖翠重。
试采新茶寻涧水，一双玄鹤下高松。

唐·方干《游雪窦寺》
飞泉溅禅石，瓶注亦生苔。海上山不浅，天边人自来。长年随桧柏，独夜任风雷。猎者闻疏磬，知师入定回。

登寺寻盘道，人烟远更微。石窗秋见海，山雾暮侵衣。众木随僧老，高泉尽日飞。谁能厌轩冕，来此便忘机。

绝顶空王宅，香风满薜萝。地高春色晚，天近日光多。流水随寒玉，遥峰拥翠波。前山有丹凤，云外一声过。

在寺中吃了一碗冬菇素面，休息了半晌，早又游兴勃发起来。向寺僧探问

第八章
一个人出游不必去远方

附近名胜,知道那最著名的千丈岩、妙高台相去不远。于是各带一架摄影机,踱出寺门。过伏龙桥,已听得流水渐渐,如奏雅乐。走了不多路,便见一溪潆洄出脚下,有一株小树从陂岸斜出,正如舞人折腰,婀娜可爱。在这所在,便见有一道平坦的山径,渐渐斜上,夹径都是野杜鹃花,或黄或红或粉红,似乎都掬着媚笑,欢迎佳客。前行四五百步,见有水泥的小轩三楹,入轩时就听得水声訇訇,好像春雷乍发,凭栏一望,不觉欢喜叫绝。原来对面就是千丈岩,几百尺长的大瀑布,从岩上倒泻而下,如飞雪,如撒粉,如散银花,如展匹练。明代诗人汪礼约经雪窦寺观瀑长诗有句云:"目回万里尽,意豁千峰开,足底溪声激,泠泠清吹哀。""石转惊飞流,槎来银汉秋,又疑广陵雪,喷薄钱塘丘。"足见其妙。千丈岩岩石奇古,下临无地,因有飞瀑之故,一名"飞雪岩"。诸游侣叹赏了一会,决意明天转到岩下去尽情饱看。出小轩,更曳杖而上,直达绝顶,就是所谓"妙高台"了。

这里的风景形势,确当得上妙高二字,临崖有亭翼然,可以远瞩,可以俯眺。一座座的山岩,一方方的田野,一道道的溪流,一株株的翠柏苍松,都一一收入眼底,顿使人胸襟豁然,乐不可支。明沈明臣有《登妙高台远瞩》诗云:"西陜何崔嵬,崇基凤曾构。白云荡空阶,红壁射高溜。万岭盘斗蛟,中区显孤秀。五色纷以披,春阳逗云岫。阴霾开昨寒,曲涧回今昼。田霞耕孤迸,溪霜响林漱。西教肃瞿昙,狞猛驯山兽。藤结秋千龛,鸽鸣秋水甃。乃兹荒秽场,苍莽穴鼯鼬。坐以息纷挐,内典竞渊究。神理当自超,局影多瘢垢。眺望遥峰长,兹心敢终负。"结尾的八句,正和我的感想相同,可惜不能长坐于此,永息纷挐啊!下妙高台时,暮色已徐徐四合,回雪窦寺,夜宿后轩,睡梦中犹闻飞瀑声。

十八日五时半起身,往游白龙洞,其地离寺并不远,一路溪流潺潺,怪石刺刺,虽名为洞,却并不见洞。只见两崖之间,界以小石桥,溪水从桥洞中翻滚而下,从那无数怪石中,悠悠而逝。我们摄过了影,回寺进早餐。八时四十分,便又动身西行,一游西坑。其地又名"伏龙洞",但也不见有洞,只见清溪一泓,汩汩有声。沿岸有十多株树,密密地排列成行,都开着一簇簇粉红色的花,甚是繁茂;看去团花簇锦,如入锦绣之谷。据向导说,这种花叫作"柴爿花",花名俗不可耐,未免唐突奇葩,我以为是杜鹃花的一种,也许就是别名娑罗花的云锦杜鹃吧?我们折取了几枝花,便回寺午餐。十一时五分重又起程,

169

> 我是一个
> 爱美成嗜的人

经御书亭西行，徐徐地走下山坡。十一时半，到了千丈岩，仰视飞瀑，愈形壮丽，水花溅及百步以外，好似毛毛雨一样。瀑下有洼，积水过仰止桥下泻，不知所之。游人到此，真的尘襟尽涤，心中一点儿没有渣滓了。

正午，更向下行，峰回路转，经过峭壁无数。目之所接，全是嵯峨怪石，天高月黑之夜，也许会像神话中所传说的山魈，出没其间吧？一时十五分，过一潭，岩上有一瀑斜下，约一二丈，俗称隐潭的第二潭。我们跨石涉水，各摄一影。此时天气骤变，山雨欲来，狂风刮起树叶，满山乱舞。我们急急地奔避，而拳头般大的雨点，也跟着打了下来；一会儿春雷隆隆，似在我们当头滚过，因在高山之上，更觉得近在咫尺了。我们没带雨具，衣履尽湿，就岩石下坐等了一小时，雨势稍杀，便又走了一程，到一座山亭中去躲雨。大家谑浪笑傲，浑忘自身已成"落汤之鸡"。

三时重又启行，到龙神庙前，那有名的隐潭，就在侧面。《宁波府志》云："隐潭在奉化县西北五十里，潭居西岩之下，两岩相抗，壁立数百仞，仰以窥天，仅如数尺。瀑泉如练，循崖而落，水寒石洁，耸人毛骨……"我们到了潭上，但闻水声如雷如鼓，知道附近定有很大的瀑布，但不见瀑布在哪里。我抱着崖边一株大树，探头下窥，方始瞧见了一部分。据向导说，要是到下面潭前去，就可完全瞧见；但是山路崎岖，不易行走，须得分外小心才是。我自告奋勇，愿做先锋，拉了那向导，回身就走。一路从乱草乱石间颠顿而下，加以大雨之后，泥土湿湿的，越发泞滑难行。我幸而没有跌跤，安然的直达潭前。抬头看那瀑布时，虽并不很高，而水势极大，声如雷鸣。流连半晌，便攀缘而上，一行五人，居然都达到了目的地。三时四十分，离龙神庙，四时十分过偃盖亭，又十五分而达雪窦寺。此时云散雾收，阳光又现，小息片刻，游兴未阑，重登妙高台送夕阳，歌啸而归。

十九日七时四十五分，又欣然出发。八时过偃盖亭，向西急行，八时二十五分到东岙。沼路所见，都是红的黄的野杜鹃花，漫山遍野，俯拾即是。八时四十五分，向西北行，九时十五分，到徐凫岩。岩在雪窦寺西十五里，悬崖峭壁数百仞，瀑布终年不绝。据说岩下有神龙的窟宅，当然是神话之类，姑妄听之。我们到了岩上，但听得水声汤汤，完全瞧不见瀑布所在。据向导说，必须转到岩下，方可瞧见。可是山坡陡峭，下无路径，不容易下去。一时我又发起豪兴来，掉头就走，向导也跟着下山，彼此小心翼翼，前呼后应。一路行

第八章

一个人出游不必去远方

来,鼻子里时闻兰香馥馥,留意寻觅时,果然在乱草中发现蕙兰数枝,色作古黄,奇香扑鼻,插在衣钮中,细细领略,使人忘却颠顿之苦。走到半山,瀑布已在望中,看去虽比隐潭一瀑为大,而雄放不及千丈岩瀑布。

我们直达岩下,踞石看瀑。潭旁有高树,浓翠欲滴,使此瀑生色不少。瀑水下注潭中,经流之处,全是大块的怪石,如蹲狮,如伏虎,分外雄奇。忆明代诗人沈明臣氏有《观徐凫岩瀑布诗》,云:"清晨理遥策,白昼临穷崖。嵌岩怖鬼胆,郁律相喧豗。无风急飘雨,潜壑奔晴雷。目诧银汉泻,心惊摧素魇。凉雪朱明溅,截冰堕寒威。忘疲强临瞰,剧恐神理违。战钦栗股坠,临深诚堂垂。幽贞神明持,庶与同心偕。"读此诗,足见其动人之处。我们又流连观赏了好久,听得岩上游侣已在叫唤,便忙着赶回去。可是下山容易上山难,真说的一些也不错,这次上山的艰苦,竟十倍于下山时。一路细沙碎石,滑不留足,任是攀藤附葛,还时时跌跤。好容易达到了岩上,早已汗流浃背,喘息不止。是役也,计遗失已经摄影的软片一卷,黄色镜头一个,又被荆棘刺破哔叽单裤一条,踏穿橡皮套鞋一双,总算是小小损失。但是在诸游侣中,却得了一个英雄的尊号。

十一时三十五分,由原路往三十六湾,此地多苗圃,百花都有,而以水蜜桃为最著,所谓奉化玉露桃者,多出生于此;可惜此来太早,不能一快朵颐。正午,借李氏书塾中就餐。一时半离塾,重过东岙,三时到十八曲的上端。考之志籍,奉化只有剡源九曲溪,而乡人都称为十八曲,我们不知到底是几曲?但见有桥如虹,桥下有清溪怪石,野花古树,并有紫藤花点缀其间,恍如绝妙的大盆景,异常可爱。四时至西坑,又十余分钟而回雪窦寺。今天因为是我们留山的最后一天,更须尽兴,因汲清泉,携茶铛,上妙高台觅松枝,生火烹茗。我们向千丈岩瀑布道了别,就上妙高台去,围坐亭中啜茗,我微吟着明代诗人王应鹏重游雪窦诗"既看翠壁飞苍雪,更转花台憩夕阴"句,真觉得恋恋不忍遽去了。下台时天已入晚,以电筒为助,回到寺中。

二十日七时半离寺启行,四望溪山多情,似有依依惜别之意。伏龙桥上,有牧童放牛,呼一牛跽地相送,相与鼓掌大笑。流连约一小时,即到溪口乘公共汽车回宁波,二时二十分到南门外车站,又往大佛宅中略进茗点,四时登宁兴轮,四时三十分开驶,以次晨五时三十分返沪。此行往返计四日,留山三日,雪窦山之春,领略殆遍。山灵有知,愿常留好景,给我们将来作第二度第三度的欣赏。

我是一个
爱美成嗜的人

秋栖霞

栖霞山的红叶，憧憧心头已有好多年了。这次偕程小青兄上南京出席会议，等到闭幕之后，便一同去游了栖霞山。

南京本有一句俗语，叫作"春牛首，秋栖霞"，就是说春天应该游牛首山，秋天应该游栖霞山。因为栖霞山上有不少的三角枫和阔叶树，深秋经霜之后，树叶全都红了，如火如荼地十分美观。唐人诗中所谓"霜叶红于二月花"，确是并不夸张。记得在抗日战争期间，曾有一位文友写信给我说："秋深了，栖霞山的枫叶仍是异样的红，只是红的色素中已带了些惨黯的成分，阳光射在叶上，越发反映出一种可怕的颜色。'丹枫不是寻常色，半是啼痕半血痕'，整个的中国，也已不是寻常的景色，真的半是啼痕半是血痕啊！"可是现在我们走上栖霞山来看红叶，却怀着一腔愉快的心情，所可惜的，霜降节才过，枫叶还没有全红，大约还要再过半月，就那红叶满山，才是"秋栖霞"的全盛时代了。

我们先在栖霞古寺门前看了看那块用梅花石凿成的一丈多高的明征君碑，又看到了碑阴"栖霞"两个劈窠大字，很为劲挺，相传是唐高宗李治的亲笔。从寺旁拾级而登，看到了那座创建于隋代而重建于南唐时代的舍利塔，浮雕的四天王像和释迦八相图，都是十分精工的。附近一带的山石，都凿成了大大小小的佛龛，龛中都是佛像。我最欣赏那座称为三圣殿的大佛龛，中供一丈多高的无量寿佛坐像，两旁有观音、势至两菩萨的立像，宝相庄严，不同凡俗。而最是动人观感的，在一个佛龛中却并不是佛而是一个石匠，一手执锤，一手执凿，表现出劳动人民工作时的形象，据说那许多大小佛龛和佛像，全是他一手凿成的。

一步步走将上去，见大大小小的佛龛和佛像，更多得不可胜数。据说从齐、

第八章
一个人出游不必去远方

梁,以至唐、宋、元、明诸代陆续增凿增刻,多至七百余尊,都是依着岩石的高低,散布在左右上下,号称千佛,因此定名"千佛岩"。这里一片翠绿,全是松树,与枫树互相掩映,到了枫树红酣的时节,那真变做一个锦绣谷,美不胜收了。

我是一个
爱美成嗜的人

万古飞不去的燕子

"微风山郭酒帘动,细雨江亭燕子飞"。这是清代诗人咏燕子矶的佳句,我因一向爱好那"燕燕于飞"的燕子,也就连带地向往于这南京的名胜燕子矶。恰好碰到了出席江苏省文学艺术工作者代表会议的机会,就在一个星期日呼朋啸侣合伙儿上燕子矶去,要看看这一只长栖江边万古飞不去的燕子。

在新街口附近乘12路无轨电车直达中央门,转搭8路公共汽车,车行约四十分钟,燕子矶便涌现在眼底了。那块大岩石叠成的危崖,临江耸峙,真像一头挺大挺大的燕子,振翅欲飞。一口气跑到顶上,见崖边围着铁蒺藜,因为在旧时代里,常有活不下去的人到这里来从燕子背上跳下江去,结束他们的生命,所以借此预防。可是解放以来,早就没有这种惨剧了。我小坐休息了半晌,便从斜坡上跑了下去,直到江边的沙滩上。只因连月少雨,江水退落,就形成了一大片滩,可以供人行走,倒也不坏。放眼远望,只见水连天,天连水,远近帆影点点,出没烟波深处,给这萧索的寒江,做了很好的点缀。据前人游记中说:"孤岑突立江上,铁锁贯足,江水抱其三面,一二亭表之,巅之亭最可憩望。去亭百步,有飞崖俯江,俯身岩上,攀木垂首而视,风涛舟楫,隐隐其下也。矶崖之下,多渔人设罾,或依沙洲石濑为舍,或浮舍水上,或隐其身山罅,或就崖树下悬居,或将鱼蟹向客,卖换青钱,或就垆换酒竟去,悠悠天地,此何人哉!"这是从前某一时期的情景,现在渔民有了公社,各得其所,可不是这样了。从这里看到遥遥相对的一大片滩上,有着密密层层的屋子,大概就是古人诗中所谓"两三星火是瓜洲"的瓜洲吧?

我沿着滩一路走去,时时仰望那突兀峥嵘的岩石悬崖,才认识到了燕子矶特殊的美点,并且越看越像是燕子了。这时四下里寂寂无声,只听得我们一行

第八章
一个人出游不必去远方

人踏在沙上的脚步声,在瑟瑟地响。好一片清幽的境界,使我的胸襟也一清如洗,尽着领略此中静趣,正如明代杨龙友来游燕子矶时所说的:"时寒江凄清,山骨俱冷,其中深远澄淡之致,使人领受不尽,因思天下事境,俱不可向热闹处着脚。"这是从前诗人画家以及一般隐逸之士的看法,而爱好热闹的人,也许要嫌这环境太清幽,太冷静了。

三台洞是江边著名的胜地,沿着滩,走了好些路,才到达头台洞、二台洞,两洞都是浅浅的,似乎没有什么特点,在洞口浏览了一下,就退了出来。另有一个观音洞,供奉着一尊金身的观音像,金光灿然,瞧去并不很大,据说本是一位高僧的肉身,把它装金改制而成,那么就等于是一个木乃伊了。此外无多可观,我们也就匆匆离去,继续向三台洞进发。

三台洞倒是一个可以流连的所在,前人游三台洞诗,曾有句云:"石扉藤蔓迷樵路,流水桃花引客来",这时节虽还没有桃花,而三台洞的美名,却终于把我们引来了。洞的正面也供着一尊佛像,地下有一个方塘,碧水沦涟,瞧去十分清冽,倒是挺好的饮料。右边有一扇门,门额上有"小有天"三个字,足见里面定是别有一天的。从这里进去,见有好多步石级,我们好奇心切,拾级而登,到了一个转角上,顿觉眼前一片漆黑,伸手竟不见了五指。我们却并不知难而退,还是暗中摸索地走将上去。我偶不小心,头额撞着了石块,急忙低下头去;一面招呼后面的朋友们当心脚下,更要当心头上。好在一旁有栏杆帮忙,我们就这样前呼后拥地扶着栏杆尽向上爬。再转一个弯,眼前豁然开朗,已到了一座孤悬的小楼上,却见上面更有一层,于是拾级再向上爬,就达到了第三层,大家才站住了脚,这一段摸黑的过程,倒是怪有趣味的。我定一定神,抬眼向江上望去,穿过了浩渺的烟波,似乎可以望到大江以北;恨不得摇身一变,变作了燕子,从燕子矶上飞将过去,绕个大圈儿再飞回来啊!

小立一会,觉得风力很劲,不可以久留,就又摸着黑,曲折地拾级而下。到了洞口,那个守洞的老叟招呼我们坐了下来,给了我们几杯茶,说是用方塘里的泉水沏的。据他老人家说,这泉水水质很厚,即使放下二十多个铜子,水也不会溢出杯外,这就可以跟我们苏州天平山上的钵盂泉水媲美了。老叟健谈,又对我们说起从前某一年在洪水泛滥时期,江水汹涌而来,直高出那扇榜着"小有天"三字的门顶,当下他指着墙上一道水印,依然还在。我听了舌挢不下,料知那时定有半个洞被水淹没了。这些年来,政府大兴水利,洪水为患的恶剧,从此不会重演了。

我们告别了老叟,告别了三台洞,在夕阳影里,仍沿着来路从沙滩上走回去。所过之处,常有发现先前被江水冲激进来的石块。我拾取了几块玲珑剔透的,揣在怀里,作为此游的纪念,预备带回家去做水盘供养,如果日久长了苔藓,那么绿油油的,也就是供玩赏了。

一般人以为燕子矶没有什么好玩,不过望望长江罢了。然而从沙滩上望燕子矶,就觉得它的美,大可入画,并且加上一个三台洞,好玩得很,所以到了燕子矶,就非到三台洞不可。归途犹有余恋,就在手册上写下了两首诗:

燕子飞来不记年,危崖危立大江边;幽奇独数三台洞,一径潜通小有天。
暗中摸索疑无路,不畏艰难路不穷;安得云梯长万丈,扶摇直上叩苍穹。

第八章
一个人出游不必去远方

江上三山记

当我们烹调需要用醋的时候，就会联想到镇江。因为镇江的醋色香味俱佳，为其他地方的出品所不及，于是镇江醋就名满天下，而镇江也似乎因醋而相得益彰。然而镇江的三座名山——耸峙在江岸的金山、焦山、北固山，各据一方，鼎足而三，更是名满天下。

一九五八年，我们苏州的几个朋友，刚从南京游罢回去，路过镇江，忽动一游三山之兴，并且想买些镇江醋，准备作持螯赏菊之用。于是就相率下车，欣欣然作三山之游。

金山和焦山，一向并称，好像手足情深的兄弟一样。金山是兄，焦山是弟，各有名胜，各有特色。明代王思任曾对金、焦品评过一下，他说："金以巧胜，焦以拙胜。金为贵公子，焦似淡道人。金宜游，焦宜隐。金宜月，焦宜雨。金宜小李将军，焦则大米。金宜神，焦宜佛。金乃夏日之日，而焦则冬日之日也。"我们为了要体验这评语对头不对头，就决计先访"兄"而后访"弟"，先游金而后游焦。

到得我们游过金、焦之后，彼此做了对比，我觉得王思任的评语，自有见地。试以药来作比，金山之属于热性的，焦山是属于凉性的；试以文章来作比，金山是典丽鹬皇的骈体文，焦山是隽永淡雅的明人小品。我曾把这个对比征求朋友们的意见，大家一致通过，并无异议。

一登金山，那座七层宝塔所谓江山寺塔，早就在那里含笑迎客了。我们一面抬头望着塔答礼，脚下却不知不觉地跨进了金山寺。这个寺原名"江天寺"，殿宇很多，气派很大，据说抗战初期的某一年不知怎么起了火，毁了一部分，遗址倒形成了一片小小的广场，使塔下空旷多了。塔在山的北部，宋元符末初

> 我是一个
> 爱美成嗜的人

建，名"荐慈塔"，又名"慈寿塔"。宋末毁于兵火，明代隆庆三年重建，改名"江天寺塔"。塔木质，七级，作八角形，四周有栏杆，中有塔心。金山有此一塔，生色不少。山顶有江天阁，是登眺的好去处；另有一座海岳楼，宋代大书法家米元章曾在这里住过；楼上有横额，三个大字就是他的手笔。江边名胜有善才、石簰（一称石排）、巧石、郭璞墓等，都是游人流连的所在。清代诗人王渔洋曾有登金山诗，云："振衣直上江天阁，怀古仍登海岳楼。三楚风涛杯底合，九江云物坐中收。石排落照翻孤影，玉带山门访旧游。我醉吟诗最高顶，蛟龙惊起暮潮秋。"这一首诗，差不多已道尽了金山之胜，所谓玉带山门，却包含着一段故事。据说宋代高僧佛印住金山寺，苏东坡前来谈禅，佛印对东坡说："这里有一句转语，要是回答不出，就得留下你的玉带来，镇住山门。"当时东坡听了转语，不知所对，只得解下了腰间玉带，留在寺中。现在寺中新辟了一个文物陈列室，不知有没有东坡的玉带啊？

金山的名胜，我只是粗粗领略，印象较为深刻的，却是号称"天下第一泉"的中泠泉。我们一行人被天下第一这个夸大的赞词吸引住了，就坐在那边的轩榭里品茗小憩，我们为了喝的是天下第一的泉水，就一杯又一杯的灌下去，似乎分外地津津有味。我喝饱了茶，就站起身来溜达一下，看轩榭中有没有好的联语。其中有两副，一副是集宋人词句："栏杆斜照未满，江山特地愁余。"一副是"予初无心皆可乐，人非有品不能闲。"语意空泛，都是与天下第一泉无关的。这时我们就告别了"金兄"，再去拜访它的"焦弟"。

焦山浮在江上，正如古美人头上的螺髻，峨峨高耸，显得十分美好。我们一个个踏上了渡船，不多一会，就到了焦山脚下。怎么叫作焦山呢？只因东汉末年，陕中高士焦光隐居在这里，从此得名，而在汉代以前，是称为樵山的。山并不太大，而山上的岩和石，却丰富多彩、名目繁多，岩有狮子、栈道、观音、瘗鹤、罗汉、独卧、浮玉诸称；石有善才、心经、蛤蟆、铜鼓、翠微、霹雳、系缆、钓鱼、角觝以及醉石、音石诸称。这许多岩啊、石啊，散在各处，都要自己去找寻，自己去观赏的。

山麓有一石洞，洞壁刻着一头张牙舞爪的狮子，因名"狮窟"。窟外有小院，堆石为山，叫作"一笑崖"。崖有小石龛供弥勒佛，老是对人作憨笑。崖下有小池，种着莲花；中有片石矗立，刻着章太炎手写的"寿山福海"四字，古

第八章
一个人出游不必去远方

朴可喜。这小院的面积不过二三丈,而小小结构,很有丘壑,带着一些苏州园林的风格。上了山,一路多小庵,有碧山、石壁、自然、香林、玉峰诸称,而以松寥阁最为幽秀。小轩面江,和象山遥遥相对。站在岗前看山看水,长江滚滚,后浪推着前浪,似乎要滚到窗子上来,看着看着,真可以大豁胸襟,大开眼界呢。

定慧寺是山中著名的古刹,建自东汉,历史悠久,已饱阅了沧桑。寺门口的石壁上,有"海不扬波"四个大字,用石砌成,非常光滑,听说旧时一般船户往往取了制钱在这四个字上用力摩擦,带回去给小孩子佩带在身上,说是可以压邪的。山门内有地一弓,绿竹漪漪,很有幽致。贴邻就是纪念焦光的"焦公祠",这里陈列着不少文物,多数是和焦山有关的。最好玩的是用清水养着的几个奇石,石纹如画,有的像梅鹤,有的像寿星,有的像美人,有的像船只,五色斑斓,十分可爱。

出焦公祠,鱼贯登山,那古来著名的瘗鹤铭残碑,就在山麓的石壁上。宋代爱国大诗人陆放翁和他的朋友们曾来此寻碑,勒石为记:"陆务观、何德器、张玉仲、韩无咎,隆兴甲申闰月廿九日,踏雪观《瘗鹤铭》。置酒上方,烽火未息,望风樯战舰于云霭间,慨然尽醉。薄晚,泛舟自甘露寺以归。明年二月壬午,圜禅师刻之石,务观书。"文章和书法,堪称双绝。从这里上观音崖,有楼名"夕阳楼",可以送夕阳,迎素月。再上去,有轩名"听涛书屋",当前有一株挺大的枇杷树,绿叶重重,垂荫很低,树下有石案石磴,坐在这里望江听涛,真可扑去俗尘一斗。左面有亭翼然,名"坚白亭",有集句联云:"金山共此一江水,王母来寻五色龙。"好语如珠,把金山联系起来,自觉隽永有味。最后我们直上东峰,在吸江楼上放眼四望,忽有一种豪情涌上心头,想长啸,想高歌,终于想起了清代诗人李龙川的一首诗,就临风朗诵起来:"长江水,长江水,千古兴亡都若此。扁舟来往几千年,借问长江谁似我?我来焦公岩下坐,秋阴黯黯迷朝暮。别有秋心天外飞,化为孤鹤横江过。江云漠漠水悠悠,雨雨风风总是秋,江妃知我心中事,一夜秋声到枕头。"

游过了金、焦,当然不肯放过那鼎足而三的北固山。一上北固山,当然忘不了那刘备相亲的甘露寺,因为《三国演义》中的这一出喜剧,早就在我们心上扎了根了。传说刘备相亲时,和他的舅子孙权同在一起,为了示威起见,曾挥剑向殿前一块椭圆形的大石头砍去,砍出一条裂纹来。后人就称此石为"试剑石"。近旁另有一块较平的石头,没有名称,据说是刘备和他的未婚妻孙尚香曾经坐在石上赏月的。寺下的山坡,叫作"跑马坡",传说是当时孙权和刘备跑马竞赛的所在。传说毕竟是传说罢了,姑妄听之,又有何妨。山门大书"天下第一江山"六字,是南宋吴琚的手笔;又有明代米万钟所写的"宏开鹫岭"四字,都是铁画银钩,雄健得很。

山上最大的特点,就是江苏全省独有的那座铁塔,塔为唐代李德裕所建,已有一千一百余年的历史。据文献记载铁塔共有七层,作八角形,高约十三米,乾符中毁,宋元丰中裴据重建。明万历癸未童谣,"风吹铁宝塔,水淹京口闸",这一年海啸塔颓,后经僧性成、功淇重建。清同治七年,塔顶又断,迄未修复,只剩最下二层,面目全非。

甘露寺内有小楼,名"石骚楼",踏进去时,忽有桂香扑鼻,很为浓郁,可是并不见有桂花,奇极!也许是我的错觉吧。此外又有一楼,名"风价楼",横额上,有跋云:"昔人谓五月买松风,人间本无价,而华阳洞三层楼乃得终日听之。今窃二义,用题兹额,谁欤欲买松风,请于此中论价可也。蒋寿昌。"寥寥数语,却也隽妙可诵。又有五言联"山从平地有,水到远天无",也是很可玩味的。临江有亭,叫作"江山第一亭",这是全山最胜处,望江也好,看山也好,望长江如在脚下,看金、焦如在肘腋间。入亭处横额上题有"头头是道"四字,并不见好,而亭柱上的三副联语,却很可取,我尤其爱"客心洗流水,荡胸生层云","此身不觉出飞鸟,垂手还堪钓巨鳌"二联。一面唱,一面踱下山去,我虽不能垂手钓巨鳌,却已"荡胸生层云"了。

第八章
一个人出游不必去远方

绿杨城郭新扬州

  扬州的园林与我们苏州的园林，似乎宜兄宜弟，有同气连枝之雅；在风格上，在布局上，可说是各擅胜场，各有千秋的。个园是扬州一座历史悠久的旧园子，闻名已久；我平日爱好园林，因此一到扬州，即忙请文化处长张青萍同志带同前去观光。园址是在城内东关街，通过一条小巷，进了侧门，就看到一带重重叠叠的假山，沿着一片水塘矗立在那里。张同志对于这些假山有一种特别的看法，给它们分作春、夏、秋、冬四个部分。他指着前面入口处的两旁竹林和一根根的石笋，说这是春的部分，而把竹林的"竹"字劈分为二，成为"个个"，个园的名称，大概就是由此而来的。他又指着左面的一带太湖石假山，说这些山石带着热味，就作为夏的部分。而连接在一起的黄石假山，石色很像秋季的黄叶，可以作为秋的部分，瞧上去不是分明带着肃杀之气吗？最后他带着我到右面尽头处去，指着一大堆宣石的假山，皑皑一白，活像是雪满山中的模样。我识趣地含笑说道："这不用说，当然是冬的部分了。"张同志点头称是，又指着壁上两个圆形的漏窗，正透露着春的部分的几株竹子，他得意地说："您瞧您瞧！春天快到，这里不是已漏泄了春光吗？"我笑道："您这一番唯心论，发人所未发，倒也挺有意思。"

  张同志伴同我在那些假山中间穿行了一周，他要我提些意见。我觉得有好多处曾经新修，不能尽如人意，不是对称而显得呆板，就是多余而有画蛇添足之嫌；倒是随意放在水边的那些石块，却很自然而饶有画意。那一带黄石假山，是北派的堆法，不易着手，这里有层次，有曲折，自有它的特点；可惜正面的许多石块，未免小了一些，而接笋处的水泥过于突出，很为触目，使人有百衲衣的琐碎的感觉。最使我看得满意的，却是那一大堆宣石的假山，堆得十分浑

我是一个
爱美成嗜的人

成,真如天衣无缝,不见了针线迹;并且石色一白如雪,像昆山石一般可爱。总之,现在我们国内堆叠假山的好手几等于零,非赶快培养新生力量不可;设计构图,必须请善画山水的画师来干。假山最好的范本,要算是苏州环秀山庄的那一座,出自清代嘉道年间名家戈裕良之手,好在是他懂得"假山真做"的诀窍,拙朴浑厚,简直是做得像真山一样。

为了要瞻仰市容,出了个园,就一路溜达着。全市已有了两条柏油大路,十分平坦,拆城以后,就在城墙的基地上造了路,以利交通。在历年绿化运动中,又平添了不少大大小小的街头花园,利用了街头巷角的空地,栽种各种花木,有的还用湖石点缀,据说全是居民群众搞起来的。萃园招待所的附近,有较大的一片园地,标明"五一花圃",布置得很为整齐,常有学生在上课下课的前后,到这里来灌溉打扫,原来这是学生们自己所搞的园地,经常可作劳动锻炼的场合。扬州旧有"绿杨城郭"之称,就足以说明它本来是个绿化的城市,现在全市有了这许多街头花园,更觉绿化得分外的美丽了。

瘦西湖是扬州的名胜,也是扬州的骄傲,大概是为的比杭州的西湖小了一些,因称瘦西湖。

扬州的芍药久已名闻天下,古人诗词中咏芍药必及扬州,如宋代王十朋句:"千叶扬州种,春深霸众芳";元代杨允孚句:"扬州帘卷春风里,曾惜名花第一娇"等,足见扬州芍药的出类拔萃,不同凡卉了。在这瘦西湖公园里,有一个小小的芍药花坛,种着一二十丛芍药,这时尚未凋谢,以紫红带黑的一种为最美。据说扬州芍药,旧有三十多种,现存十多种,最名贵的"金带围"尚在人间,目前全扬州花农们所培养的共有一千多丛,已由园林管理处全部收买下来,蔚为大观。

走过一座小桥,又是一片名为"凫庄"的园地,占地不大,而布置楚楚可观,周游了一下,就通过一条小径,踏上五亭桥去。这一座集体式的桥,可说是我国桥梁中的杰作;近年来曾经加以修饰,好像五姊妹并肩玉立,都换上了新装,虽富丽而并不庸俗。莲性寺的白塔近在咫尺,倒像是一尊弥勒佛蹲在那里,对人作憨笑,跟五亭桥相映成趣。附近还有一座钓鱼台,矗立在水中,也给增加了美观。这一带是瘦西湖的精华所在,我们在桥上左顾右盼,流连不忍去。

第八章

一个人出游不必去远方

在莲性寺吃了一顿丰富的素斋，休息了一会，就坐了游船，向平山堂进发，在碧琉璃似的湖面上划去，听风听水，其乐陶陶。到了平山堂前，舍舟上岸，进了大门，见两面入口处的顶上，各有横额，一面是"文章奥区"，一面是"仙人旧馆"，原来这里是宋代大文学家欧阳修的读书处。那所挺大的堂屋中，也有一个"坐花载月"的横额，两旁有几副楹联，都斐然可诵，其一云："衔远山，吞长江，其西南诸峰，林壑尤美"；"送夕阳，迎素月，当春夏之交，草木际天"。其二云："云中辨江树，花里弄春禽。"其三云："晓起凭阑，六代青山都到眼。晚来对酒，二分明月正当头。"这三副联各有韵味，耐人咀嚼。壁间有好几块书条石，都刻着前人的诗词，其一是刻的苏东坡吊欧阳修词："三过平山堂下，半生弹指声中；十年不见老仙翁，壁上龙蛇飞动。欲吊文章太守，仍歌杨柳春风；莫言万事转头空，未转头时皆梦。"末二句，显示出他当时的人生观是消极的。后面另有一堂，名"谷林堂"，我独爱门口的一联："天地长春，芍药有情留过客。""江山如旧，荷花无恙认吾家。"原来作者姓周，下联恰合我的口味，不由得想起爱莲的老祖宗濂溪先生来了。

庭中有一座石涛和尚塔，顿时引起了我的注意，凑近去看时，见正面的石条上，刻着几行字："石涛和尚画，为清初大家，墓在平山堂后，今已无考，爰补此塔，以志景仰。"石涛那种大气磅礴的画笔，是在我国艺术史中永垂不朽的，可惜他的长眠之地已不知所在，不然，我也要前去献上一枝花，凭吊一下。出了平山堂，舍舟而车，赶往梅花岭史公祠去。我在中学里念书的时候，明代民族英雄史可法的忠肝义胆，给我的影响很大，念念不忘。这时进了祠堂，瞻仰了他的遗像，肃然起敬。三十年前我第一次来扬时所看到的两副楹联："生有自来文信国。死而后已武乡侯。""数点梅花亡国泪。二分明月故臣心。"还有那"气壮山河"的四字横额，都仍好好地挂在那里，这是我一向背诵得出的。此外还有两副银杏木的楹联："自学古贤修静节。唯应野鹤识高情。""斗酒纵观廿一史。炉香静对十三经。"笔力遒劲，都是史公的真迹，而也可以看到他的胸襟。他那封大义凛然的家书的石刻，也依然嵌在壁间，完好如旧。

第三天的下午，到城南运河旁的宝塔湾去参观。那边有一座整修好了的文峰塔，也是扬州古迹之一。塔共七级八面，平面作八角形，用砖石混合建筑而成。它最初起建在明代万历十年，即公元一五八二年，同时又在塔旁建寺，就叫作"文峰寺"。清代康熙年间，因地震震落了塔尖，次年由一个姓闵的捐款修葺，安上一个新的，并增高了一丈五尺，修了半年才完工。到得咸丰年间，寺毁，塔也只剩了砖心，后由当地各丛林僧人集合大江南北住持募捐修复。近几年间塔身有了裂缝，岌岌欲危，市人委为了保存古文物起见，才把它彻底修好了。当下我们直上塔顶，一开眼界，而这一座美好的绿杨城郭新扬州，也尽收眼底了。

第八章
一个人出游不必去远方

欲写龙湫难下笔

在雁荡山许多奇峰怪石飞瀑流泉中,大龙湫和小龙湫是一门双杰。两者虽相隔十多里,各据一方,各立门户,却是同露头角,同负盛名。他们是雁荡的两条巨龙,龙涎长流,亘古不绝。我在游雁荡之前,早就久慕大名,心向往之;甚至假想雄姿,制成盆景,朝夕相对,聊慰相思,也足见我对它们的倾倒了。

大龙湫是雁荡名胜重点之一,也可说是雁荡的骄傲,清代诗人江堤有"欲写龙湫难下笔,不游雁荡是虚生"一联,给龙湫大力鼓吹,说它们的妙处,简直是难画难描的。这一次我们一行七人游了雁荡,总算不虚此生,而我平生偏爱瀑布,对二龙尤其是梦寐系之,岂可束手不写,因此也就不管下笔难不难了。

古往今来文人墨客,对二龙的评价很高,有些说法当然是夸张过了头的,例如有一位诗人曾这么说:"怪哉两龙湫,喷沫彻昏晓,灏气包八荒,幻迹凌三岛",这是多大的口气。凡是诗文歌赋称颂雁荡胜景的,十之七八总要涉及二龙,尤其是大龙湫,独占不少篇幅。我们这回游雁荡,早知名胜太多,不可能一一游遍,而大小龙湫却已拟定在游览日程表上,以为无论如何,一定要去拜访。

小龙湫在东谷灵岩寺后,水从石城诸溪涧来,会集于屏霞障的右胁,从岩溜中间泻下,一半是沿着崖壁下来,不像大龙湫的一空依傍,飞舞作态。据说它的高度是三千尺,而大龙湫是五千尺,大小的区别,即在于此。明代诗人裴绅有《小龙湫歌》:"瀑布喷流千仞冈,僧言中有老龙藏,吞云激电下东海,随风洒润如飞霜。我来到此看不足,古殿阴森毛骨凉,疑是素丝挂绝壁,倒悬银汉注石梁,屏风九迭锦霞张,影落澄潭青黛光。老僧指点矜奇绝,忽如雷雨来苍茫,深山大泽人迹荒,夕曛风起驿路长,万山回首转羊肠,空留余润沾衣

我是一个
爱美成嗜的人

裳。"我们刚到灵岩寺,先从后窗中窥见了小龙一角,活像是一匹又粗又大的白练,煞是好看。于是我们急不可待,就匆匆地前去欣赏了。从后门出去,不到五分钟已到了那里。这一带奇峰罗列,使小龙湫分外生色,其中有双峰作飞舞之势的,是"双鸾峰"。一峰瘦削无依,挺身独立的,是"独秀峰"。一峰如妙女临妆,妩媚多姿的,是"玉女峰"。一峰下圆上锐,如大笔卓地的,是"卓笔峰"。小龙湫恰就在这些奇峰环拱之间,汤汤下泻,自是气派不凡。只因昨夜曾下大雨,洪流奔放,似乎气势汹汹,怒不可遏,发出大发雷霆一般的声响,在空谷中激荡着,自觉分外雄壮,小龙倒也不小;不过前人说它高三千尺,那是要大打折扣的。

在山七天,天天下雨,只有一天是个晴天,于是我们就钻了空子,赶往大龙湫去。据说要翻过一千六百多级的马鞍岭,来回步行三十多里,但我们意气风发,没一个掉队的。一路上看到不少新桥新路,所费不多,听说是由于群众的通力合作,才取得了这个多快好省的成绩。大龙湫在西谷的连云障旁,我们刚到那双尖夹峙似乎要剪破青天的剪刀峰下,就听得一片沸喊鼓噪的声音,似远似近,在我这瀑布迷较有经验的听觉上,早就知道大龙湫在欢呼迎客了。我们加快了脚步,兴高采烈地赶上前去,先见龙头,后见龙腰,终于看到了龙尾。据明代王季重说:"初来似雾里倾灰倒盐,中段搅扰不落,似风缠雪舞,落头则似白烟素火,裹坠一大筒百子流星,九龙戏珠也。"我们此来正在大雨之后,所以看不到这样的光景,只见一条粗壮的大白龙,张牙舞爪地咆哮跳跃下来,正如清代一位诗人所歌颂的:"殷雷鸣空谷,天河落九霄,岂因连夜雨,惊起卧龙跳。"原来他也是在大雨后来看大龙湫的。我因慕名已久,此番幸得身临其境,于是,正看侧看,远看近看,走着看,站着看,末了索性披上雨衣,坐近了看,定要看它一个饱。相传唐代开山祖师诺矩罗曾在这里观瀑坐化,我也倒像有不辞坐化之意,我一边看,一边听,仿佛听得一片金戈铁马之声;原来山半有洞,风卷入内,就砰砰轰轰地响了起来。这时阳光万道,照着万斛飞泉,顿觉眼花缭乱,五色缤纷,无怪古人游记中说它:"五彩注射,作五色长虹,炫煜不定;白者白跗,青者青莲,绿者绿珩,红者红厨,紫者紫磨金,人面衣裳,皆受彩绘,变而又神矣。"这些话虽觉夸张,却也近于现实。而歌颂大龙湫极其夸张之能事的,要算清代袁随园的一首诗:"龙湫山高势绝天,一线瀑走兜罗绵,五

第八章
一个人出游不必去远方

丈以上尚是水,十丈以下全为烟,况复百丈至千丈,水云烟雾难分焉。初疑天孙工织素,雷梭抛掷银河边,继疑玉龙耕田倦,九天咳唾唇流涎。谁知乃是风水相摇荡,波回澜卷冰绡联。分明合并忽分散,业已坠下还迁延,有时软舞工作态,如让如慢如盘旋。有时日光来照耀,非青非红五色宣。夜明帘献九公主,诸天花水敢与此水争蜿蜒。我诗未竟众忽喧,慊从趣我毋迁延,湫顶雨脚黑如伞,雨师风伯不许乖龙眠。"大龙湫的妙处,已被这首诗渲染得够了,我正不必辞费。我们在这里流连很久,如醉如痴,游侣中的老吕、老顾都是摄影能手,给我们一一收入了镜头。为了对大龙湫表示敬意,我于临别时也献上了一首诗:"神龙游戏人间世,攫日拿云扫俗氛;破壁飞腾容有日,和平建设正需君。"龙若有知,应加首肯。

我们一行七人,大半是六十以上的。倘以龙来作比,七十三岁的老刘是龙头,五十四岁的老蒋是龙尾。这条龙足足游了七天,天天风里来,雨里去,忽登山,忽涉水;而老子婆娑,兴复不浅,只觉其逸,不觉其劳,倒像是因祖国年轻而也一个个年轻起来了。一路上彼此形影相随,寸步不离;而导游的乐清县倪丕柳副县长和统战部张友孚秘书,更多方照顾,无微不至;我于感激之余,申之以诗:"老子婆娑半白头,相随形影共绸缪;情长恰似龙湫水,日夜牵心日夜流。"可不是吗?人与人之间的一片情谊,真的像龙湫水一样长了。

一九六一年五月

我是一个
爱美成嗜的人

听雨听风入雁山

日思夜想，忽忽已二十五年了，每逢春秋佳日，更是想个不了。这是怎么一回事？却原来是害了山水相思病，想的是以幽壑奇峰著称的浙东第一名胜雁荡山；不单是我一个人为它害相思，朋友中也有好几位是同病的，只因一年年由于天时人事的牵制，都一年年的拖延下来，只索一年年的做神游做梦游罢了。

我平日喜欢做盆景，去年做了个雁荡山的盆景。挑选了几块大大小小的广东英山石，像玩七巧板一般，凑放在一只玛瑙石的长方形浅盆中，利用石上白条子的天然石筋，当作瀑布，就算是我那渴想已久的大龙湫了。从这一天起，我就把它作为案头清供，还胡诌了一首诗："神驰二十五春秋，幽壑奇峰梦里游；范水模山些子景，何妨看作大龙湫！"（元代高僧韫上人能做盆景，称为些子景）

我天天看着那盆假山假水的假雁荡，看得有些儿厌了，老是惦念着雁荡的真山真水。恰恰今年五月下旬，有上雁荡山的机会，便毅然决然地走了。

一行七人，先到了温州，一路听雨听风地进入雁荡山，来回半个月，二十五年相思一笔勾。

雁荡山在浙江省东南部。多奇峰，以北雁荡山（乐清县东北）、中雁荡山（乐清县西）、南雁荡山（平阳县西南）为著。古称"东瓯三雁"。北雁荡山最为奇秀，周约一百八十里，据说山上有一百零二峰、六十一岩、四十六洞、二十六石、十三瀑、十七潭、十四嶂、十三溪、十岭八谷、八桥七门、六坑四泉、四水二湖等等，你要游吧，游不胜游；你要写吧，也写不胜写。一般人游踪所至，主要是在灵峰、灵岩、大龙湫三个风景区，单是这二灵一龙，也就足够你游目骋怀，乐而忘返了。

我们刚到灵峰寺，就一眼望见群峰环拱，光怪陆离，真的如入山阴道上，

第八章
一个人出游不必去远方

应接不暇。明代王季重曾说:"雁荡山是造化小儿时所作者……山故怪石供,有紧无要,有文无理,有骨无肉,有筋无脉,有体无衣,俱出堆累雕鏒之手。"他简直把雁荡山看作造化小儿的玩具和手工堆成的盆景;而灵峰一带的奇峰怪石,也确是活像一座座几案上的石供。

雁荡的峰啊岩啊,大半是因象物象形而定名的,例如灵峰区的接客僧、犀牛望月、老猴披衣、双笋峰、合掌峰等;灵岩区的上山鼠、下山猫、老僧拜塔、天柱峰、展旗峰等,都很妙肖,有的峰岩换一个角度看,也会换一个形象。导游的乐清县副县长倪丕柳同志随时指点,倍添兴趣,我曾记之以诗:"千岩万石如棋布,移步换形各逞妍;一路情殷劳指点,使君舌上粲青莲。"

灵峰区的奇峰,以合掌峰为最,高高的插入云霄,双岩相并,好像是两只巨灵的手掌合在一起,而腰部却又突然开朗,造起了九层高楼,有如古画中的仙山楼阁,却又可望而可即,顿时把我们吸引了上去。不知走过多少石级,就到了楼上,见有"石釜天成"一个横额,并有联语:"天可阶升,无中道而废。泉能心洗,即出山亦清",我们当然不肯中道而废,就一层又一层地走上去,也看到了一个又一个的奇景,扩大了视野。洗心泉清澈见底,可鉴毛发,而漱玉泉水从洞顶细碎地泻下来,水珠亮晶晶的,仿佛在洞前挂上一张珠帘。最高处天开奇境,一洞空明,中供观音像,因称观音洞。从这里放眼望去,只见群峰竞秀,气象万千,真使人如登仙界,疑非人境了。

"簇簇群峰围古寺,陆离光怪总堪思,爱他一柱擎天表,卓立千秋绝代姿。"这是我到灵岩寺时,一见那顶天立地气势雄伟的天柱峰,情不自禁地口占了这首诗歌颂起来。跟天柱峰对立而分庭抗礼的,又是一座高大的奇峰,好像是一面大纛旗般在空中飘扬,这就是展旗峰。清代袁枚有诗:"黄帝擒蚩尤,旌旗不复收,化为石步障,幅幅生清秋。"当时诗人的想象,真比喻得出奇;而现在我们看到东方红太阳照耀全峰时,真好像是一面大红旗呢。

看了雁荡不可胜数的胜景,足证祖国的"江山如此多娇",真使人有游不尽看不足之感。在山七天,几乎天天是听风听雨,但我们还是冒着风雨出游,并不气馁,畅游之下,几乎把家都忘了。身在二灵,不无灵感,戏作一字韵诗,以谢山灵:"听雨听风入雁山,二灵端的是灵山;群峰排闼如留客,底事回头恋故山?"

我是一个
爱美成嗜的人

雁荡奇峰怪石多

浙江第一名胜雁荡山，奇峰怪石，到处都是，正如明代文学家王季重所比喻的件件是造化小儿所做的糖担中物，好玩得很。自古以来，人们就像物象形给题上了许多奇奇怪怪的名称，脍炙人口。天下名山，大半如此，不独雁荡为然。我过分自命风雅，以为这是低级趣味，并无可取。可是一想到这是劳动人民所喜闻乐见，并且是津津乐道的，也就粲然作会心之笑，跟他们契合无间，立即口讲指划地附和起来。

山中七日，掉臂游行，在乐清县倪丕柳副县长和统战部张友孚秘书热情导游、殷勤指示之下，几乎看遍了"二灵一龙"三个风景区的奇峰怪石；好在到处还有木牌一一标明，更增加了我们的兴趣。一行七人，都是老有童心的，除了评头品足，在像与不像的问题上大动口舌外，一面还要别出心裁，有所发明。例如在灵峰区合掌峰的观音洞中，依着岩壁望出去，看到了那个小小的一指观音。同时我们却又发现了一块突出的岩石，有人硬说是像一个土地庙里的老土地，而我却认为活像是一个戴着罗宋帽的上海老头儿，彼此竟引起了争论，可发一笑。

灵峰区的花样儿可真多啦！观音洞的对面，有一座五老峰，好像是五个肥瘦不一的老公公，联袂接踵的在那里走，劲头很足。灵峰寺前，有双笋峰，两峰并峙，体圆顶尖，真像是两只挺大的玉笋；清代诗人凌霨曾宠之以诗："瑶笋千年生一芽，何时两两茁丹霞；凌空未运青云帚，拔地齐抽碧玉丫"，倒是一首好诗。寺左有一岩石，好像是一只鸡，翘首向天，因名"金鸡峰"；而换了一个角度，再从将军洞外望过去时，却又形似一个女子在那里梳头，因此又称之为"玉女梳妆"了。寺右偏后有一岩石，似是一头犀牛，正在举首望明月，再像也

第八章

一个人出游不必去远方

没有了,这就叫作"犀牛望月岩"。在五老峰的东北,有双峰并起,似是两只大公鸡伸颈相对,分明要斗将起来,于是被称为"斗鸡峰"。然而它们只是做了个斗的架势,斗是永远斗不成的。

我们两度住在灵峰寺中,天天看着五老双笋、犀牛金鸡,也看得有些儿腻了,很想换换眼界。有一天冒雨上东石梁洞去,走上谢公岭,一眼望见远处有岩,好像是一个和尚危立天际,合掌迎客,据说旧名老僧岩,今称"接客僧";清代曾有人咏以诗云:"大得无生意,真成不坏身;兀然山口立,笑引往来人。"这与接客的含义,倒是相近的。

从灵峰寺上灵岩寺去,在烈士墓的附近向西望去,见有一座岩石,仿佛是一只老猴子,作昏昏欲睡状;而从净名寺前东望时,却又活像这猴子披着一件长大的蓑衣,要爬上山去。这座岩旧名猕猴石,现在就称之为"老猴披衣",更觉形象化了。到了灵岩寺,就望见西南方一岩巍然,好像是一个老和尚,正在拱手礼拜前面一块高耸的大石,因此叫作"僧拜石",又称"僧抱石"。前人有诗:"说法终年领会稀,坐中片石解皈依;老僧喝石石大笑,独抱青天看鸟飞。"意含讽刺,大可玩味。

在灵峰寺灵岩寺之间,有一座命名最雅的岩石,这就是"听诗叟";远远望去,似是一位清癯的老叟,侧着头,倚着岩壁作倾听的模样。所谓听诗,不知是听李白的诗呢,还是听杜甫的诗?清代诗人袁随园却别有高见,要请他老人家听谢朓的诗,他是这样说的:"底事听诗听不清,此翁耳觉欠分明;拟携谢朓惊人句,来向青天诵数声。"诗人说他老人家耳聋听不清,真是形容绝倒;但不知朗诵了谢朓惊人之句,他可听得清听不清呢?

我们去看小龙湫瀑布时,见有一峰亭亭玉立,婉变作态,像个美女子模样,因名"玉女峰"。听说春光好时,峰顶开满了映山红,仿佛髻上簪花,打扮得更美了。因此明代就有诗人们纷纷赞美,其中一首是:"琼媛明妆爱胜游,梳云不作望夫愁;蓬松只恐人来笑,又倩山花插一头。"诗人工于想象,描写得很为生动。去此不远,又有一座岩,近顶处豁然开裂,中间嵌着一块大圆石,好像含着一颗大珍珠一样;据说就叫作"含珠岩"。我想这也许是小龙湫的小龙跟大龙湫的大龙双方抢珠时,一不小心,把珠儿掉落在这里的吧。

当我们往看大龙湫的大瀑布,向马鞍岭进发时,刚走到灵岩寺附近的一个

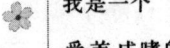

| 我是一个
| 爱美成嗜的人

所在,猛听得领先的伙伴中,有人大惊小怪地嚷起来道:"咦,一头猫!一头猫!"那时我恰恰落后,一听之下,心想瞧见了一头猫,有什么稀罕;要是见了一头虎,那才稀罕呢。到得赶上前去探看时,原来在路旁的高坡上,有一块岩石,好像是一头大猫正跑下山来,耳目口鼻,栩栩欲活。当下倪副县长给我们解说道:"这叫作下山猫,那边还有一头上山鼠呢。"说时,伸手向对面的山上指点着。我们急忙偏过头去向上一望,果然见到另一块较小的岩石,活灵活现得像一只老鼠在逃窜,而那头大猫恰像是在向它追赶的样子,真是天造地设的一个画面啊。后来我在马鞍岭上坐下来休息时,好奇地把手提包中携带着的志书翻开来查阅一下,才知旧时称为"伏虎峰",又名"望天猫",袁随园又有一首五言好诗,题这一幅天然的灵猫捕鼠图:"仙鼠飞上天,此猫心不许;意欲往擒之,望天如作语。"我想这只猫真是枉费心机,追了几千百年,可也始终追不到啊。

"剪水裁云别样图,年年针线寄麻姑;自从玉女无心嫁,刀尺都陪夜月孤。"这是明代诗人杨龙友的剪刀峰诗,原来从大龙湫外望时,就可看到一峰高耸,分作两股,像一柄剪刀模样。再进却又变了样,似是一张大船帆,那船正在迎风行驶,因此又名"一帆峰"。要是转到大龙湫前回望时,那么这座峰似乎大仅丈许,又好像擎天一柱,真可说是移步换形,变化多端了。

怪石奇峰雁荡多,这些不过是我们亲眼见到而比较突出的。此外如将军抱印、童子诵经、二仙会诗、一妇抱儿等,都是像人、像仙的峰石,不一定全都相像。至于像狮、像虎、像象、像龟、像凤凰、像橐驼等牲畜的,以至像宝冠、像宝簪、像金鼎、像镜台、像茶炉、像药杵等用具的,那更不胜枚举,只得从略了。

第八章
一个人出游不必去远方

浔阳江畔

一九六二年一月十七日　晴

　　下午三时，在南京江边登江安轮，四时启碇向九江进发，一路看到远处高高低低的山，时断时续。到了五时左右，暮霭已渐渐地四布开来。吃过了晚饭，到甲板上去看落日，但见西方水天相接的所在，有一抹红光特别的鲜妍，在它的上面，有一大片晚霞，作浅红色，可是不见落日，以为早已悄悄地落下去了。谁知到五时半光景，却见那一抹红光，色彩更浓，简直是如火如荼。一会儿浓缩成一个半圆形，接着渐渐扩大，竟变做了整圆形。中间偏右，有一二抹黑影，倒像是沾上了一些儿墨迹似的。这一轮落日，逐渐下沉，而余晖倒影入水，随着波光微微漾动，光景美绝。有时有一二只帆船驶过，就把这倒影立时搅碎了。大约持续了十分钟，这落日余晖才淡化下去，终于形消影灭，而夜幕就罩住在整个江面上了。由于风平浪静之故，船行极稳，倒像是粘着在水上，并不在那里行驶似的。可惜这不是春天，不然，我可要哼起那"春水船如天上坐"的诗句来了。

　　这次南行，有南京博物院曾昭燏院长，研究员尹焕章同志同行，说古论今，旅次差不寂寞。六时许过马鞍山，早就进了安徽境，听说马鞍山的对面是乌江镇，那边有一条乌江，就是当年楚霸王项羽兵败自刎的所在，喑呜叱咤的一世之雄而今安在哉！

> 我是一个
> 爱美成嗜的人

一月十九日　晴

南湖宾馆占地极广，建于一九五九年，面对南湖一角，环境很为清幽。早起凭窗远眺，见庐山沐在初阳之下，似乎好梦初回，正在晓妆。九时半由交际处万秘书陪同往访古刹能仁寺。寺初建于公元五〇〇年前后，现有建筑是公元一八六九年即清代同治七年前后所建。梁初原名"承天院"，唐代增建大雄宝殿和大胜宝塔。当时占地二十余亩，原是一个大丛林，因迭经兵燹，并被美法教会侵占，以致寺址日削。寺内有八景，除了那七层的大胜宝塔外，有双阳桥、诲汝泉、雨穿石、冰山、雪洞、石船、铁佛等。双阳桥下的池子，原与甘棠湖相通，水很清澈，每当傍晚夕阳将下时，从池东看水面，可见双日倒影，因名"双阳"。

出了能仁寺，又往西园路去看古迹浪井，居民都在这里汲水应用。据说这井是汉高祖六年灌婴筑城时所凿，因历年太久，早就湮塞。三国时孙权在这里立了标，命人发掘，恰恰正在原处，于是重又出水了。唐代李白曾有"浪动灌婴井，浔阳江上风"，宋代苏轼曾有"胡为井中泉，浪涌时惊发"等诗句，可以作为旁证。清代宣统年间，才在井旁立碑，题上"浪井"二字，只因长江近在咫尺，听说江上浪大时，井中也会起浪，称为"浪井"，更觉名实相副了。下午二时十五分，我们搭火车转往南昌，六时半到达，省交际处以汽车来接，过八一大桥，据说全长一千一百米，跨在赣江上，是我国数一数二的长桥。夜宿江西宾馆。此馆才于去年建成，设计极为新颖，高达九层，耸峙于八一大道上，邻近八一广场，气势极为雄伟。内有房间百余，布置精美；三层楼上有一餐厅，作浑圆形，以白色大理石作柱，浅赭色大理石铺地，所有墙壁窗户以及一切设备，色调多很和谐；在此进餐，身心感到舒服，真可以努力加餐。

一月二十二日　晴

今天是我预定参观园林绿化的日子，上午九时，园林管理处余处长和技术员李同志来访，出示人民公园、八一公园和法上烈士陵园的设计图纸，说明这三个园子正在进行建设，要逐步充实提高。我仔细一一地看过了三张图纸，先

第八章
一个人出游不必去远方

就心中有数,于是一同出发到现场去参观。先到人民公园,面积广达五六百亩,还没有普遍绿化,道路也还没有建成。他们有一个开挖池塘堆造假山的计划,但还没有施工。我建议先把绿化工作做好,多种花树果树,并分类成片,一年四季都要有花可赏,而池塘也须分作鱼池和莲塘两种,养鱼可供食用,当然重要,而莲塘既可观赏,也有经济价值,所以不养鱼的池塘,就非大种莲花不可。至于堆造假山,当然不可能采用苏州的太湖石,何妨就地取材,挑选南昌一带纹理较好的山石,用土包石的手法,适当地点缀一下。除此以外,我又建议划出地面百亩,开辟一个药圃,凡是庐山和江西其他地区的药用植物,都可引种过来,分门别类地广为培植,不但可以治病救人,而开花时有色有香,也是大可观赏的。

八一公园位在市中心,占地不到百亩,特点是有一片挺大的池塘。池水澄清可喜,备有划子十余,可以供人嬉水。有桥长达九米,与一小岛相通,可惜桥面桥栏,全用木制,如果改用石造,那就经久耐用,可以一劳永逸了。至于那个小岛,更要作为全园重点之一,好好地布置起来。地点恰好邻近百花洲,正可在岛上多种观赏花木,那么百花齐放,四季皆春。堤岸上有垂柳碧桃,互相掩映,而池边浅水滩上,也可成行成片的种植芦苇、蓼花和芙蓉花,年年九秋时节,就可看到芦花如雪,红蓼和芙蓉争妍斗艳了。岛的中心可建一八角形的亭子,簇拥在百花丛中,可称之为百花亭。此外他们还计划在园中冲要地区,建立一座八一纪念堂,我因又建议将来落成之后,应在四周全种红色的花花草草,而以石榴为主体,那么红五月里"蕊珠如火一时开",眼看着一片猩红,更显示出这是天地间的正色,而联想到八一起义时树在南昌城中的第一面红旗来了。

法上烈士陵园辟在郊外法上地区,是革命烈士们的陵墓所在。现已绿化的约在三千亩左右,可以发展到一万余亩,作为一个大型的果园和森林公园。现已种下桃、梨、枇杷共七千多株,而以桃为大宗,葡萄也有栽植,收获不多。我认为果树品种似乎太少,柑、桔、李、杏、苹果也有引种必要,而名满天下的南丰橘,是江西特产,更要在这里扎根成长大大繁殖不可。此外如富于经济价值的杉、榉、香樟、银杏、乌桕、油桐等树,也要像"韩信将兵,多多益善",何妨百亩千亩的培植起来。至于烈士陵墓部分,我认为在进口处应建一墓

我是一个
爱美成嗜的人

门,以壮观瞻,而墓前墓后,还该建立一个战斗场面的大型塑像和表扬烈士们丰功伟绩的纪念碑,可以供人凭吊,永垂不朽。风景区的建立,千头万绪,一时难以着手,何妨以地点较为近便的狮子脑一带作为尝试。那边有山有水,条件不差,只要布置得富有诗情画意,便可引人入胜。

总的说来,南昌的园林建设,为了人力物力的关系,必须分别缓急,先把八一公园和人民公园充实提高起来。树木独多柏树,还须多多搜罗其他品种,使其丰富多彩,为全市生色。目前省领导上正在掀起一个全省性的植树运动,干部人人动手,波澜壮阔,十年树木,事必有成,将来浔阳江畔,突然成为一个绿天绿地的大绿化区了。

入晚,省文化局长石凌鹤同志来,商谈重建滕王阁事。我早年读了王勃赋中"落霞与孤鹜齐飞,秋水共长天一色"的名句,向往已久,哪知此阁早已夷为平地,只存一个空名罢了。前天我在博物馆中看到一张滕王阁图,崇楼杰阁,宏伟非常,如果照样重建,谈何容易。我因建议必须仿照苏州市整修旧园林多快好省的办法,先把全省旧建筑摸一摸底,集中旧装修备用;凡是雕工细致的门窗挂落都须尽量搜罗,有了这些基本材料,才可动手兴工。此外绿化环境,也要多多搜罗高大苍老的树木,才可和古色古香的滕王阁配合起来,相得益彰。

一月二十三日 晴

一梦蘧蘧,还在惦念着井冈山,不能自已,只因行色匆匆,将于今天结束在南昌的参观访问,再也不可能前去瞻仰这革命圣地,只得期诸异日了。黎明即起,收拾行装,即于六时三刻告别了曾、尹二同志,搭车到向西站,再搭上海来车转往广州。别矣南昌,行再相见!浔阳江畔的四天,在我生命史上又描上了绚烂的一笔。

周瘦鹃年谱

1894 年（光绪二十一年）1 岁

　　6 月 30 日在上海出生。

　　原名周国贤。父亲周祥伯，母亲汪月真，哥哥周伯琴。

1897 年（光绪二十三年）3 岁

　　妹妹周葆贞出生。

1899 年（光绪二十五年）5 岁

　　弟弟周国良出生。

1900 年（光绪二十六年）6 岁

　　祖父去世。

1901 年（光绪二十七年）7 岁

　　进入私塾。

1905 年（光绪三十一年）11 岁

　　秋，考入上海储实两等小学，开始学习英语。

1908 年（光绪三十四年）14 岁

　　夏，继续于上海储实两等小学就读。

1909 年（宣统元年）15 岁

　　夏，于上海储实两等小学毕业。

　　秋，考入上海民立中学。

我是一个
爱美成嗜的人

1910 年（宣统二年）16 岁

　　暑假在城隍庙旧书摊位购得一本《浙江潮》，将其中一则故事《情葬》改为八幕话剧《爱之花》，以"泣红"为笔名，寄给了《小说月报》。

　　冬，以"瘦鹃"为笔名，向《妇女时报》投寄了其短篇小说《落花怨》。

1911 年（宣统三年）17 岁

　　春，《小说月报》购买了《爱之花》剧本，并寄来了 16 银圆。

　　6 月，《落花怨》发表在《妇女月报》创刊号上。

　　11 月，《爱之花》开始在《小说月报》上连载。

1912 年（民国元年）18 岁

　　1 月，在《小说时报》上发表小说《鸳鸯血》。

　　2 月，连载在《小说月报》上的《爱之花》全部刊完。

　　4 月，在《小说时报》上发表小说《孝子碧血记》。

　　5 月，身染重病，发须尽数脱落，不再长出，从此出门必戴墨镜与帽子。

　　7 月，在《小说时报》上发表翻译作品《八万九千镑》。

　　9 月，从民立中学毕业，被苏校长留下教授预科一年级的英语。

　　12 月，在上海务本女校观看演出，对一位女演员一见钟情。

1913 年（民国二年）19 岁

　　在得知女演员的姓名、地址后，他鼓起勇气写信给她。女生名为周吟萍，Violet（紫罗兰）是她的英文名字。此后两人不断书信来往，很快坠入爱河。

　　秋，辞去教师职位，成为一名职业作家，一个月能得几十元稿费的他承担起了整个家庭的生活费用。

1914 年（民国三年）20 岁

　　周吟萍在父母的逼迫之下嫁给了一个富商的儿子，周瘦鹃深受打击。

　　6 月 6 日，《礼拜六》创刊，主编是王钝根，周瘦鹃则成了周刊的台柱子。

　　6 月 20 日，《礼拜六》第三期发表了他早期的作品《行再相见》。

　　9 月，在《时报》报馆第一次与包天笑见面。

　　10 月，开始在《时报》上连载长篇翻译小说《霜刃碧血记》。

　　12 月，《霜刃碧血记》单行本由有正书局出版，这是他的第一本单行本。

1915年（民国四年）21岁

3月，由孙警僧介绍加入南社，编号509。

5月9日，参加第十二次南社雅集，撰写了《亡国奴之日记》。

9月，中华书局出版了《亡国奴之日记》。

10月7日，参加第十三次南社雅集。

1916年（民国五年）22岁

经杨心一介绍，进入中华书局编辑部担任编译。

春，与胡凤君订婚。

4月，中华书局出版了他与严独鹤等一同翻译的《福尔摩斯侦探全集》。

5月，中华书局再版《亡国奴之日记》。

6月4日，参加第十四次南社雅集。

本年，担任《新申报》特约撰稿人。

1917年（民国六年）23岁

2月，中华书局出版《欧美名家短篇小说丛刊》。该书出版目的在于为结婚筹款，他与胡凤君亦在本月成婚，婚礼颇为风光。

4月，文明书局出版《南社小说集》。

夏，《欧美名家短篇小说丛刊》由中华书局送于教育部登记、审定，得到赞许。

本年任《新闻报·快活林》特约撰稿人。

1918年（民国七年）24岁

1月，中华书局出版《周瘦鹃短篇小说（上下册）》。

2月，中华书局再版《欧美名家短篇小说丛刊》，并更名为《欧美名家短篇小说丛刻》

本年，因中华书局改组而离开。长子周铮出生。

1919年（民国八年）25岁

上海中华图书集成公司出版著译合集《世界秘史》。

5月，受《申报》总主编陈景韩邀请，任《申报·自由谈》特约撰述。

5月31日，在《自由谈》开设名为"小说杂谈"的专栏。

6月4日至9月28日，在《见闻琐言》上陆续发表文章14篇，以"五九生"为笔名。

6月11日，短篇小说《晨钟——为北京幽囚之学子作》在《申报》上发表。

6月20日，在《自由谈》开辟"影戏话"的专栏。

7月1日，在《自由谈》开辟"情书话"的专栏。

9月21日，在《自由谈》开辟"名人风流史"的专栏。

本年，中华书局转来一张来自教育部的关于《欧美名家短篇小说丛刊》的奖状，颁发日期为1917年9月24日。

1920年（民国九年）26岁

3月25日，翻译易卜生《社会柱石》，刊载于《小说月报·小说新潮》，共分8期。

4月1日，受聘为《自由谈》副刊的主编。他在这一期《自由谈》中，以"紫兰主人"为名，发表了一篇名为《花生日琐记》的文章。

本年，长女周玲出生。

1921年（民国十年）27岁

1月9日，每周日在《自由谈》中开辟"小说特刊"专栏。

2月13日，在《自由谈·小说特刊》第5期上宣布小说周刊《礼拜六》周刊即将于农历正月十二日复刊（有所延误，实际到3月19日才出版），续出101期，王钝根、周瘦鹃为编辑。

5月7日，短篇《留声机片》发表于《礼拜六》第108期。

6月，与赵苕狂合编月刊《游戏世界》。

7月，在《自由谈·小说特刊》第27期上发表《说消闲之小说杂志》。

8月6日，开始筹备独资创办的刊物《半月》。

9月21日，出版《半月》创刊号。

1922年（民国十一年）28岁

3月30日，上海《晶报》评选上海一百名人，周瘦鹃列名其中。

6月，出版个人小杂志《紫兰花片》创刊号。

7月1日，在《自由谈》上新辟"一片胡言"专栏。

7月24日，专栏"一片胡言"更名为"随便说说"，周瘦鹃自己执笔。

本年，为先施公司主编《乐园日报》。

本年，次子周榕出生。

1923年（民国十二年）29岁

1月5日，《自由谈》的专栏"随便说说"更名"三言两语"。

5月16日，小说《亡国奴家里的燕子》发表于《半月》第2卷第17期。

6月28日，撰写《我与李涵秋先生》一文，发表于《半月》。

8月4日，兄长周伯琴因患疹症而病逝，撰写《哭阿兄》一文，发表于《半月》。

1924年（民国十三年）30岁

元旦，参加民立中学举行的20周年纪念大会，报道纪念会盛况并表演"新说书"《长春液》。撰写的《狂欢三日记》发表于《半月》第3卷第10期。

1月5日，为王钝根主编的《社会之花》月刊创刊写祝词《祝〈社会之花〉》。

9月30日，《晶报》发表《重修上海一百名人表》，周瘦鹃仍名列其中。

12月8日，故事片《水火鸳鸯》首映，该剧由周瘦鹃担任编剧，上海大陆影片公司摄制。

12月17日，文章《我的书室》在《自由谈》上发表。

本年，次女周梅出生。

1925年（民国十四年）31岁

6月6日，毕倚虹主编的三日刊《上海画报》创刊，受邀担任主要撰稿人。

6月，《自由谈》停刊。

7月，因毕倚虹生病而代理《上海画报》主编工作。

7月21日，小说《西市犇尸记》刊登于《半月》第4卷第15期。

8月5日，《自由谈》复刊。

9月14日，主编半月刊《紫葡萄画报》。

11月16日，《紫罗兰庵困病记》一文刊登在《半月》第4卷第23期上。

12月，在《半月》出版到第4卷第24期之后，更名为《紫罗兰》（半月刊）。

12月30日，出至第17期的《紫葡萄画报》停刊。

本年，大东书局出版由周瘦鹃主持的多卷本——法国作家玛利瑟·勒白朗

我是一个
爱美成嗜的人

的《亚森罗苹全集》。

本年，大东书局出版周瘦鹃与张舍我等人合译的《福尔摩斯新探案全集》，周瘦鹃为该书作序。

本年，三女周杏出生。

1926年（民国十五年）32岁

5月4日，发表《吾念飘萍》于《上海画报》第107期，纪念记者邵飘萍。

5月10日，发表《娶寡妇为妻的大人物》于《上海画报》第109期。

5月15日，毕倚虹病逝，接替毕倚虹担任《上海画报》主编一职。

6月6日，于《上海画报》创刊一周年之际，撰《去年今日》一文追忆始创人毕倚虹。

6月10日，《紫罗兰》第1卷第13期为《呜呼，毕倚虹先生》专号。

6月15日，周瘦鹃任《良友》主编，并发表《向读者诸君说几句话》。

9月，发表《说伦理影片》一文在大中华、百合影片公司发行的《〈儿孙福〉特刊》中。

1927年（民国十六年）33岁

1月15日，《良友》第12期"编者之页"上刊登出周瘦鹃将从第13期不再担任主编的消息。

12月20日，在《申报·自由谈》发表《海粟画展之一瞥》一文，推荐刘海粟画展。

12月18日晚，应田汉之邀，观看田汉编剧并参与演出的《名优之死》，一同前往的有欧阳予倩夫妇、周信芳等。

12月21日，撰写《颇可纪念的一天》一文，发表于《上海画报》第305期，表达其对《名优之死》的剧本与演员的赞赏。

本年，四女周瑛出生。

1928年（民国十七年）34岁

1月，《紫罗兰》第3卷改版。

3月21日，《记许杨之婚》一文发表于《上海画报》第334期。

10月27日，《胡适之先生谈片》刊载于《上海画报》第406期上，记录了他在10月25日与胡适的谈话内容。

11月28日,《鹣玉因缘》一文发表于《申报·自由谈》,祝贺严独鹤与陆蕴玉成婚。

1929年（民国18年）35岁

1月12日,在《上海画报》第431期发表《几句告别的话》一文,通过"发泄"般的文字透露出自己要设法"退隐"的意思。

6月,游西湖,撰写《湖上的三日》。

7月,《湖上的三日》发表于《旅行杂志》第3卷第7期。

同月,在《紫罗兰》上开辟"少少许集"专栏,专门翻译契诃夫的短篇小说。

1930年（民国十九年）36岁

1930年3月,游浙江宁波雪窦山,游记《雪窦山之春》发表于《中华》创刊号上。

6月,《紫罗兰》出满4年,刊名更改为《新家庭》(月刊)。

9月,与严独鹤、胡伯翔、郎静山合作主编,由上海东方图书出版社发行的《中华》图画杂志月刊面世。

本年,三子周莲出生,后改为周连。

1931年（民国二十年）37岁

7月,离开《中华》图画杂志社。

9月24日,在《自由谈》开辟新专栏"痛心的话"。

10月24日,专栏"痛心的话"更名为"抗日之声"。

本年,在苏州购得宅院,取名为"紫兰小筑"。

1932年（民国二十一年）38岁

4月,《自由谈》发行《申报》创刊60周年纪念专刊,由周瘦鹃编发。

12月1日,周瘦鹃结束了《自由谈》主编的生涯,由黎烈文接任主编之职。

本年,举家搬迁至苏州。

1933年（民国二十二年）39岁

1月10日,"周瘦鹃启事"刊登于《申报·春秋》。

4月,只办了十二期的《新家庭》宣告停刊。

1934年（民国二十三年）40岁

1月7日，在《申报·春秋》开辟《儿童》周刊，每到周日出版，周瘦鹃写《发刊辞》。

本年，与朱樨园等人成立了一个专门研究盆景与园艺的小团体，取名"含英社"。

1935年（民国二十四年）41岁

7月22日，刊载他的文章《悼念郑正秋先生》于《申报·春秋》。

本年，在《申报·春秋》开辟《衣食住行》周刊，每周四出版。

1936年（民国二十五年）42岁

2月，在紫兰小筑内学骑自行车的二儿子周榕不慎落入池塘溺亡，深受打击的他将紫兰小筑内的池塘和水井都填平，并撰写了多篇回忆短文。

10月，周瘦鹃和鲁迅、林语堂、巴金、叶绍钧、包天笑、郑振铎、谢冰心、黎烈文等21人联名发表《文艺界同人为团结御侮与言论自由宣言》。

10月19日，鲁迅逝世。周瘦鹃发表《挽鲁迅先生》一文，并赶到上海参加鲁迅的葬礼。

1937年（民国二十六年）43岁

1月11日，在《春秋》刊登"编者话"。

8月9日，新诗《平津哀歌》在《申报·春秋》上发表。

8月14日，《春秋》停刊。

本年，携全家前往浙江湖州南得镇避难，同行的有程小青等人。3月后又搬迁到安徽省黟县南屏村。期间共创作二百余首旧体诗。

1938年（民国二十七年）44岁

元旦，在南屏村度过。

2月，接到了来自《申报》报馆催促他回上海复职的信。

3月，携全家回到上海。这段时间，《春秋》已经由别人接手，但是报馆也不能让周瘦鹃再回去，于是便让他主编《儿童周刊》与《衣食住行》。

秋，两次观看阿英（钱杏邨）话剧《碧血花》（后改名为《明末遗恨》），并对这部剧进行了高度赞扬。

冬，在蒋保厘的介绍下加入中西莳花会。

附录一
周瘦鹃年谱

1939年（民国二十八年）45岁

5月22日，第63届春季评比年会在跑马厅开幕，这是作为中西莳花会会员的周瘦鹃第一次来参与展出评比。他参与展出的盆景等共计22件，获得二等奖。

11月23、24日，参加在跑马厅举行的第52届秋季评比年会。母亲和夫人一同前来参观，周瘦鹃很高兴，作了四首七绝。

本年，在《春秋》上编了多期《妇女》周刊。

1940年（民国二十九年）46岁

5月22和5月23日，参加了64届春季莳花会年会，并蝉联了彼得·葛兰爵士大银杯总锦标。

秋，参加了第53届秋季莳花评比会，只得二等奖。

1941年（民国三十年）47岁

春，开设"香雪园"，设茶座，展示自己精心栽培的花草以及盆景。

上海九福制药公司聘请他筹备出版杂志《乐观》。

5月1日，《乐观》杂志创刊号出版，周瘦鹃写《发刊辞》。

1942年（民国三十一年）48岁

1月，从《申报》辞职。

4月，因物质条件匮乏，《乐观》月刊宣布停刊。

1943年（民国三十二年）49岁

春，受上海银星广告社委托，为其编一本杂志。

4月，月刊《紫罗兰》（后）创刊号出版，他的小说《新秋海棠》从创刊号开始连载。

5月，在《紫罗兰》（后）第2期上推出张爱玲的《沉香屑·第一炉香》。

6月，从《紫罗兰》（后）第3期开始刊登了张爱玲的《沉香屑·第二炉香》，三期刊完。

秋，张爱玲和姑母张茂渊邀请周瘦鹃到姑母家喝茶，以表达对他签发了张爱玲小说的感谢。

1944年（民国三十三年）50岁

元旦，写《劫中度岁记》一文。

5月，从《紫罗兰》（后）第13期开始连载《爱的供状——附〈记得词〉一百首》。

秋，夫人胡凤君得了肺病。

11月，《爱的供状——附〈记得词〉一百首》连载结束。

本年，母亲汪月真因牙癌在上海病逝。

1945年（民国三十四年）51岁

3月，物价上涨，纸张昂贵，《紫罗兰》（后）只得宣布停刊。

8月，准备回《申报》主编副刊，但是却只得了一个每月工资30元、不用到报馆工作的虚衔——设计委员。

1946年（民国三十五年）52岁

1月，全家（已婚子女除外）搬回紫兰小筑。

2月，作了若干首七绝来表达自己想要退隐的心态。

4月，作了一首七律，题为《睹室人凤君病甚焦虑万状》。

4月23日，夫人胡凤君逝世。

8月，为悼念亡妻胡凤君，作《凤箴痛语》一文。

8月至10月之间，为悼念亡妻胡凤君，共作三十多首《罗敷媚》。

12月17日，在苏州孔雀厅与俞文英举行婚礼。

1947年（民国三十六年）53岁

5月，上海大东书局出版其翻译小说结集《世界名家短篇小说全集》。

本年，受银都广告社之邀，编辑《乐观》杂志。

本年，五女周蓉出生。

1948年（民国三十七年）54岁

本年，物价飞涨，他只得摆摊售卖紫兰小筑中出产的鲜花，以维持全家生计。

1949年（中华人民共和国成立）55岁

春，给《申报》馆写信，辞去设计委员这一虚衔。

本年，六女周蔷出生。

1950年 56岁

秋，受邀参加苏州市盆景展览，受到广泛好评。

本年，开放"紫兰小筑"，并准备了《嘉宾题名录》，请参观者签名留念。

1951年 57岁

9月，苏南地区第一届文学艺术工作者代表大会召开，受邀出席。

本年，七女周荷出生。

1952年 58岁

11月，苏州市园林管理处聘请其为副主任。

1953年 59岁

3月，江苏省文史研究馆聘请他担任馆员。

春，与知名人士座谈时，建议全面整修苏州园林，得到采纳，并参与到了拙政园、狮子林、沧浪亭、留园等园林的修缮之中。

1954年 60岁

春，开始为香港《大公报》撰写散文小品。

10月，参与到寒山寺的设计修缮中。

1955年 61岁

4月3日，在章太炎墓迁葬杭州西湖仪式上敬献自制盆景，并题挽联，后撰《还得名山傲骨埋——记卜葬西湖的章太炎》一文，以纪念章太炎。

6月，北京通俗出版社出版其散文小品集《花前琐记》。

10月，苏州市文物古迹保管委员会聘请其担任副主任。

1956年 62岁

9月，上海文化出版社出版其散文小品集《花花草草》，全书共分两辑。

本月，老朋友田汉来到苏州会老友，陪同游览天平山。

10月5日，周遐寿（周作人）的文章《鲁迅与清末文坛》在上海《文汇报·笔会》上发表。

10月13日，周瘦鹃的《永恒的知己之感——追念我所敬爱的鲁迅先生》在《文汇报·笔会》上发表，这是他对《鲁迅与清末文坛》一文的读后感。

10月14日，在上海市文化局的邀请下参加了鲁迅先生墓的迁葬仪式。

10月19日，参加了鲁迅逝世20周年大会，并拜访了老朋友梅兰芳。

12月，江苏人民出版社出版其散文小品集《花前续记》。

我是一个
爱美成嗜的人

1957 年 63 岁

6月，上海文化出版社出版其散文集《盆栽趣味》。

本年，八女周全出生。

1958 年 64 岁

夏，在紫兰小筑拍摄彩色科教片《盆景》，由上海科学教育电影制片厂摄制，内容是关于他的盆景艺术，片长20多分钟。

秋，受北京市园林局之邀来到北京参观北京园林，这是他第一次来到北京。

1959 年 65 岁

5月，作《我的心被拴在怀仁堂》一文。

9月，精制"想象中的韶山一角"盆景。

1960 年 66 岁

7月6日至12日，应邀来到辽宁省兴城县，出席全国花卉科学技术会议，并就盆景的大众化和生产化问题发表自己的看法。此外，会上还放映了于紫兰小筑拍摄的彩色科教片《盆景》。

秋，开始创作诗歌《苏州好——调寄〈望江南〉》。

秋冬之交，完成《苏州好》百余首。

1961 年 67 岁

8月8日，梅兰芳逝世。周瘦鹃撰写《寄亡友梅兰芳同志》一文，并作挽诗12首，以哀悼自己的这位老朋友。

12月，参加中国园艺学会和北京园艺学会举办的梅花学术讨论会，并作《暗香疏影共钻研》一文。

1962 年 68 岁

1月至2月，跟随考察团对南昌、九江、广州、海南岛等地进行了考察，并撰写了散文《兴隆日日庆兴隆——记海南岛兴隆华侨农场》《迎春时节在羊城》等。

3月，成为中国作家协会的会员。

6月，在苏州松鹤楼与范烟桥等人一同庆贺程小青七十寿辰。

夏，上海文化出版社打算为周瘦鹃出版一本散文小品的精选本，定书名为《拈花集》，文章由他亲自选定。

10月1日，受到邀请来到上海，参加国庆观礼。

秋，香港《文汇报》开辟"姑苏书简"专栏，周瘦鹃以写家书给定居香港的四女周瑛的形式来撰写书信体散文。

11月，江苏人民出版社出版了他的散文、游记集《行云集》。

1963年 69岁

春节，周瘦鹃以小说《红岩》为题材，通过意象手法制作的大型盆景在苏州园林举办的大型盆景展览上展出。

4月21日，接受中央人民广播电台记者的采访，谈论盆景艺术。

4月24人与4月25日，香港的《文汇报·姑苏书简》上刊登了他的《笔墨生涯五十年》。

6月16日于6月17日，香港的《文汇报·姑苏书简》上再次刊登了他的《笔墨生涯五十年》一文。

夏，主动报名参与到苏州金山乡夏收劳动中去，收割了一天的小麦。

9月，受到广州市文化公园的邀请，连同苏州市园林处一起，于国庆期间在广州举办"苏州盆景展览"。展览中仅周瘦鹃个人盆景作品就达到上百件，广东电视台进行了专门的拍摄，并制作为专题节目播出。

10月1日，在广州欢度国庆。

1964年 70岁

1月27日，陪同好友田汉一同前往苏州郊区的梅乡景区邓尉赏梅。

3月，跟随参观团参观厂矿，还下了矿井。

4月，与程小青等7位苏州的知名人士一同组织了学习小组，每个周六的下午在紫兰小筑一同学习。周瘦鹃担任小组组长。

5月16日，在上海新雅酒楼聚会，为周瘦鹃、郑逸梅、陶冷月三人庆贺七十大寿，十八个人参与其中。

6月17日，作《预支的生日》一文，总结平生的"四大快事"，并写信请友沈禹钟（擅写旧体诗词）为自己作古风体的《四快歌》。

12月20日，赴京参加会议，并观看了大型舞蹈史诗《东方红》。

1965年 71岁

夏，为祝贺包天笑九十大寿，写信并寄诗到香港。

我是一个
爱美成嗜的人

秋，作《爱花总是为花痴》一文。

1966 年 72 岁

元旦期间，参加了在网狮园举办的盆景欣赏会，参与展出的盆景有 20 件。

7 月初，珍藏的资料、报刊、图书还有他的手稿几乎全部被烧毁。

1968 年 74 岁

1 月 7 日，不慎在花园里摔了一跤，导致右手手腕骨折。

8 月 12 日，深夜 11 点左右去世。

周瘦鹃小传

1. 从清贫家庭中走出的优秀少年

1894年6月30日,周瘦鹃出生了,家里给他取名周国贤。

周瘦鹃在上海长大,但是祖籍却是苏州。他有个哥哥名叫周伯琴,比他大4岁。周瘦鹃的父亲周祥伯在招商局江宽轮船担任会计,作为一名普通的职员,周瘦鹃的父亲收入甚是微薄。一家人在县城西街的一条街道上的一幢小楼里,租了楼下的三小间房子住着,每个月要缴纳一千六百文制钱。

在周瘦鹃6岁的时候,父亲不幸患了膨胀病去世了。而这一年,正是八国联军进攻北京的那一年。周家清贫,甚至连下葬的棺木都无钱购买,最后还是亲戚七拼八凑买来的。

周家本就一贫如洗,父亲的去世又让这个家庭失去了收入来源,生活一下变得更为艰难了。但是,周瘦鹃的母亲汪月真却是一个坚强的人,为了自己的四个孩子,她没日没夜为人缝补,用做女红得来的一点钱维持家庭日常用度。有很多亲戚向她提议改嫁,每次她都是摇摇头。

不过,即使日子过得再清苦,周瘦鹃的母亲也还是在儿子7岁的时候送他去私塾读书了。母亲告诉孩子们,要努力、争气,要立志向上。虽然周瘦鹃一直都过着苦学生的日子,但在母亲的教导下,他读书时非常用功,成绩也十分优异。老师对他赞不绝口,于是他也就受到了特殊的优待——免交学费,只在

我是一个
爱美成嗜的人

逢年过节的时候交上一点杂费即可。

周瘦鹃在11岁那年考入了上海储实两等小学，他的英语学习也是从这里开始的。

又过了三年，周瘦鹃的哥哥周伯琴进了工厂工作，而妹妹周葆贞也同母亲一起做女红，一家人的经济状况稍微好转了一些。这时候的周瘦鹃阅读一些简易的英文读物已经不成问题了。他很喜欢看书，除了向同学朋友们借一些中国古典名著来阅读之外，母亲给他的钱他也会省下一些，在闲暇时间到上海城隍庙的旧书摊逛逛，"淘"一些中英文的旧书刊。

周瘦鹃从上海储实两等小学毕业之后，考入了上海民立中学。周瘦鹃的优秀让老师们十分喜爱，尤其是国语老师孙警僧，他对周瘦鹃大加赞赏，并主动向民立中学的苏校长申请免除周瘦鹃的学杂费。

民立中学在当时的上海是一所非常有名的中学，尤其以英文功底扎实著称，从这里毕业的学生除去继续读书深造的，大多都在重要部门任职。周瘦鹃在这里学习可谓是深受其惠，他的英文水平得到了大幅度的提升，很快便能阅读英文小说原著了。

在周瘦鹃16岁那年的暑假，他在城隍庙逛旧书摊时，偶然"淘"到了一本《浙江潮》，这是浙江籍的学生在日本留学时，于日本东京所创办的刊物。周瘦鹃买到的这本是第八期，也就是1903年出版的，到他手上已经过了八年了。

《浙江潮》有一位作者，其笔名为"侬更有情"，他在上面发表了一篇名为《恋爱奇谈》的小说，其中包括三则笔记。第一则笔记的标题为《情葬》，通篇仅有730个字，讲述的是一位法国军官的爱情故事，非常凄美动人。

《情葬》讲的是英俊潇洒的法国军官柯泌因为一次偶然的机会认识了芾鲁夫人，两人结下了不解之缘。后来柯泌战死沙场，临终前托付身边的人给芾鲁夫人带去自己的心脏。不料柯泌的心脏落入芾鲁之手，芾鲁命令厨师将心脏烹制成美食，拿给芾鲁夫人吃，并在她吃完之后将真相告知于她。得知真相的芾鲁夫人原本伤心欲绝，但之后又忽然似乎想开了一般感谢芾鲁，并称"君之多情更甚于妾"。原来她忽然明白，她对这颗心脏的爱让她不知将它葬于何处，如今葬在自己的腹中，反而是最好的选择。之后，芾鲁夫人将自己关在屋内，不吃不喝，最终追随柯泌离开了人世。

读完这则小说的周瘦鹃灵感迸发，他日夜写作，终于在一个月之后将这个故事改成了一个八幕话剧，并取名为《爱之花》。周瘦鹃还给自己取了一个"泣红"的笔名，他瞒着家里人，悄悄地将剧本投寄给了商务印书馆的《小说月报》。

没过多久，周瘦鹃就收到了好消息，《小说月报》采用了他的作品，并且给他寄来了稿费，足足有16块大洋。这让周瘦鹃非常开心，他告诉了母亲，母亲听闻此事也十分高兴，因为那时候，16块大洋能够买好几石的米。周瘦鹃留下了2块，打算之后买书用，剩下的都给了母亲，以贴补家用。

《小说月报》在当时是国内的一流刊物，文章能够发表在《小说月报》上使他对写作的信心大大增强。尝到甜头的周瘦鹃一发不可收拾，就此踏上了他的笔墨生涯。

除了《爱之花》，周瘦鹃还给《妇女时报》投寄了一篇名为《落花怨》的短篇小说，并取笔名"瘦鹃"。虽然这篇文章的投寄时间要晚于《爱之花》，但是它的发表时间却要早一些，于是它也就成了周瘦鹃的作品当中第一篇被印成铅字的，而"瘦鹃"这个笔名也成了他最为常用的。周瘦鹃也是因为《妇女时报》，才与包天笑开始了亲密的往来。

1912年5月，周瘦鹃得了一场重病，他的头发和眉毛都脱落了，而且再也没有长出来，常常有人嘲笑他是"无眉人"。于是，周瘦鹃但凡出门，一定会戴着墨镜和帽子，甚至在之后的一生中，他都保持着这一装扮。

包天笑在得知周瘦鹃生了重病之后，写信给他，并提前给他预支了一笔稿费。包天笑还告诉周瘦鹃，以后他的稿不论是否刊用，都会立刻将稿费寄给他。这让周瘦鹃万分感激。

因为病情很严重，周瘦鹃没能前去参加毕业考试，但是他平日里的成绩十分优秀，所以学校破例发了毕业证书。9月份的时候，周瘦鹃顺利从民立中学毕业，苏校长还将他留了下来，让他教授预科一年级的英语。

2. 我爱此花香静远，一生低首紫罗兰

1912年的年末，18岁的周瘦鹃在务本中学的联欢会上，对一个俏丽活泼的

女演员一见倾心。

第二年，他在一个偶然的情况下得知，那个女生就住在民立中学的附近。后来，他打听到女生的姓名是周吟萍，是一个家境殷实的富家小姐。

在得知周吟萍的地址之后，周瘦鹃就陷入了纠结之中。他家境贫困，虽然此时的他在文坛上已经开始崭露头角，但是内心的自卑仍旧时刻伴随着他。他时常往周吟萍平日里会经过的地方跑，但是又怯生生地不敢上前搭话，更不敢去表白，只敢偷偷地看上几眼，就像诗中所说的"记得城南花巷里，疾心日日伺秋波"；他还想写信给周吟萍，却也总是鼓不起勇气。

就这样过了三个月，周瘦鹃终于决定写信给周吟萍，他在信中竭力地表明自己想要与周吟萍成为朋友的诚意。周瘦鹃的信用词谦和，但是字里行间透露出来的情意却无法隐藏。

周瘦鹃将信寄出之后，内心一直忐忑不安，他怕自己得不到回应，又怕自己的行为太过唐突，惹恼了周吟萍。而事实上，周吟萍之前就已经读过周瘦鹃发表的文章，对他也十分钦佩，于是三天之后，周瘦鹃就收到了周吟萍的回信，她在信中表示愿意与周瘦鹃成为笔友。

原来，在他心系于她之时，她也悄悄关注着他。

他们二人的书信来往就这样开始了。

周瘦鹃和周吟萍在信中谈昆曲、评弹和《礼拜六》，也会谈论周瘦鹃翻译的外国小说。几年的时间，足以让一对互有好感的男女立下山盟海誓，他们以为能够走到一起，但是偏偏天不遂人愿。

周吟萍家境殷实，而周瘦鹃虽然在文坛小有名气，但毕竟出身贫寒。周吟萍的父母对于周吟萍和周瘦鹃的恋情予以了强烈的反对，并不顾周吟萍的意愿，强行将她嫁给了一个富商的儿子。周吟萍无论怎么哭闹反抗都没有打动父母，最后实在无法，只得妥协，但是她提出了一个要求——她的婚礼，必须允许周瘦鹃来参加。周吟萍给周瘦鹃写了一封信，并偷偷托人给他送了过去，她在信中写道："坚贞共矢百年心。"周吟萍以为周瘦鹃一定能够懂她。

周瘦鹃在周吟萍婚后的第三天登门祝贺，一对有缘无分的人见面，相顾无言。周吟萍紧紧地抿着嘴唇，不断地抚弄着自己手上戴的浅色丝手套。周瘦鹃的目光落在她的手上，他认出来了她手上戴的那副手套——这是他送给她的。

附录二
周瘦鹃小传

此情此景，让周瘦鹃难过得无以复加。

周吟萍结婚这件事，无论是对周吟萍本人还是对周瘦鹃，都是一个巨大的打击。两人以前相隔甚远，却认为他们可以天长地久，而如今面对面站着，却感觉他们之间仿佛隔着天堑。

不久之后，周瘦鹃又开始和周吟萍互通书信，并互相赠送礼物以表相思之情。周吟萍的姐妹们都知道他们之间的感情，也为两人的痴情而感动，纷纷充当起"青鸟使"，为两人传递书信和礼物。两人的来往并不频繁，于是，便"每得片纸只字，目为瑰宝"。

1916年的春天，周瘦鹃与他过去的邻居胡凤君订婚了。周瘦鹃曾经在《我的家庭》中提道："我在十八九岁的时候，我的心本来别有所寄，后来失望了。因着母亲的教劝，才和她订了婚。我最初见她时，还是在她十三四岁时，用猩红绒绳扎着辫子，星眸月颊，很觉可爱，所以母亲要给我论婚时，就想起了她。"

一年后，23岁的周瘦鹃与胡凤君成婚了，婚礼办得颇为风光。在他成婚的那天，周吟萍也来了。第二天，周瘦鹃收到了周吟萍写给他的信，她在信中说她去看了《黛玉葬花》。无须多言，周瘦鹃也能揣度出周吟萍的心酸和痛苦，他的内心也同样无比苦涩。

后来，周吟萍怀孕了，她给周瘦鹃写了一封信："想当初家里逼婚，我也曾几次三番抵抗，然而终没有效果，后来退一步想，我譬如寄居此间，保持清白，以后慢慢再作道理，一年工夫，居然被我挨过了！而你却与人结婚了，这也不能怪你，我深悔不曾向你明示。"周瘦鹃这才知道，原来周吟萍在结婚一年之后，依然守身如玉。

婚后的一年，周吟萍一直随身携带一把剪刀，她以这样的方式来捍卫自己的爱情。面对这样的妻子，她的丈夫只得退让。周吟萍也不愿这样对他，但是她只能选择以这样的方式去逼迫他，让他放开自己，给自己一纸休书。周吟萍始终带着一丝希望，但是周瘦鹃成亲的事却让她所有的希望都化为了泡影。

在两人的爱情故事里，这无疑是最令人感到悲伤和哀叹的。

周吟萍并不愿意和丈夫居住在一处，在孩子生下之后，她就一个人去南京找了份工作，留在了那里。而周瘦鹃更是在得知事情的真相后，叹道"一生低首紫罗兰"。他在《爱的供状》中写道："我给那苏州的故居定名为'紫兰小筑'；

我是一个
爱美成嗜的人

我那书室定名为'紫罗兰庵';我的杂志定名为《紫罗兰》;我的小说集定名为《紫兰芽》《紫兰小谱》;我的丛书定名为《紫兰庵小丛书》;更在故园一角,叠石为'紫兰台'种满了一层层的紫罗兰……"除此之外,周瘦鹃还有一本个人杂志,名为《紫兰花片》,里面有一个专栏为"银屏词"。专栏内汇集了前人所写的词,词中皆有"银屏"二字。这是周瘦鹃在以"吟萍"二字的谐音来表达自己对周吟萍的思念。不仅如此,周瘦鹃就连用的墨水都是紫色的。

周瘦鹃以周吟萍为原型写了许多哀艳的小说,他的朋友陈小蝶说他:"弥天际地只情字,如此钟情世所稀。我怪周郎一支笔,如何只会写相思?"但是他们又怎么会理解他心中的痛,以及两人之间的刻骨铭心。周瘦鹃和周吟萍在恰当的时间里遇到了彼此,但是天公却不作美。

多年后,周瘦鹃的夫人去世,而周吟萍也早已守寡多年。周瘦鹃以为他们终于能够在上天的眷顾之下再续前缘,但令他没想到的是,周吟萍拒绝了他。她说:"年华迟暮,不欲重堕绮障。"

其实周吟萍看得很透彻,他们年轻时无法相伴,如今自己已然人老珠黄,又何必再强求?老朽对坐,相顾无言,那该多么煞风景?既然今生无法在最美好的年华中长相厮守,那便静待来世。

周瘦鹃和周吟萍虽然错过了彼此,但是他们毕竟相爱过,就如同盛放的紫罗兰,虽然终会"零落成泥碾作尘",但是毕竟曾经美丽过,这就足够了。

3. 一切的结束都喻示着新的开始

民立中学对周瘦鹃照顾有加,但是周瘦鹃班上的学生实在是让他心力交瘁。班上的学生有年纪比他大的,还有很多有钱人家的孩子,他们欺负周瘦鹃年纪小,经常故意犯错,拉着周瘦鹃一起去挨校长的训斥。周瘦鹃忍了一年,每天都如坐针毡,最终"硬硬头皮,辞职不干了"。

从民立中学辞职之后,周瘦鹃开始专职写作。那个时候,文艺刊物非常盛行,他发表了很多的稿子,笔名"瘦鹃"也渐渐有了名气。周瘦鹃专职写作之后,工作比较自由,"远胜做小先生活受罪",而且这时候,他每个月的稿费收入就有几十元,比他在民立中学当"小先生"的时候多了不少。于是,周瘦鹃就劝说母亲,

附录二
周瘦鹃小传

让她不要再继续做女红了,因为现在他一个人就可以承担这个家庭的生活费。

1914年,也就是周瘦鹃从民立中学辞职的第二年,周刊《礼拜六》创刊了,周瘦鹃为其供稿,成了《礼拜六》的台柱子。而《礼拜六》这本刊物之所以叫这个名字,是因为美国有一本叫作《礼拜六》的晚邮报,它在美国的销售数量最多,历史最为悠久,还是读者最为喜爱的读物。因此,报馆才会以《礼拜六》来给他们的周刊命名。

周瘦鹃早年的得意之作——《行再相见》就发表在《礼拜六》上。《行再相见》描写了一个中国少女华桂芳与在英国领事馆工作的年轻的秘书玛希儿·弗利门的故事。

玛希儿·弗利门来自英国伦敦,领事对他十分器重,他工作也很勤恳。每日上下班,他都会路过一个花园,花园里有一位美丽的少女。后来两人相识,玛希儿·弗利门发现,原来这位少女的英文说得非常流利。两人相谈甚欢,之后两人坠入爱河。

有一天,玛希儿·弗利门告诉华桂芳,他要回英国了,他希望华桂芳跟他一同回去。华桂芳内心纠结,与他约定明日再谈此事,于是,玛希儿·弗利门离开了。不久之后,华桂芳的伯父告诉她,她的父亲当年就是被玛希儿·弗利门杀死的。华桂芳大吃一惊,伯父让她杀死玛希儿·弗利门,一边是自己爱的人,一边是自己的亲人,华桂芳不知所措地哭了整整一天。

第二天,玛希儿·弗利门如约前来,华桂芳假装不经意提起当年之事,玛希儿·弗利门告诉她,自己曾经误伤过几个无辜的人,还打死了一个四十多岁的商人。华桂芳得知了真相,原来伯父说的都是真的。最终,国难家仇战胜了爱情,她在咖啡里下了毒,亲手毒死了杀害她父亲的恋人。

这样的结局,相比中国传统小说中才子和佳人最终走到一起的圆满结局而言,是一种全新的构思。周瘦鹃在小说中还突破了传统小说使用第三人称的全知叙事方式,采用许多西方文学叙事技巧。除此之外,周瘦鹃在创作小说之时也开始使用白话文了,这说明他的作品正由传统向现代慢慢转变。

秋天的时候,周瘦鹃在《时报》的报馆内见到了包天笑本人,这个一直在栽培和帮助周瘦鹃的人之前都是与他书信来往,这还是两人的第一次见面。之后,周瘦鹃的长篇翻译小说《霜刃碧血记》开始在《时报》上连载,并且于年底出版了《霜刃碧血记》单行本，这还是周瘦鹃作品中的第一个单行本。

这一年，周瘦鹃一家搬了家，居住环境得到了很大的改善。新家每个月需要支付给房东35元的房租，是"一宅两幢的屋子"。新租的房子有八间屋子，周瘦鹃很兴奋地布置了新房子，他很喜欢布置。周瘦鹃给自己的房间取名为"紫罗兰庵"，无论是读书、写稿子还是睡觉，周瘦鹃都在这里，而且他还在房间里摆放了一个小小的、供着紫罗兰神像的神龛。

因为房子很大，周瘦鹃终于有了养花蓄草的地方。后来，他的朋友程小青送了一盆紫罗兰给他，他最喜欢的就是这盆紫罗兰。他在《申报·自由谈·紫罗兰庵随笔》中说紫罗兰"经久不凋，叶叶常青，春来着一二花，亦殊疏落有致，幽馨所发，逾于兰麝，与书影相为妩媚"。

4. 翻译与借鉴：中西合璧的翻译小说

周瘦鹃在民立中学的国语老师孙警僧是南社成员，在他的介绍之下，周瘦鹃于1915年的3月份加入了南社，并在两个月之后参加了在上海愚园举办的第十二次南社雅集。

这一年，国内发生了很多事，周瘦鹃的《亡国奴之日记》就是在这时写就的，他带着一种"超前的危机感"，以日记的方式表现了人们不屈不挠的精神。小说在秋天的时候由中华书局出版，是64开的袖珍本。该书出版之后，人们纷纷购买，"销行了几十万册"。

1916年，在杨心一的介绍下，周瘦鹃来到了中华书局编辑部担任编译，专门给《中华小说界》和《中华妇女界》这两本月刊撰写或者翻译小说和杂文。

周瘦鹃在中华书局工作期间，与严独鹤等人一起合作，共同翻译了《福尔摩斯侦探案全集》，1916年4月份由中华书局出版。这套书在翻译时所使用的是文言文，但是出版后受到了读者的广泛欢迎，以至于连续再版了十几次。

这套《福尔摩斯侦探案全集》共12册，翻译和编辑都很严谨，书中带有原著作者阿瑟·柯南·道尔的生平，生平中的那些音译的专用名词后也附上了原文，故事的标题也同样附有原文。可以说，这套《福尔摩斯侦探案全集》具有里程碑式的意义。

附录二
周瘦鹃小传

1916年下半年，《新申报》聘请周瘦鹃担任特约撰稿人，周瘦鹃开始在《新申报》上发表文章。

周瘦鹃将自己多年来在报刊上发表过的翻译作品，以及刚翻译完成的作品一共50篇，连同版权一起卖给了中华书局。中华书局于1917年的2月份出版了一套《欧美名家短篇小说丛刊》，书中有来自英国、法国、美国、德国等国家的多名作家的作品，也有一些来自瑞典、荷兰、塞尔维亚等。全套书共三册，其中有一册专门收录小国作家的作品。

《欧美名家短篇小说丛刊》的50篇作品中，有18篇是使用白话文译成的，而且每一篇文章都标明了原作者，还颇为贴心地附上了原作者的小像略传，这在当时的国内尚属首次。

对于周瘦鹃而言，《欧美名家短篇小说丛刊》可以说在他一生的翻译工作中占据着一个很重要的地位。

1917年的《教育公报》上刊登出过一则《通俗教育研究会审核小说报告》，对《欧美名家短篇小说丛刊》有着几百字的评语："《欧美名家短篇小说丛刊》凡欧美四十七家著作，国别计十有四，其中意、西、瑞典、荷兰、塞尔维亚，在中国皆属创见，所选亦多佳作，又每一篇署著者名氏，并附小像传略。用心颇为恳挚，不仅志在娱悦俗人之耳目，足为近来译事之光。惟诸篇似因陆续登载杂志，故体例未能统一，命题造语，又系用本国成语，原本固未尝有此，未免不诚。书中所收，以英国小说为最多，唯短篇小说，在英文学中，原少佳制，古尔斯密及兰姆之文，系杂著性质，于小说为不类。欧陆著作，则大抵以不易入手，故尚未能为相当之绍介，又况以国分类，而诸国不以种族次第，亦为小失。然当此淫佚文字充塞坊肆时，得此一书，俾读者知所谓哀情惨情之外，尚有更纯洁之作，则固亦昏夜之微光，鸡群之鸣鹤矣。"

这段话对周瘦鹃的翻译工作进行了表扬，也指出了作品中存在的一些不足之处。除去这段评语之外，后面还给出了结论："复核是书，搜讨之勤，选择之善，信如原评所云。足为近来译事之光。似宜给奖，以示模范。"

周瘦鹃也在之后拿到了一张来自教育部的奖状——虽然这张奖状迟到了两年才到了周瘦鹃的手上。直到很多年之后，周瘦鹃才知道，原来当初那段评语是鲁迅所作。

我是一个
爱美成嗜的人

1919年，周瘦鹃的著译合集《世界秘史》出版了，书里所收录的故事都是一些欧美国家的名人轶事或者是稗官野史。其中有一篇名为《拿破仑帝后之秘史》，曾经欧阳予倩之手改编为话剧《拿破仑之趣史》，在上海新舞台演出，拿破仑由夏润月扮演，皇后由欧阳予倩扮演，其他的演员也都是当时的著名演员。

5.《申报·自由谈》的角色演变

1919年5月，周瘦鹃在《申报》总主编陈景韩的邀请下，担任了《申报·自由谈》的特约撰述。当初陈景韩和包天笑一同合作主编《小说月报》，所以认识了周瘦鹃，对他很是欣赏。《申报·自由谈》当时并没有一个专职的主编，只靠陈景韩兼顾。周瘦鹃担任特约撰述之后，陈景韩将《申报·自由谈》的工作基本都交给了周瘦鹃，虽然他当时还不是《申报》的正式员工。

5月底，周瘦鹃在《申报·自由谈》上开辟了他作为特约撰述以来的第一个专栏，并取名为"小说杂谈"。"小说杂谈"专栏一直开设到12月29日，在此期间，周瘦鹃共发表小说17篇。

周瘦鹃在"小说杂谈"中发表的第一篇文章谈到了小说的教育功能，他列举了欧美各国一系列优秀作家的名字，认为他们的成就都和一代文化有很大的关系，他们的作品都是由心血凝聚而成，每一篇都发人深省。他还认为，"今日欧美诸邦之所以日进于文明者，未始非小说家之功也"。

6月20日，周瘦鹃在《申报·自由谈》上开辟了另外一个专栏——"影戏话"。

早在1910年之时，周瘦鹃就已经开始接触电影了。那时候，电影还是从国外传入的，周瘦鹃深深地为之着迷。他"算的是个天字第一号影戏迷了"，只要有时间，他就会跑到电影院里看电影，"平均每星期总要看五六种影片"。他常常会写一些影戏小说，有时候也会写一些文章来介绍外国电影和外国的电影明星以及自己在观影后的感受。后来，电影院数量多了起来，电影也越来越普及，看电影的人也渐渐多了，篇幅短的电影评论开始受到了人们的欢迎。

周瘦鹃发表在"影戏话"专栏里的第一篇文中写道："盖开通民智，不仅在小说，而影戏实一主要之锁钥也。"这在中国电影史上是最早的一篇颇为系统的理论批评文献，周瘦鹃本人也被称为是"中国电影批评的先驱"。

附录二
周瘦鹃小传

7月1日,周瘦鹃又在《申报·自由谈》上开辟了一个专栏,取名"情书话"。刚刚开设这一专栏之时,周瘦鹃是这样写的:"情书者,男女间写心抒怀而用以通情愫者也。在道学家见之,必斥为非礼,不衷于正。……欧美人士,咸目为一种美术的文学,编甫出,几有家弦户诵之慨。"正是由于这样的理由,周瘦鹃才仿照诗话与词话的例子,开设了这样一个"情书话"专栏。

在"情书话"专栏之中,刊登了很多欧美名人的情书,比如伏尔泰、拿破仑、雨果等等。在刊登拿破仑的情书之时,周瘦鹃表示,即使是像楚霸王项羽那般粗犷豪爽的人,也懂得怜香惜玉,所以拿破仑擅长写情书也不足为奇。他认为,拿破仑的文字缠绵而又细腻,"颇含诗意,几令人不信其为莽英雄手笔也"。

两个多月之后,他又开辟了一个"名人风流史"专栏,这个专栏和"情书话"的性质相类似。周瘦鹃发表在"名人风流史"专栏的作品篇幅都比较长,通常一篇作品分成三次刊登。对于身处二十世纪二十年代的中国青年而言,婚姻自主是一个长期而又艰巨的任务,而要将这一任务完成,需要青年们能够公开自由地往来。"名人风流史"中的"风流"二字,指的就是西方男女之间那种正常往来的教化与风俗,而非不正当关系。这一专栏主要描写的是西方名人,如拿破仑、拜伦、雨果等在恋爱时期发生的一些风雅韵事。

这两个专栏是周瘦鹃对封建包办婚姻的声讨,也体现出了他对当时青年男女的关心。因此,他的这两个专栏开辟之后受到了青年读者们的青睐。

除去以上专栏,周瘦鹃还陆续开辟了许多专栏,比如"紫罗兰庵随笔""艺文谈屑""欧战余话"等等。《申报·自由谈》在周瘦鹃的手中开始变得越来越丰富多彩,面貌也焕然一新,受到了更多读者的欢迎。

在1919年到1920年这将近一年时间里,周瘦鹃在《申报·自由谈》的工作完成得非常出色,令《申报》老板史量才和总主编陈景韩十分满意。于是,1920年4月1日,周瘦鹃成了《申报·自由谈》的主编,也就此成为《申报》的一名正式员工。陈景韩每天撰写的"自由谈之自由谈",从这天开始,也基本上交给周瘦鹃执笔。周瘦鹃所写内容很丰富,有当前的社会形势,也有艺术上的看法或者对四时风物的感悟,有时候也会写一些人生哲理。

19岁进入文坛,经过了六七年才走到了如今的位置,周瘦鹃也是相当不易。在周瘦鹃成为《申报·自由谈》主编的第一天,他写了一篇《花生日琐记》,以"紫兰主人"为笔名。他在文中写道:"生平于花中,独爱紫罗兰。花小色紫,幽艳异常卉,尝谓其足以奴视玫瑰,脾蓄茶花,不为过也……吾知紫兰,紫兰当亦知吾也。"

周瘦鹃还从这天起连载了一篇名为《玫瑰小筑》的小说,这篇小说所描述的内容几乎可以说是"预示"了他的一生。《玫瑰小筑》的主角是一个作家,叫作一冰,他和女友因为女方家长的阻挠被迫分开。他喜爱玫瑰花,因为女友的名字中有一个字就是"玫"。一冰攒了十年的稿费买了一套宅院,并在院内种满了玫瑰,家里的陈设、使用的物品都带有玫瑰,颜色也都是玫瑰色。但是后来一冰相思成疾,一把火烧了自己的宅院,自己也随之而去。

在周瘦鹃担任主编之后,《申报·自由谈》的形式开始变得多种多样,封面也比以前更有特色了。除了"自由谈之自由谈"和"新闻拾遗"这两个必备的专栏之外,还增加了"笑林""文坛消息""读者评论""艺评"等比较新奇的专栏。除此之外,在一些节日的时候,比如清明、端午,《申报·自由谈》会定为清明号、端午号。

中秋节的时候,周瘦鹃为《申报·自由谈》设计了中秋专版,也就是中秋号,周瘦鹃的开拓创新精神从他所设计的《申报·自由谈》中秋号版面中就能够窥得一二。

最初,周瘦鹃只是忽然生出了灵感,想将版面排成圆形,就像一轮圆月一般,于是周瘦鹃就向排版的工人们说出他的这个想法。但是工人听完之后却面露难色,因为这样排版非常困难,而且时间上不一定赶得上。但是周瘦鹃因为这个想法,早就为圆形版面设计好了报头和茶花,所以他"非在报上让读者赏月玩月不可"。周瘦鹃好说歹说,"几乎声泪俱下",并且开出了他的条件——"通宵守候着帮助排版,亲看大样",这才说服了排版的工人们动手。排字房的工人们忙活了一晚上,"拼拼凑凑,拆拆排排",使出浑身解数来排版;而周瘦鹃也信守承诺,通宵与工人们待在一起工作。直到天亮,才终于大功告成,周瘦鹃"这才感激涕零的谢过了工友们,兴高采烈地回家去睡大觉了"。

《申报·自由谈》中秋号的排版令一众读者耳目一新,而且内容也很贴合"中秋"这一主题,有李涵秋的小说《月夜艳语》,有朱鸳雏的笔记《妆楼记》,连钱病鹤画的插画也是与中秋相关的,名为"姮娥夜夜愁"。于是,那天卖《申报》的小报摊生意十分火爆，人们奔走相告，纷纷赶来购买这一期，一度出现了争先恐后的"抢购"场面。周瘦鹃本人也珍藏了一份，并时常拿出来翻阅。

在周瘦鹃担任主编之前，《申报·自由谈》中刊登的小说无论是长篇还是短篇，都刊登在一个专栏之中，而周瘦鹃则将长篇小说和短篇小说分别刊登在两个专栏；小说的类别也更为明确，在文章前面都会标注清楚。

周瘦鹃担任主编之前的《申报·自由谈》，版面上广告太多而内容太少，不过那时候的内容所涉及的范围比较广泛，有应时谈、实业谈、风俗谈、旅行谈、科学谈、诗录、歌录等等；而周瘦鹃担任主编之后，《申报·自由谈》中小说占了很大的比例，闲话、杂谈等专栏也大多围绕文人和文章展开，虽然增加了笑林，但是所占比重很小，之前的那些异国风俗介绍、旅游见闻、科学小知识等也都没有了。也就是说，周瘦鹃担任主编之后，《申报·自由谈》的内容虽然比之前有所增加，但是其涵盖的范围也缩小了很多。这一状况直到后来开设了增刊《常识》才有所改变，弥补了之前的不足。

6. 消闲与专研文艺间的过渡之桥——《半月》与《紫罗兰》

1921年1月9日，周瘦鹃又在《申报·自由谈》开辟了一个专栏——"小说特刊"，这一专栏只有周日发行的《申报·自由谈》上才有。"小说特刊"专栏每一期的头条都主要是张舍我对有关短篇小说创作问题的看法。每一期都会对一名外国的小说作家进行简略的介绍，并且在简介边上附上一张该作家的照片，莫泊桑、巴尔扎克、阿瑟·柯南·道尔、大仲马、狄更斯、萧伯纳、高尔基、安徒生、马克·吐温等都有过介绍。

1921年2月13日，《申报·自由谈》的"小说特刊"上刊登了小说周刊《礼拜六》即将复刊的消息，编辑为王钝根与周瘦鹃，并宣称《礼拜六》周刊的内容将会有大规模的改革，"新旧兼备，以小说为主，杂作为辅"。

2月27日，《申报·自由谈》的"小说特刊"专栏中刊登了凤兮的《我国现在之创作小说》，文章内写道："新体之新小说群起，经吾所读自以为不少，而泥吾记忆者，止《狂人日记》，最为难忘。"周瘦鹃选择这类从读者中来的文章，表达了自己对于鲁迅小说的高度评价。除鲁迅之外，"小说特刊"专栏中的文章也赞扬过胡适、冰心、周作人等人。

从8月6日开始,周瘦鹃不再负责《礼拜六》的编辑工作,因为他开始筹备《半月》了,这是他独自创办的刊物。

在周瘦鹃筹备出版《半月》之前,他在《申报·自由谈》"小说特刊"中发表了一篇文章,题目为《说消闲之小说杂志》。周瘦鹃在文中表示,自己曾经听好友程小青说,美国有无数杂志,这些杂志出版的目的就是供人消遣,其中小说最受欢迎,而那些"陈义过高,稍涉沉闷"的,则鲜有人问津。所以市面上常见的杂志书刊往往都是小说杂志,销量也颇为可观,少则数十万本,多则一二百万本;而那些专门研究文艺的杂志只有两三种,销量也一般,只有一些文艺研究者买它们回来当作参考。在英国也是同样,那些名气比较大的小说杂志,也都是供人消遣的;而专门研究文艺的周报《约翰伦敦》却没什么销量,那些买卖英文杂志的书店里也都不备货。周瘦鹃说他曾经遍寻无果,后来终于在一家小书店找到了,可以订阅。店里的人告诉他,这个周报根本没有人买,他们每期只从英国的杂志社定两本,一本是一个英国人要的,一本是他要的。因此,他得出结论:美国人和英国人专门研究文艺的人很少。在周瘦鹃看来,国内也是如此,有一两种专门研究文艺的杂志,而其余也都是消遣用的杂志,内容精致的和粗糙的都有。而周瘦鹃想要做的,是一种处于专门研究文艺和专门用作消遣之间的杂志,也就是杂志《半月》。

虽然不知道《半月》是否能够成功,但是周瘦鹃还是去努力了。将《礼拜六》繁重的工作交给王钝根一个人去做,周瘦鹃心里也很是过意不去,但是他也知道自己精力有限,着实顾不过来。

周瘦鹃依然供稿给《礼拜六》,可是,他的离开还是影响到了杂志的质量,外界也对此事议论纷纷。张友鹤在他的文章《谈谈〈礼拜六〉》中说,《礼拜六》复刊第20期以后的质量"每况愈下"。

9月21日,《半月》的创刊号出版了。《半月》是30开本,这在当时尚属首例,而且封面是三色精印,十分新颖。一时之间,《半月》成了很多杂志模仿的对象。在杂志的设计上,周瘦鹃设立了很多"专号",比如"儿童号""美术号""滑稽号""情人号"等等。杂志内容有很多都涉及个人与社会的问题,而不仅仅只是以休闲娱乐作为追求。

附录二
周瘦鹃小传

周瘦鹃在《半月》杂志中收录了许多短篇小说，它们都十分精彩。比如毕倚虹的《北里婴儿》、包天笑的《甲子絮谈》、何海明的《老琴师》《十丈京尘》等等。这些小说不但质量高，而且还揭露了很多问题，受到了大量读者的喜爱。

《半月》发行之后，销量非常好。周瘦鹃负责所有编辑的事务，而周瘦鹃的哥哥周伯琴负责发行的一切事物，走印刷所接洽印刷，做三色铜版、锌版，帮助周瘦鹃做校对工作，两人异常忙碌。

但是，《半月》发行到第四期，因为资金周转出现问题，周瘦鹃与周伯琴和许多家书局进行了谈判。最终，出版权归了大东书局，周瘦鹃也被聘用为大东书局的编辑。

《半月》的成功让周瘦鹃生出了新的想法。1922年4月，周瘦鹃在《半月》上刊登了他的计划——他打算"办一种个人的小杂志"，并将其定名为《紫兰花片》。

月刊《紫兰花片》由大东书局出资，于6月份发行了创刊号。杂志是64开袖珍本，以桃林纸精印，整本杂志一共28篇文章，都是周瘦鹃一个人创作的，有原创作品，也有翻译作品。不仅如此，文中还请了画家谢之光等人绘制插图。《紫兰花片》出版之后引起了文坛的轰动，为其题咏的文人墨客数不胜数。

《紫兰花片》一共出版了两年，共24期，第1期到第12期的每一期封面都是时尚仕女图，为刊名题签的名人也是每一期换一个；而从第13期开始，一直到第24期，封面所采用的都是画家潘雅声的作品"十二金钗图"。不仅如此，从13期开始，周瘦鹃所采用的开本为横64开，这属首创，而且新的排版也给读者带来了很大的惊喜，在64开这样小的纸面竟然排了三栏，宽窄也大不相同，看起来非常别致。

《紫兰花片》发行后两个月，周瘦鹃的哥哥周伯琴因病去世了。周瘦鹃悲痛万分，他在《半月》上发表了文章《哭阿兄》，并在文章中对兄长的一生进行了回顾，说起了创办《半月》时期的情形。

那时候，周伯琴不仅要管理发行事务和广告宣传，还要帮助周瘦鹃校对，两人常常"一灯相对"，忙到半夜。虽然辛苦，但是有兄长在身边陪着，周瘦鹃觉得"自有一种甜蜜的乐趣"。而现在，周瘦鹃想让兄长继续与他一起对《半月》进行改良，兄长却离开了人世。

我是一个爱美成嗜的人

《半月》创刊一年之后,周瘦鹃开辟了专栏"半月谈话会"。周瘦鹃的这个谈话栏目与其他通俗文学杂志中的谈话栏目有着很大的不同,它类似于一个聊天室,但是又远离新旧文学之争。

1925 年 11 月 16 日的《半月》上发表了周瘦鹃的《紫罗兰庵困病记》。周瘦鹃在这篇文章中描写了他肠胃病发作时发生的一些事情:稿子无法发出去,工作也乱了套,但是他也感受到了家人和朋友对他的关怀。周瘦鹃还在文中记录了自己某一天的活动行程,从中可以看出他日常生活的节奏如何,也能够得知他平日里究竟有多忙。

就这样,时间很快到了 12 月。大东书局方面认为"半月"这个名字已经用了 4 年,时间太久会让人失去新鲜感,再加上周瘦鹃也认为改名以及改版能够体现出刊物的创新,于是《半月》更名为《紫罗兰》,为半月刊。周瘦鹃在《半月》改名为《紫罗兰》时,向读者们表示《紫罗兰》会"颇思别出机杼"。

《紫罗兰》的版式为 20 开本,是中国第一本方形杂志,排版方式也力求新颖美观,插图很多,有仕女画,也有其他类型的插画,"图画与文字并重,以期尽美"。这种方式效仿的是欧美的杂志,在中国的杂志之中还没有出现过类似的。

果然,《紫罗兰》一经出版便受到了广大读者的欢迎。

1928 年 1 月,《紫罗兰》再次进行了改版革新,在封面上加了一处镂空,作"漏窗式",扉页则印有一幅精致的彩色时装仕女图,仕女图边上配有诗词,文字与图画相映成趣。读者拿到杂志的时候,只能先通过封面上的"漏窗"看到扉页画的一小部分,只有将封面翻开才能窥得扉页全貌,"真所谓'画里真真,呼之欲出'",十分标新立异。也正是由于周瘦鹃这样求新的精神,杂志的销量一路上涨。

虽然从本质上而言,《紫罗兰》是由《半月》演变而来的,但是无论是从编辑理念上来看,还是从形式上来看,两者都有很大差别。相对《半月》而言,《紫罗兰》的风格更加多元化,内涵也更为丰富,刊登的作品也从原本偏鸳鸯蝴蝶派的风格转为现代风格。

1930 年 6 月,半月刊《紫罗兰》出刊满 4 年之后,改为月刊《新家庭》。

同年,大东书局将周瘦鹃、包天笑等人曾经在《紫罗兰》上发表过的小说汇编成《名家说集》,每人一册,共 16 册,周瘦鹃的那一本名为《瘦鹃说集》。

7. 与《上海画报》的一段缘

1925 年 6 月 6 日，毕倚虹担任主编的三日刊《上海画报》创刊。毕倚虹邀请了周瘦鹃担任《上海画报》的主要撰稿人，基本上每一期都会有一篇周瘦鹃的文章。

毕倚虹 7 月份的时候得了重病，无法正常工作，于是拜托周瘦鹃来代理编务。

1926 年 5 月 10 日，周瘦鹃在《上海画报》上发表了一篇名为《娶寡妇为妻的大人物》的文章，他在文章中表达了自己对"节烈"一事的看法。早期周瘦鹃抱有妇女应当"从一而终"的想法，但这时的他显然已经转变了这种思想。周瘦鹃在文中表示，在中国很忌讳娶寡妇当妻子，但是在欧美国家却很常见，而且不仅仅是普通人，就连欧美名人当中也有很多娶寡妇为妻的。周瘦鹃在他的这篇文章之中列举了美国和英国的大人物的事例，并表示，就是因为人们脑子有对"不可娶寡妇的成见"，而寡妇自己也有"不可再嫁的宗旨"，因此很多原本能够再嫁的寡妇"成了废物"，有的则做出了不好行为，让自己的名誉受到了损坏。周瘦鹃认为，既然如此，不如让她们光明正大地改嫁，并且也要对男子娶寡妇一事进行提倡。

5 月 15 日，毕倚虹因病去世。由于周瘦鹃常常帮助生病的毕倚虹编发《上海画报》的稿件，毕倚虹便在临终前将《上海画报》的主编一职交到了周瘦鹃的手中，并在周瘦鹃答应了他之后感叹"后继有人矣"。周瘦鹃在《上海画报》担任主编一直到第 431 期，之后才将主编一职移交给了编辑钱芥尘。

《上海画报》创刊一周年这天，周瘦鹃在《上海画报》上发表了文章《去年今日》，以此追忆《上海画报》的创始人——他的好友毕倚虹。

1927 年 12 月 18 日晚上，周瘦鹃和周新芳、欧阳予倩几位朋友在田汉的邀请下一起去看了田汉担任编剧的剧目《名优之死》。三天后，他在《上海画报》上发表了一篇名为《颇可纪念的一天》的文章来夸赞《名优之死》的剧本和演出。

1928 年 2 月，周瘦鹃写了《〈美人关〉之回忆》，对他的作品《爱之花》改编成戏剧和电影的过程进行了回忆。他在文中提到，郑正秋曾经告诉他，当初汪优游和王无恐曾演出过已经改名为《儿女英雄》的《爱之花》，演出地点是汉中，该剧"颇得鄂中人欢迎"。但是郑正秋却没有告诉他演出的时间。后来郑正秋又告诉他，"《爱之花》已改编为电影剧本"，而且改名为《美人关》。周瘦鹃在文中提到，他在《美人关》上映之时，曾经带着妻子胡凤君一同前往观看，在看完之后，他认为自己之前的剧本即便是毁掉也无妨了，因为"此片固有永久存在之价值也"。

3月份，周瘦鹃在《上海画报》上发表了名为《记许杨之婚》的文章，文中说起了前段时间许杨宴请证婚人胡适时，他在宴会上与胡适之间的一些谈话。

10月27日，周瘦鹃在《上海画报》上发表了《胡适之先生谈片》一文，文章讲述的是前几日周瘦鹃于寓所访问胡适之时两人的谈话内容。两人在谈话中交流了各自的翻译经验，还讨论了有关于直译的问题。

1929年1月，周瘦鹃在《上海画报》上发表了题为《几句告别的话》的文章，以此来发泄自己心中的情绪。他在文章中提到，自己这些年来拼命地工作，但是得来的报酬却被贪得无厌的亲戚们拿走了大半，他只能继续拼命工作来养活除了自己家人之外的这些亲戚；他说他是个"文字上的公仆"，每天都要审无数篇文稿，看无数封信，又因为朋友太多需要顾及感情，再累也不能懈怠，不能敷衍，不然就会受到各种责备与谩骂；即使是经常交往的朋友之间也会发生误会，有时候他已经尽了自己最大的努力，但还是无法让朋友满意。

周瘦鹃这十几年来，一直在超负荷工作，日积月累的劳累和亲戚朋友施加给他的压力让他感到心力交瘁，甚至已经觉得这是自己无法再继续承担的沉重负担了。他在文章中说自己"好好先生做到这个地步，可已做到山穷水尽的地步了"。说起自己最近一年的编辑工作，周瘦鹃觉得有些痛苦，他说："谁有了气，都是向我来发泄；而我自己有了气，只能向肚子里咽，无可发泄。"在这篇类似于发泄一般的文章中，周瘦鹃透露出了自己想要退隐的念头。

8. 在《申报》的新工作——《申报·春秋》

1931年，周瘦鹃在苏州买了一套宅院，取名"紫兰小筑"，并在1932年举家搬到苏州。平日里，周瘦鹃就在家里研究盆景园艺，培植花草树木，每周抽出两天的时间去上海处理工作上的事务。

附录二

周瘦鹃小传

1932年11月底,《申报·自由谈》编辑部刊登了一则启事,称从下个月起,《申报·自由谈》会进行一次革新,不再接受外部投稿。

12月1日,黎烈文担任了《申报·自由谈》主编。黎烈文只有28岁,曾经在法国和日本留过学。他担任主编之后,对《申报·自由谈》进行了大胆的革新,邀请了很多人撰稿,《申报·自由谈》在社会上变得非常引人注目。显然,《申报》的老板史量才是个很有想法的人,他知道如果想要周瘦鹃在思想上有大的转变不太可能,也不太合适。但是黎烈文不一样,他刚从法国留学回来,思想紧跟这个时代,而且史家和黎家是世代故交,以史量才对黎烈文的了解,将《申报·自由谈》交给他是最合适的。

在《申报·自由谈》担任了十二年零七个月主编的周瘦鹃,就这样结束了他的主编工作。最初他还会去看看稿件,后来就什么都不管了,他待在总经理室里,"露骨表示了倦勤之意"。

一看周瘦鹃有想要离开《申报》的意思,史量才急忙挽留。史量才虽然要使《申报》跟得上时代潮流,但是他也不会将最广大的市民读者抛之脑后,而且周瘦鹃的能力他很清楚。于是,他另外开辟了新的副刊《申报·春秋》,让周瘦鹃和黎烈文"各显神通"。

周瘦鹃在担任了《申报·春秋》的主编之后,常以史量才的那句"各显神通"来勉励自己,使出浑身解数来与《申报·自由谈》竞争。周瘦鹃不断地美化版面,还在版底开辟了一个新的专栏,各种专题的文章轮流刊登在这个专栏之中。有"小常识""新漫画""笑的总动员""儿童的乐园""游于艺"等等,共分了十个门类;除此之外,周瘦鹃每周都会在版末加上一个"小春秋周刊","小春秋周刊"每一期所选用的都是一些字数在几十到一二百之间的小品,宛如一个迷你版的《申报·春秋》,十分有趣;不仅如此,周瘦鹃还将同一类型的文章汇总,不定期出专页,比如"炎夏风光""夜""农村专号""菊与蟹""学校生活"等等,时刻保持着读者的新鲜感,引起他们的兴趣。

虽然周瘦鹃在不断努力,希望使《申报·春秋》办得更好,以此来与黎烈文的《申报·自由谈》进行竞争,但是事实上,这两份刊物的读者并不太相同,或许当时的周瘦鹃还没有看明白这一点。

1934年1月7日,周瘦鹃为《申报·春秋》开辟了新的周刊《儿童》,每逢周日出版。之所以会出版这样的周刊,是因为在周瘦鹃看来,儿童代表着未来的希望。他希望儿童能够富有朝气,不断前进,为祖国不断贡献自己的力量。周瘦鹃在《申报·春秋》上刊载过不少人的作品,比如张恨水的《小西天》《换巢鸾凤》、秦瘦鸥翻译的《御香缥缈录》(德龄公主原著)、包天笑的《雨过天晴》等等。而他自己在《申报·春秋》上发表的文章也有很多,比如在1935年7月,为了纪念自己的好友郑正秋——这位中国电影事业的开拓者,他发表了一篇名为《悼念郑正秋先生》的文章,还有他的新诗《平津哀歌》等等。

8月14日,《申报·春秋》停刊。

因为战争的到来,周瘦鹃带着全家人一起逃难到了浙江湖州的南得镇,程小青以及东吴大学的几位教授与他一路同行,一行人在这里住了三个月。后来由于形势紧迫,他们又搬到了安徽黟县的南屏村。

9. 盆景艺术大师与中西莳花会的恩怨情仇

1934年,周瘦鹃和朱樨园等人在苏州成立了一个专门研究盆景园艺的小团体——含英社。

周瘦鹃对花草的喜爱可以说到了一种痴迷的程度,尤其是他搬到故乡苏州之后,对花草的热爱程度更加深了。以往的辛劳工作和纷乱的社会环境,让他疲惫不堪,只有沉浸在花草树木中,他才会感到心绪平静,身体似乎也在这些生机勃勃的花草的影响之下变得更加健康了。

周瘦鹃的朋友蒋保厘对周瘦鹃的盆栽很是赞赏,他希望周瘦鹃能够加入上海中西莳花会,这样就能够在春秋两个季节参加展出,将中国的园艺之美展示给全世界。周瘦鹃之前也常常去中西莳花会观看展出,但是因为没有门路,他没有加入中西莳花会。因此,面对蒋保厘的邀请,周瘦鹃很开心地应了下来。蒋保厘是上海中西莳花会的会员,在他的几位同为中西莳花会会员的朋友介绍之下,周瘦鹃成了上海中西莳花会的会员。

1939年5月22日,上海中西莳花会第63届春季年会举行,场地在跑马厅。周瘦鹃第一次参加中西莳花会的展出评比,他带去了大小盆景共二十二件,收到了无数西方人的赞美,这让周瘦鹃感到十分兴奋。当时很多人还以为这些盆景是

附录二
周瘦鹃小传

日本人的作品，但是在周瘦鹃"挺身而出，说明自己是中国人后"，这些人立刻跟周瘦鹃道歉。展会结束之后，周瘦鹃的盆景获得了第二名的成绩。

时间很快到了11月，上海中西莳花会第52届秋季年会在23日和24日举行，场地仍旧是跑马厅。这次，周瘦鹃拿到了全会总锦标——英国彼得·葛兰爵士大银杯。

年会举行的这两天一直在下雨，但是观众却丝毫不见减少。周瘦鹃获奖的消息也传到了亲朋好友的耳朵里，他们纷纷赶来向他道贺，就连周瘦鹃那70岁的母亲也非常高兴，她带着周瘦鹃的夫人胡凤君冒雨前来参观。周瘦鹃也在高兴之余作七绝四首。

第二年5月，上海中西莳花会举办了第64届春季年会。此次周瘦鹃参与展出的盆景和水石共三十件，分成了三大桌，吸引了无数中西观众的目光。评比的结果也出乎周瘦鹃的意料：他蝉联了彼得·葛兰爵士大银杯总锦标！此外，中西莳花会的秘书寇尔先生也将周瘦鹃上次获奖应得的银奖杯带给了他。周瘦鹃将奖杯珍藏在了他的书房紫罗兰庵之中，并又作七绝四首，以表达自己的欢喜之情。

很快又到了秋天，上海中西莳花会举办了第53届秋季年会。周瘦鹃还想继续保持总锦标，所以对这次参与展出的作品格外上心，早早就开始筹备了。他对此次参与评比的作品非常满意，原以为可以"连中三元"，但是没想到这次评判员却只给了他一个二等奖，总锦标给了沙逊爵士。中西莳花会的许多老观众和中国观众纷纷为周瘦鹃鸣不平，甚至有几个西方的观众跟周瘦鹃说："我给你总锦标！"

好友们都过来劝周瘦鹃不要灰心，就连中西莳花会的秘书寇尔先生也过来安慰他。

周瘦鹃知道这场评比是不公正的，他也知道那两位西籍的评判员不会让中国会员"连中三元"。中西莳花会的中国会员本来就少，只有不到十个人，而此次参与展出的中国会员就只有周瘦鹃和孔志清。周瘦鹃连续参加了四届中西莳花会的年会，将中国的园艺展示给了这些来自西方的人士，总算是吸引他们注意到了中国园艺。经过这次的事情，周瘦鹃表示，希望能让拥有实力的人来组织一个只有中国人参加的莳花会，力求发展中国的园艺事业。

1941年春天，周瘦鹃开设了"香雪园"，地点位于上海王家库静安寺的路口。他在香雪园展出了那些经过了他精心制作的盆景，还有细心培育的花草。

此外，他还在香雪园设了茶座，为前来参观的观众提供了休息的场所。周瘦鹃的这一行动促进了中国园艺的交流和发展，也是他在以自己的实际行动来与中西莳花会相抗衡。

10. 抱着乐观，乐观光明之来临

1941年春天，上海九福制药公司聘请周瘦鹃为其筹备出版杂志《乐观》。

《乐观》月刊创刊号于5月1日出版，到1942年停刊为止，共出版了十二期。

《乐观》的创刊号的《发刊词》为周瘦鹃所作，他在其中写道："我因爱美之故，所以对这呱呱落地的《乐观》也力求其美化，一方面原要取悦读者，一方面也聊以自娱。"不仅如此，从《发刊词》中，也能看出周瘦鹃本身的性格和他这段时间的心态变化。"我是一个爱美成癖的人，宇宙间一切自然之美，或人为的美，简直无所不爱……一阵阵的血雨腥风，一重重的愁云惨雾，把那一切美景美感全都破坏了……有些乐观的朋友都笑我无病呻吟，而以乐观为劝；可是悲观者终于悲观，无论人家怎样劝慰，总觉得塌天踏地，无从乐观起来。"

这些内容从侧面反映出了当时的背景以及通俗文学作家普遍的心态。当时的社会动荡不安，多为职业作家的通俗文学作家只有在一个安定的环境下写作，才能谋生。但是在当时的环境下，他们的处境变得十分艰难，不得不四处躲避现实所带来的矛盾。他们不像新文学作家那样去抗争，只是采取一种避世的态度。有些人干脆从此封笔不再写作，有些人就写一些显得比较乐观的文字来颐养性情、取悦读者。周瘦鹃就是后者，他虽然也是采取了避世的态度，但是他期望大家"排除悲观，走向乐观之路，抱着乐观，乐观光明之来临。"

《乐观》为小32开本，看起来比一般的32开本狭小，形式上也力求美观，封面印有一幅明星的彩照，这本杂志是中国最早使用电影明星照片作为封面的杂志。为了吸引更多的读者，每一期的《乐观》都有"乐观小画报"和"儿童寓意画"。"乐观小画报"显然是周瘦鹃办刊固有的套路，以优美的风景照搭配电影明星照片，再配上合适的文字和评论，给人以美的享受，十分吸引读者；而"儿童寓意画"则是一些动物故事的漫画，能够吸引许多的儿童读者。从整体内容而言，《乐观》还是秉承了周瘦鹃一贯的办刊风格与办刊模式，并没有太大创新。

在《乐观》当中，最常见的两种文章题材是散文随笔和小说。散文随笔都是一些读起来比较"乐观"的文字，比如滑稽小品、游记、科学趣闻等等；而小说的宗旨也是"乐观"，小说的作者也都是与周瘦鹃类似的通俗文学作家，从内容上来说，这些小说都是写日常生活以及人和人之间的悲欢离合，而不去涉及现实的问题和价值观念。

20世纪40年代，女性作家崛起，周瘦鹃敏锐地发现了这一点。于是，周瘦鹃在《乐观》出到第10期的时候，开辟了一个新的专栏——"女性创作选"。这一专栏为女性作家作品的发表提供了一个小天地，其中有几篇十分优秀的作品就是出自几个年轻女作家之手。

1942年1月爆发了战争，当时物质条件十分匮乏，《乐观》勉强支撑了一段时间，但是还是在4月份的时候宣布停刊了。

11.《紫罗兰》的回归

在《乐观》停刊一年之后，上海银星广告社邀请周瘦鹃编一本以通俗小说为主的杂志。上海银星广告社的总经理对于十几年前的《紫罗兰》印象深刻，加之平日里喜爱文学，后来经过别人的介绍，他才见到了周瘦鹃，这才有了使《紫罗兰》得以"复活"的机会。

就这样，《紫罗兰》复刊了。周瘦鹃以前主编的半月刊《紫罗兰》深受读者们的喜欢，这次便沿用了之前的名字。但是由于发行机构和发行人均与之前的《紫罗兰》不同，为了不与之前的混淆，人们多称之为"《紫罗兰》（后）"。

可以说《紫罗兰》（后）在当时能够代表"唯美主义"这一类型的刊物，并且以其广泛的影响力和鲜明的特色在当时的文学界占据着一席之地。

1943年4月1日，月刊《紫罗兰》（后）创刊号出版了。周瘦鹃在《写在紫罗兰前头》中就指明了《紫罗兰》（后）的办刊特点：这是一本语体与文言齐收、科学与文学相结合、小说与散文并重的综合性刊物。

《紫罗兰》（后）完全是由私人创办，所以选稿并不受当时形势的影响，与十几年前的《紫罗兰》相比，《紫罗兰》（后）在编辑理念上并没有太大的改变，但是在内容形势上却有了很大的改变。《紫罗兰》（后）的封面不再像《紫罗兰》

那样选用女子的图像,而是选用各种不同的花,有时候是紫罗兰,有时候是牵牛花,有时候是荷花,再配上题签,十分相得益彰。除此之外,《紫罗兰》(后)的插图位置也从《紫罗兰》时的前几页,换到了中间页,并且还设置了"紫罗兰小画报"来专门放置这些精美的插图,每一幅插图也都配有精巧的文字。

《紫罗兰》(后)主要包括三个部分,一是"专页",二是"万宝全书",三是"长篇小说"。不过,专页从第12期开始就被"紫兰花片"这一栏目取代了。《紫罗兰》(后)毕竟是以通俗文学为主的杂志,因此其中占据主要位置的还是文学作品。这些文学作品分布在"专页"或者是"长篇小说"上,而那些极为少量的科学知识则是位于"万宝全书"。

"专页"可以说是《紫罗兰》(后)当中最重要的一个栏目。杂志前12期,每一期"专页"的主题都不相同,有"春""小天使""母亲""夏""南岛风光""社会群像""秋""恋""美与健""冬""游于艺""夫妇之道"。这些主题表面上看起来都是一些闲暇时间的日常琐碎事,但是实际上都经过了周瘦鹃精心的规划,从中也能够看出他始终贯穿于其中的理念,比如"社会群像"以《职业妇女群》等文章来体现当时的妇女形象,"夫妇之道"是为了体现家庭和谐,"美与健"是呼吁女性研究健身之道,"游于艺"是关注传统文化。这些都足以体现出周瘦鹃对现实生活的关注,也体现出他提倡人们积极向上,热爱生活的思想。

为《紫罗兰》(后)撰稿的作家有两类。一类是周瘦鹃的老朋友们,比如范烟桥、程小青、秦瘦鸥、徐碧波、胡山源等等,他们是通俗文学作家。

胡山源的《龙女》和程小青的《龙虎斗》都刊登在《紫罗兰》(后)上,秦瘦鸥的《秋海棠》也是从《紫罗兰》(后)创刊号上开始连载的,一直到《紫罗兰》(后)第12期,《秋海棠》才连载结束。

秦瘦鸥的《秋海棠》是他唯一的一部中篇小说,小说一经发表就引起了很多电影界和戏剧界人士的关注。电影剧本由佐临、顾仲彝、费穆改编,导演是马徐维邦,不过电影的拍摄和制作需要时间,在电影上映之前,上海艺术剧团首先进行了剧目演出。演出获得了巨大的成功,整个上海为之轰动,演出场场爆满,一时之间,整个上海无人不知《秋海棠》。

周瘦鹃自然是十分兴奋,他感到"与有荣焉",可惜他实在是太忙了,直到剧目开演了一个月,他才有时间带着全家人去观看演出。周瘦鹃的朋友们倒

附录二
周瘦鹃小传

是都早早看了演出,他们都说剧情太过悲伤,即使是铁石心肠也会忍不住落泪;周瘦鹃的孩子们也在看完演出之后,希望他能够将秋海棠救活。

在孩子们一再的怂恿之下,周瘦鹃决定写《新秋海棠》。当然,这不仅仅是因为孩子们的要求,《紫罗兰》的复刊也给了他勇气。

还有一类则是一些写新文艺作品的年轻作家,其中有很多是女性,比如张爱玲、蔡炎炎、吴频子、汤雪华、陈元宁等等。《紫罗兰》(后)上刊登的年轻女性作家的作品屡见不鲜,每一期上都有,而且第5期上几乎全都是来自女性作家的作品。周瘦鹃曾经在《写在紫罗兰前头》中写道:"近来女作家人才辈出,正不输于男作家,她们的一只妙笔,真会生一朵朵花朵儿来,自大可不必再去描龙绣凤了。"

这些年轻的女作家大多都是学生,还有一些是刚刚走出校门不久的职业女性或家庭主妇。她们基本都受过高等教育,题材也有着一致性,风格往往细腻、唯美。她们追求纯洁的情感,拒接世俗,在当时的文坛显得别具特色。

张爱玲的《沉香屑》最初就是发表在《紫罗兰》(后)上。周瘦鹃在第2期就推出了《沉香屑·第一炉香》,并将张爱玲与他见面的情形在《写在紫罗兰前头》中进行了详细的介绍。之后,周瘦鹃又在《紫罗兰》(后)上刊登了《沉香屑·第二炉香》。

8月,周瘦鹃出席了《申报》为招待山田谦吉和上野巍(来自日本出版界)而举办的招待会。周瘦鹃在《紫罗兰》(后)第5期上的《写在紫罗兰前头》中对此事进行了详细的描述。

招待会上,周瘦鹃在主持人的要求下进行了发言。周瘦鹃提出,日本出版的书籍刊物常常使用"支那"来称呼中国,这其中含有轻视的意味"今天特地请教于代表日本出版界的两位先生"。但是,山田谦吉和上野巍对此却并没有回答,只是笑了笑。周瘦鹃见此,便说"希望两先生回国后,向出版界转达此意,愿'支那'二字,从此不再见于日本的出版物中"。

1944年5月,周瘦鹃的《爱的供状——附〈记得词〉一百首》开始在《紫罗兰》(后)上连载,从第13期开始,一直到第17期连载结束。周瘦鹃在《爱的供状》中回忆了自己和周吟萍的这场有始无终的恋爱,感动了许多读者,他们纷纷写信到出版社。于是,周瘦鹃便摘录了其中一部分来自读者的反馈,发

我是一个爱美成嗜的人

表在了《紫罗兰》(后)的第 16 期和第 17 期上。

1945 年，物价飞速上涨，纸张也变得异常昂贵，周瘦鹃等人的资本不多，"一向是买一期纸出一期的"，最后实在无法，《紫罗兰》(后)只得在 3 月份的时候宣布停刊。至此，《紫罗兰》(后)一共出版了 18 期。

12. 花光树影中的晚年时光

1946 年 1 月，52 岁的周瘦鹃携全家搬回苏州，回到已经残破不堪的紫兰小筑，此时的他已经生出了退隐之心。

4 月，夫人胡凤君病情加重，周瘦鹃每天都焦虑万分，但是胡凤君还是在月末的时候去世了。周瘦鹃非常难过，写了《凤媵痛语》与三十首《罗敷媚》词悼念胡凤君。

12 月，周瘦鹃在苏州的孔雀厅举行了他人生中的第二次婚礼，新娘是俞文英。

1945 年，银都广告社的杂志《乐观》复刊，但只出了一期就再次停刊了。

年代纷乱，周瘦鹃在之后的几年里几乎没有再出去工作，只在家中摆弄他的那些花花草草。物价一日一日地涨，为了维持全家人的生计，周瘦鹃甚至还摆摊卖过自家园子里培植的花木。

1949 年春天，已经在《申报》工作了整整 30 年的周瘦鹃辞去了《申报》的工作，专心在家里研究盆景园艺。第二年秋天，56 岁的他参加了苏州的盆景展览，参观者对其盆景赞不绝口，之后常常有人来访紫兰小筑，向周瘦鹃请教和交流盆景园艺的问题，于是周瘦鹃干脆开放了紫兰小筑，欢迎人们前来参观交流。与此同时，周瘦鹃还准备了《嘉宾题名录》，请来访者在上面签名留念。

周瘦鹃的晚年生活都在紫兰小筑中度过的，他将自己的全部感情都注入这些花木之中，制作盆景的水平也越来越高，其艺术境界也显得愈发精妙。渐渐的，他在园艺方面的名气甚至盖过了他在文坛的名气，无数人慕名而来，国内国外的都有，只为一睹他的园圃盆栽。

也正因为周瘦鹃在园艺方面的造诣水平极高，所以他被任命为苏州园林管理处副主任，并于 1953 年开始对苏州园林进行修缮，其中有拙政园、狮子林、沧浪亭、留园、网师园等等。在此之后,周瘦鹃还参与了寒山寺的设计修缮。周瘦鹃在苏州园林方面的成绩令人刮目相看,于是北京市园林局也邀请他前往北京"传经送宝",指导北京园林的工作。

  周瘦鹃的盆景作品千变万化,它们虽有人工修饰的痕迹,但是其天然野趣却从不丧失;它们自然而又生动,极具诗情画意,就像是一幅立体的画,一首无声的诗。1958 年的夏天,上海科学教育电影制片厂的工作人员来到紫兰小筑,他们拍摄了一部名为《盆景》的彩色科教片,这部科教片的内容就是周瘦鹃的盆景艺术。片长只有 20 多分钟,但是足以将周瘦鹃的盆景展现在广大群众们眼前。后来,周瘦鹃还在辽宁省兴城县召开的全国花卉科学技术会议上看到了这部科教片,这使他感到欣喜万分。

  1963 年的春节,周瘦鹃根据小说《红岩》制作的大型盆景在苏州园林举办的盆景展览展出,园艺界人士和普通参观群众纷纷对此称赞不已。四个月之后,中央人民广播电台就盆景园艺问题参访了周瘦鹃,并对采访录音进行了翻译,在对外广播节目当中播出。

  之后,周瘦鹃又受到广州市文化公园的邀请,与苏州市园林处一起在广州文化公园举办了"苏州盆景展览",其中仅周瘦鹃个人作品就多达上百件。展览受到了广州群众的热情欢迎,广东电视台对这一盛况进行了拍摄,并制作成了专题节目播出。

  除了制作盆景、摆弄满园子的花花草草,周瘦鹃有时候也会和朋友聚一聚。70 岁的时候,他还与田汉一同去苏州郊区的邓尉赏梅,也与几个朋友一起组成学习小组,每个周六的下午聚在紫兰小筑里面学习,生日时则与一群老朋友在酒楼聚会庆祝。

  晚年的周瘦鹃陆陆续续写了一些文章,文章多为散文,内容也都是园艺方面为主,也有一些他跟随考察团去各地考查的情况。除此之外,他还出版了几本作品集,如江苏人民出版社出版的散文小品集《花前续记》、上海文化出版社出版的散文集《盆栽趣味》、江苏人民出版社出版的散文游记集《行云集》等等。

  后来,因为一些不可抗力的原因,周瘦鹃一生积攒的宝贵书籍资料都被付之一炬,他的收藏品、获得的奖杯、精心制作的盆景也都毁于一旦,心灰意冷的周瘦鹃在 1968 年 8 月 12 日的深夜结束了自己的生命。

名人与周瘦鹃

1. 鲁迅与周瘦鹃

周瘦鹃的翻译作品《欧美名家短篇小说丛刊》中收录的五十篇作品是由四十七位来自不同国家的作家写就的。这些国家不仅包括英国、美国、德国、法国、意大利等发达国家,还有一些相对比较弱小的国家。其中,高尔基的作品更是第一次在国内得到翻译。

1917年夏天,《欧美名家短篇小说丛刊》被中华书局送往教育部进行审定和登记,那时担任社会教育司科长的正是鲁迅,这套书得到了鲁迅的高度赞赏。

同年11月30日,《教育公报》第4年第15期上刊登出了一段对《欧美名家短篇小说丛刊》的300多字的评语,称"复核是书,搜讨之勤,选择之善,信如原评所云。足为近年译事之光。似宜给奖,以示模范。"

1919年,中华书局转交给周瘦鹃一张奖状,上面写着"兹审核得中华书局出版周瘦鹃所译之《欧美名家短篇小说丛刊》三册,与奖励小说章程第三条相合,应给予乙种褒状,经本会呈奉教育部核准,特行发给,以资鼓励。"奖状颁发的日期是1917年,时间已经过去两年了,公开获奖一事意义并不大,于是周瘦鹃便将奖状收了起来,也并未将此事张扬出去。

1950年,周瘦鹃才通过周作人(当时以鹤声为名)的文章《鲁迅与周瘦鹃》得知了事情真相——当年那几百字的未曾署名的评语居然是出自鲁迅之

附录三
名人与周瘦鹃

手！周作人在文中写道："因为周君所译的'欧美小说译丛'三册，由出版书店送往教育部审定登记，批复甚为赞许，其时鲁迅在社会教育司任科长，这事就是他所办的。批语当初见过，已记不清了，大意对于周君采译英美以外的大陆作家的小说一点最为称赏。只是可惜不多，那时大概是民国六年夏天，《域外小说集》早已失败，不意在此中看出类似的倾向，当不胜有空谷足音之感吧。鲁迅原来很希望他继续译下去，给新文学增加些力量，不知怎的，后来周君不再见有著作出来了。"

六年之后，周作人（以周遐寿为名）在《文汇报·笔会》上发表文章《鲁迅与清末文坛》，再次提到了此事："总之他对于其时上海文坛的不重视乃是事实，虽然个别有例外，有如周瘦鹃，便相当尊重，因为所译的《欧美小说丛刊》三册中，有一册是专收美、英、法以外各国的作品的。这书在1917年出版，由中华书局送呈教育部审查注册，发到鲁迅手里去审查，他看了大为惊异，认为'空谷足音'，带回会馆来，同我会拟了一条称赞的评语，用部的名义发表出去。"

一周之后，周瘦鹃也写了文章，名为《永恒的知己之感追念我所敬爱的鲁迅先生·笔会》，同样发表在《文汇报》上。他在文中写道："我才知道鲁迅先生和我有这么一段因缘，不由得感激涕零，深深地引起了知己之感。"

在此之后，已经退出文坛，在家中侍弄他的那些"花花草草"的周瘦鹃陆陆续续写了几篇文章，并在文中提及此事。

2. 胡适与周瘦鹃

1928年3月的一次宴会上，周瘦鹃遇到了胡适，两人就翻译问题进行了愉快的交谈。周瘦鹃曾经在《记许杨之婚》一文中提及了两人的对话，并称"胡适博士健于谈，语多风趣"。

当时，周瘦鹃的《欧美名家短篇小说丛刊》再版后改名为《欧美名家短篇小说丛刻》刚刚再版，里面有多篇小说在翻译之时使用的是白话文，而且十分流畅，胡适也曾读过，并称赞他此书翻译得不错。而周瘦鹃也向胡适表达了自己对他的敬佩，并谈及胡适在1906年到1909年之间编写的《竞业旬报》（白话文报），称其文章在那时就已经"斐然可诵"了。

周瘦鹃和胡适相谈甚欢，但是在宴会上，两人"欢谈未畅，重申后约"。

10月，周瘦鹃来到了胡适居住的公寓，两人在书房进行了两个小时的交谈。这次的交谈可以说是对胡适的一个专访，交谈的内容在《胡适之先生谈片》一文中有详细的叙述。

在两人谈论到对文学作品的翻译之时，胡适将一本《新月》杂志从书架上抽出，并将它送给了周瘦鹃，周瘦鹃道谢接过。胡适告诉他，《新月》中的《戒酒》就是他今年刚翻译的作品，原著是美国作家欧·亨利。

周瘦鹃粗略一看，问胡适："先生译作，可是很忠实的直译的吗？"

胡适回答道："能直译时当然直译，倘有译出来使人不明白的语句，那就不妨删去。即如这《戒酒》篇中，我也删去几句。"他一边说着一边拿出了一本欧·亨利的原著给周瘦鹃看，胡适指着文章的开头给周瘦鹃，并告诉他文章开头的这几句是美国的土话，翻译起来内容多且吃力，而且大家也看不懂，因此他就取其大意，将这些并作了一句。

周瘦鹃点点头说："我很喜欢先生所译的作品，往往是明明白白的。"

"译作当然以明白为妙。"胡适还告诉周瘦鹃，他每次翻译完一篇小说，都会读给自己的妻子和孩子听，如果他的妻子和孩子都能听明白，那么其他读到这篇翻译作品的人也会读得明白。

之后，胡适询问了周瘦鹃最近在做的工作。周瘦鹃告诉胡适，他最近正在整理这些年自己翻译的短篇小说，"共80多篇，包括20多国，预备凑成100篇，汇成一编"。听闻此言，胡适赞叹道："这样很好。功夫着实不小啊！"周瘦鹃忙表示，等书汇成以后，还要请胡适指点一二。这套书就是后来在1947年由上海大东书局出版的四册《世界名家短篇小说全集》。

周瘦鹃与胡适的第二次谈话对于翻译的技巧进行了深入的交流，尤其是在直译这个问题上进行了讨论。周瘦鹃翻译《欧美名家短篇小说丛刊》时常用的方式是意译，这种意译的方式其实是中国翻译界早期的一种"弊端"，但当时的许多翻译者都对此种方式表示认同，甚至是对意译的方式进行倡导。不过，1918年以后，周瘦鹃采取直译的方式翻译的作品逐渐增多，而周瘦鹃与胡适交谈所得来的经验，更是能够作为他在翻译作品时候的借鉴。

3. 张爱玲与周瘦鹃

周瘦鹃蜚声文坛之时，张爱玲才初出茅庐。

张爱玲比周瘦鹃小 25 岁，她曾经受到过周瘦鹃的扶持——她的两篇小说在周瘦鹃的杂志《紫罗兰》上发表过，也正是因为这两篇文章，张爱玲才走入大众的视线。

通常情况下，张爱玲和周瘦鹃的关系应该不错，但是张爱玲却对他很不满，不仅不再投稿，更是连正常的往来都断绝了，而且后来还在自传小说上说周瘦鹃"不激赏她的文字"。这是为何呢？

1949 年刚刚开春之际，23 岁的张爱玲在一个下午来到了周瘦鹃的家里，给张爱玲开门的是周瑛——周瘦鹃的小女儿。女儿将张爱玲领进门之后，立刻跑上楼，告诉正在书房里"望着案头宣德炉中烧着的一枝紫罗兰香袅起的一缕青烟出神"的父亲，有一位姓张的女士正在楼下，并递给他一个大大的信封。周瘦鹃接过来拆开，原来是好友黄岳渊介绍来的一个青年女作家，想要和他谈谈一些关于小说的问题。

于是周瘦鹃立刻跟着女儿一起下楼来见张爱玲。张爱玲看到周瘦鹃下楼，向他鞠躬致意，周瘦鹃答过了礼之后，招呼张爱玲坐下。两人落座之后开始交谈，张爱玲告诉周瘦鹃，她现在正在香港大学读书，原本一年之后就能够毕业了，但是因为战事，她不得不回到上海，与姑姑住在一起。她还告诉周瘦鹃，现在她专职写作，写的英文作品居多，比如给英文《泰晤士报》写过影评和剧评，还写过文章给英文杂志《二十世纪》等等。但她中文作品写得很少，只写过一篇《天才梦》，发表在杂志《西风》上。然后张爱玲拿出一个纸包，里面有两本稿子，她告诉周瘦鹃，这是她最近写的两篇关于香港的中篇小说，想请周瘦鹃赐教。

周瘦鹃翻阅了一下，才看到标题《沉香屑》以及后面的第一篇和第二篇的名字"第一炉香""第二炉香"，就已经让他感觉这文章非常别致了，于是周瘦鹃请张爱玲将稿本留下，他想细细读之。

两个人愉快地交谈了一个多小时之后，张爱玲才起身告别。分别之时，周

我是一个
爱美成嗜的人

瘦鹃告诉张爱玲，因为自己平日工作繁忙，读完文稿需要几天的时间，但是他会在一周之后给她答复。

当天晚上，周瘦鹃就坐在书房里开始读《沉香屑》，他觉得张爱玲的小说风格有些像英国作家萨默塞特·毛姆的作品，而且从中还能看出《红楼梦》对这篇小说的影响，不过他还是非常喜欢这篇小说。

一周的时间很快就过去了，张爱玲如约来向周瘦鹃询问阅读之后的意见，周瘦鹃如实一说，顿时使张爱玲心悦诚服。原来她正是那位英国作家的忠实读者，而且她也非常喜爱《红楼梦》。

周瘦鹃想要将《沉香屑》发表在《紫罗兰》上，他询问张爱玲的意向，张爱玲一口答应了下来，于是两人约定等《紫罗兰》创刊号的样品出来之后，周瘦鹃拿给张爱玲，张爱玲一再道谢之后离去。当天晚上，张爱玲又来到周瘦鹃的家里，热情地邀请周瘦鹃和他的夫人胡凤君过几日去她的家中，参加一个小茶会。

到了《紫罗兰》出版之日，周瘦鹃的夫人因为家中有事不能前往，周瘦鹃只好带着《紫罗兰》的样本独自赴约。

周瘦鹃来到张爱玲和她的姑姑居住的小公寓，见到了张爱玲的姑姑张茂渊，这场茶会只有他们三个人。他们三人坐在一间面积不大但十分精致的会客室里，喝着盛在精致茶杯中的牛酪红茶，吃着甜咸俱备的西点，谈论了很多关于文艺作品和园艺盆景的问题。

聊了一会，张爱玲拿出了一本杂志，那是一本《二十世纪》，里面有张爱玲写过的《中国的生活与服装》。张爱玲告诉周瘦鹃，这篇文章里的所有妇女新旧服装的插图都是她的作品。周瘦鹃接过来粗略一读，不禁感叹张爱玲的英文水平之高，同时也觉得她的画非常生动，不由得有些佩服。

《沉香屑·第一炉香》全文在《紫罗兰》第二期上发表，周瘦鹃在卷首的《写在紫罗兰前头》对张爱玲的小说予以了高度的评价："请读者共同来欣赏张女士一种特殊情调的作品，而对于当年香港所谓高等华人的那种骄奢淫逸的生活，也可得到一个深刻的印象。"据说，这是最早赞扬张爱玲的文字。

张爱玲的小说很快受到了读者的好评。随即，周瘦鹃在《紫罗兰》的第三期、第四期和第五期上，分三期发表了《沉香屑·第二炉香》。

四个月的时间，使读者们记住了这个二十来岁的青年女作家。

对于张爱玲而言，周瘦鹃对她可以说是有知遇之恩，但是张爱玲非但不感激，反而对周瘦鹃产生了怨怼之意。

在《紫罗兰》上发表了《沉香屑·第一炉香》之后不久，周瘦鹃就已经决定在发表《沉香屑·第二炉香》时，将其分成三期发表。这是周瘦鹃经过仔细思考以后的决定，他认为《沉香屑·第二炉香》的篇幅比较长，一次发表完未免有些可惜，而且出于商业利益，三次是最好的选择。但是张爱玲却对这一决定表示出了抗拒，她强烈要求一次发表完。周瘦鹃却并没有接受张爱玲的要求，于是张爱玲一气之下，断绝了与周瘦鹃之间的往来。

时间转瞬即逝，30年之后，早已在美国定居的张爱玲在她的小说《小团圆》中写到她和周瘦鹃之间往来的故事。这是她的一本自传体小说，在小说中，"二〇年间走红的文人汤孤鹜"指的就是周瘦鹃。

张爱玲在《小团圆》里也对汤孤鹜进行了外貌描写："汤孤鹜大概还像他当年，瘦长，穿长袍，清瘦的脸，不过头秃了，戴着个薄黑壳子假发。"

对于那次小小的茶会，她也说："他当然意会到请客是要他捧场，他又并不激赏她的文字"。

显然，时间并没有冲淡张爱玲对周瘦鹃的不满。张爱玲和周瘦鹃本应该是"伯乐和千里马"，无奈最后却分道扬镳，令人唏嘘不已。

4. 张恨水与周瘦鹃

张恨水出生于1895年5月，只比周瘦鹃大了一个多月。同周瘦鹃一样，张恨水的父亲也在他尚未成年之时就去世了，一家人过着贫苦的生活。他18岁那年，因学校解散而辍学，第二年，他投靠在报馆工作的叔叔，从此开始靠着自己的笔杆子养活一家人。

1930年，张恨水的长篇言情小说在《新闻报》上连载，广受好评，《新闻报》的销量随之增加，《申报》负责人见此情形，也派人前去同张恨水约稿。但那时的张恨水与《新闻报》之间有着密切的合作关系，他怕这种关系受到影响，于是只给《申报》提供了一篇名为《同情者》的中篇小说。

我是一个爱美成嗜的人

1933年，张恨水在上海见到了周瘦鹃，两人一见如故，相谈甚欢。这时候的周瘦鹃已经在《申报》主持新副刊《春秋》了，经过几次接触之后，周瘦鹃向张恨水表示，《春秋》需要长篇连载小说，希望他能够帮忙。张恨水答应了下来，并在几天后交给他一部分稿子，这就是《东北四连长》。3月4日，该文开始在《春秋》上连载，一直到第二年的7月30日才连载结束，读者反响热烈。

从此之后，张恨水就成了《春秋》的主要撰稿人，一部小说连载完，立马就有新的接上，后续还有《小西天》《换巢鸾凤》《〈啼笑姻缘〉续集》等小说。

《小西天》在《春秋》上开始连载之时，周瘦鹃还加了编者按，挖苦了那些嘴上说着"到民间去"，实际上却整日待在咖啡馆或跳舞的文人，言外之意就是让那些表里不一的文人向张恨水学习。而在此之前，张恨水曾在《新闻报》上发表了一篇文章，表达了自己对于那些唱高调、赶时髦的文人的不满，两人的观点倒是有些不谋而合。

1935年中秋节之前，已经举家搬到苏州的周瘦鹃向张恨水发出了邀请，希望他来苏州赏菊，并将当地文人介绍给他，同时还有要事相告。于是张恨水放下了手头忙碌的工作，乘坐火车来到了苏州。周瘦鹃陪他一同看了菊花展，但是更让张恨水感到艳羡的还是周瘦鹃的紫兰小筑。

张恨水也是花迷，但是莳花手艺无法与周瘦鹃相比，他一边参观，一边讨教。在参观过程中，张恨水发现紫罗兰似乎格外受周瘦鹃的喜爱，便向周瘦鹃提及此事，而周瘦鹃也将自己与紫罗兰的渊源和盘托出。

听周瘦鹃讲完他的这段恋爱史之后，张恨水被震撼了，周瘦鹃希望他能够根据自己的故事写一篇长篇小说。张恨水不解，问他为何不自己动笔，周瘦鹃告诉他，虽然也曾经想过自己写，但是每每都觉得自己太过主观，无法写好，思来想去，还是由张恨水来写更为妥帖。张恨水也不再推辞，答应他会好好完成这部小说。

之后，周瘦鹃便拿出了一本日记和两扎信，这是他的日记和他与周吟萍往来的信件，他告诉张恨水可以看看这些，如果有不懂的地方就来问他。之后，两人在男女主人公的设定方面也达成了共识。

张恨水从苏州回到家之后不久，就开始以周瘦鹃的这场恋爱经历为原型，创作了长篇小说《换巢鸾凤》。

附录三
名人与周瘦鹃

1936年3月30日,《换巢鸾凤》开始在《春秋》上连载,一直到1937年8月10日才连载结束。

张恨水在小说的楔子里写了十首联珠词,可以说是这部作品的纲要,周瘦鹃称其"宋艳班香,娓娓可诵"。

周瘦鹃对《换巢鸾凤》的连载异常关注,不仅因为他是责任编辑,更因为他是男主人公的原型,每一期的连载他都会用剪刀剪下来保存好。但是,张恨水的《换巢鸾凤》却还是让他觉得"好像有一种隔膜似的,搔不到我的痒处"。张恨水的文写不出他内心深处的千头万绪和曲曲折折,而他自己却又不知道从何写起。

时间很快到了1944年,周瘦鹃回忆起自己与周吟萍之间的这段离合,写就了《记得词》一百首,在《紫罗兰》月刊上连载。而在这之后,张恨水也没有再继续写《换巢鸾凤》。

张恨水和周瘦鹃此后的交往基本是依靠书信。张恨水也喜欢在闲暇时间读一读周瘦鹃的文章,旧作和新书都有看,比如周瘦鹃的散文集《花花草草》,便是张恨水的读物之一。

附录四

周瘦鹃作品评论

1. 天长地久有时尽，此恨绵绵无绝期

周瘦鹃的《此恨绵绵无绝期》以妻子纫芳自述的方式，讲述她与丈夫宗雄和丈夫的好友洪秋塘之间的感情故事。在周瘦鹃的笔下，无论是妻子与丈夫之间的感情，还是妻子与丈夫的好友之间的感情都是纯洁无比的。

宗雄是一个曾经受过西式教育的青年。他上战场时，因为背部受了很严重的伤而导致瘫痪，便回到家中。宗雄的伤"他日或且侵及心脏"，纫芳知道之后也没有变得消沉，她在悲伤过后，坚强地打起了精神照顾丈夫，而宗雄也依然保持着乐观积极的态度面对生活。夫妻二人的感情融洽，也能够相互扶持。

宗雄喜静，夫妻二人就搬到了郊外居住，房子不大，但是周围环境极好。在闲暇时间，两人常常到树下唱歌，过着隐居一般的生活。宗雄喜欢读书，纫芳就陪着他。从这些描写之中，能看出他们对于生活的热爱。纫芳的母亲因为女儿家贫而看不起她，不怎么与他们往来，但是纫芳却不在乎，因为她知道自己的丈夫爱自己，他们的婚姻建立在爱情的基础之上，她觉得两人现在这样便"足享人间清福"。

新婚之时，宗雄以英文为纫芳写了一首《My darling! I love you》；宗雄带纫芳去参加朋友聚会之时，目光也时刻追随自己的妻子，对其他女性并不在意。

受过西式教育的宗雄思想开明，他知道自己的伤有多严重，也知道自己无法与纫芳白头到老，于是，他在临终之前就为纫芳的将来做好了打算，将她托付给了自己的好友洪秋塘。这一细节无处不在体现着宗雄对纫芳最真挚的爱，而这也足以看出周瘦鹃已经从封建伦理制度对他的束缚中挣脱了出来。在他笔下，宗雄和纫芳没有中国传统作品中才子和佳人的那种老套的"大团圆"，而是以"哀"写"情"，从而使"情"显得更加突出。

周瘦鹃笔下的纫芳是一个有着新观念、新作风的女性，从她的身上能看出她对真爱的理解与追求，但是在面对丈夫的好友洪秋塘时，她又充满了矛盾。她深爱自己的丈夫，这毫无疑问，但是在和丈夫一样学识渊博、相貌堂堂的洪秋塘面前，她又感到有些心绪不宁。当宗雄问她是否喜欢洪秋塘的时候，她瞬间明白了丈夫的意思，并断然拒绝了丈夫的提议，她告诉丈夫，无论是她的人还是心，都只属于他一人。之后两人都陷入了沉默不语。

宗雄的病情突然加重，临终前，他又向纫芳提出让她改嫁给洪秋塘的想法，但是纫芳哭着告诉他，她生是他家的人，死了也是他家的鬼。她跑出家门寻找大夫，却看到站在外面来向她告别的洪秋塘。洪秋塘对她诉说了他的爱意，纫芳拒绝了，也没有与他交谈，只点头致意便向医生家走去。在这里，周瘦鹃笔下的纫芳从一个活泼坚强的"新女性"，变成了一个恪守封建伦理的保守的女性。

纫芳找了医生回到家之后，宗雄已经去世了。纫芳无法接受这个残酷的事实，她诉说着自己对丈夫的感情，希望能够唤醒他。

故事以悲剧收尾，但是这样的悲剧已经可以让人们认识到传统的婚姻观念带给人们的弊端。

结局中虽透露出一丝周瘦鹃希望女性"从一而终"的保守思想，但是这是一部哀情小说，也只有这样才能体现出纫芳对丈夫宗雄至死不渝的爱。纫芳原本可以改嫁，这样她的未来也不会孤独寂寞，但是她对丈夫的爱让她无法去接受丈夫的安排，也无法接受洪秋塘对她的爱意，宁可独自一人忍受着对丈夫的思念孤独终老。专注不移的爱情才是纫芳所追求的，但是这段感情虽然深刻，无奈结局却无法避免，只能叹一句情长缘短罢了。

虽然周瘦鹃的思想与新文学作家相比，显得有些保守，但他的小说中已经开始注意到了爱情的内涵与本质。

2. 自主自立——幸福的敲门砖

周瘦鹃在《名旦王蕊英》中刻画了一个独立自强,并最终获得了幸福的女性王蕊英。

家住上海的王家三小姐从小就活泼淘气,独立意识很强,也很有自己的想法。

三小姐的父亲是一名国文教师,为人古板,但是很疼爱三女儿,平日里会教她读书,后来因为收入微薄常常感到不快,他就没有再继续教女儿读书。但是王蕊英聪慧,这几年记账和读书看报都不是问题,而且还常常宽慰父亲,说她以后得了机会要出去赚钱。

父亲去世之后,三小姐听到亲戚们背后说王先生死了,这个家里也没了个挣钱的人之类的闲话,她就跳出来反驳了他们,并说"我也去挣几个钱给你们看看"。在三小姐的认知里面,既然男子能够挣钱,那么女子自然也能够挣钱。于是三小姐就去了一个剧场,专门演旦角,还给自己起了个名字叫蕊英。因为口齿伶俐、演技好,而且又长得好看,三小姐很快就受到了看客的欢迎,成为"新剧中第一名旦"。

名声在外的三小姐受到了很多富家子弟的追求,但他们大都举止轻薄,她便一概拒绝了。不过其中有一个美国留学回来的叫作翁湘,在三小姐还未出名之时,就已经对她颇为赏识了,甚至专门为她办了张小报吹捧她,而且也从未有任何轻薄的举止和言词。久而久之,三小姐也觉十分感激。

两人在剧场主人介绍下认识之后,很快相爱了,但是在翁湘向三小姐求婚之时,三小姐却犹豫了。她觉得翁湘一个官宦之家的子弟娶她这样一个女伶,恐怕会遭到他父母的反对,影响他家庭的和睦,如此反而会害了他,于是就推说改日再谈。但是翁湘催促得紧,三小姐的母亲和两个姐姐也都劝她答应,各方面的压力太大,三小姐便收拾了东西,请了两个月的病假,悄悄去了扬州。

后来三小姐看到原来的剧场主人和自己的两个姐姐刊登在报纸上找她回去的广告,这才回到了上海。回来之后,她才知道翁湘因为她病倒了。三小姐去医院探望,回来的路上意外得知竟有坏人想要骗翁湘结婚,以谋取他的财产,

附录四
周瘦鹃作品评论

于是三小姐就决定以身相许来搭救他。

坏人的计划失败,而翁湘的父母也出于对儿子的爱,没有反对两人的婚事,一对有情人最终走到了一起。

父亲的去世让王蕊英外出谋生,她有了生存能力,在经济上也能够独立自主,而经济上的独立显然保障了这场爱情的自由。周瘦鹃在这篇小说中肯定了女性在一个家庭之中的重要地位,也表明了女性在拥有独立自主的意识和能力之时,就能够过上自己想要的生活,摆脱传统婚姻中对于男性的依附。他用女性意识的觉醒对传统的婚姻制度发出了强有力的挑战。

3. 老伶工与"文字劳工"

周瘦鹃的《老伶工》最初发表在《紫兰花片》上,这篇小说是周瘦鹃根据事实加工改编而成的,这也是周瘦鹃发表在《紫兰花片》的小说中最值得人们称道的一篇。

小说讲述的是一个老伶工通过卖唱的方式,不辞劳苦地赚钱养活自己的儿子和儿媳妇,但是最后病倒了,儿子和儿媳妇却并不来照看他。于是,在一个大雪纷飞的夜晚,卧病在床而又孤苦伶仃的老伶工在弥留之际,高声唱起了他这一生的得意之作:"把他的心做弦,把他的灵魂做鼓板,一时全神贯注高唱入云,他要唱给自己听,他要唱给上天听,这当儿夜已深了万籁俱寂,单有他一个人的歌声荡满在天地之间"。最后,周瘦鹃发出感叹:"可怜的老伶工,他的心血呕尽了,他的歌声从此绝响了。"

从表面上来看,这个故事是在宣扬孝道,但是字里行间透露出来的是周瘦鹃对老伶工遭遇的同情之意。因为"卖文为生"的他和"卖唱为生"的老伶工有着相类似的人生经历。当时的周瘦鹃手中负责五六种刊物,不仅要自己创作,每天还要审阅大量稿件,还得小心地应付亲戚和熟人,不能敷衍也不能懈怠,稍有不慎就会被指责谩骂。

这篇《老伶工》看似只写了老伶工的故事,实则也是在写周瘦鹃自己的故事。这种相互交融在一起的情感,尤为感人至深。

4.《大水中》：出乎意料，又在情理之中

周瘦鹃的《大水中》最初发表于《半月》，文章讲述了陈家寡妇的一生。

文章以洪水作为开场，写陈家寡妇因为小儿子陈威在洪水中不知所踪而得了疯病，在慈善医院的秦老医士尽心尽力的医治下才有所好转，但是却依然有些心事重重。后来，陈寡妇告诉诊治的秦老医士，小儿子陈威是她推到水里去的，因为他不是自己生的孩子，而是丈夫和外室菊芳所生。

陈寡妇和陈先生的婚姻是旧式婚姻，虽然婚后感情很好，但无奈陈先生喜欢拈花惹草，后来还养了外室菊芳，生下了小儿子陈威。再后来菊芳跑了，丢下了儿子，陈先生只得抱回来让陈寡妇养。陈寡妇不愿意，陈先生就威胁她若不抚养，他就会带着孩子离开这个家，陈寡妇只得答应他抚养孩子。村里人都以为孩子是陈寡妇亲生，两个孩子也不知道真相，相亲相爱，但是陈先生却独爱小儿子，将他对菊芳的爱倾注在小儿子身上。后来陈先生因思念菊芳郁郁而终，陈寡妇独自一人抚养两个孩子，她恨菊芳，总想着有一天见到她要报仇。

后来大水来了，小儿子险些落水，他呼唤陈寡妇拉他一把。但是陈寡妇却似乎已经疯了，她看小儿子怎么看都像菊芳，于是她就将小儿子推入了水中。

一开始她为了博得一个好名声而装疯卖傻，但小儿子掉入水中时的眼神让她无法忘怀，受不了良心谴责的她感觉自己真的要疯了，这才向秦老医士道出了实情。

在故事的结尾，陈寡妇将大儿子和财产都托付给了秦老医士，自己则削发为尼，与青灯古佛为伴，了却余生。

这篇小说采用了莫泊桑式的情节构思，给人"出乎意料，又在情理之中"之感。在叙事上也摒弃了传统写作中的全知视角，以陈寡妇之口将真相一一道来，叙述简洁而朴实，但又因为急转直下的事实使之前的平淡文字声色陡增。

周瘦鹃的小说受到翻译小说的影响，并在小说的创作和技巧上吸收了欧美名家的创作经验和创作手段，加以使用，使自己的小说更具成熟的魅力。

5. 幸福的生活与完善的人格息息相关

周瘦鹃的短篇小说《酒徒之妻》以妻子的口吻，来讲述对丈夫酗酒的痛恶，表达对丈夫的谴责与不满。

《酒徒之妻》中的年轻夫妇都是受过西方教育的人，丈夫会拉小提琴，妻子会弹钢琴，他们生活在一夫一妻制的家庭之中，而不是以往那种四世同堂的大家庭。

小说中还出现了妻子的婆婆，这种情况在周瘦鹃的小说里并不常见。妻子对婆婆说，他们夫妻二人晚上并不同房而眠，"各自一间，倒很适意，怕同房时彼此都觉不惯"。在婆婆觉得惊诧不已之时，妻子又告诉婆婆，这种情况在国外很常见。而婆婆在听完妻子的解释之后，对夫妻二人的行为也就没有加以干涉，这也就说明妻子在一个家庭已经能够有属于自己的专属空间了，地位得到了转换，婆婆也不再是一个家庭的权威了。

小说中的夫妻原本应该是幸福的，因为他们是自由恋爱、自主婚姻，生活条件也很不错，他们生活在一个没有制约的环境之中。年轻的男士们在一起喝着白兰地，抽着雪茄，他们对于爱情坚定而又执着，但是在面对挫折之时，又会苦闷烦恼。丈夫酗酒，但他总是掩饰自己的这一点，最终自食恶果，不仅自己患病，还使下一代的智商出现了问题，最终连自己的性命都丢掉了。

酗酒的实质就是不敢正视问题，不敢正视自己，丈夫一再回避自己酗酒的事实，不与妻子沟通，剩下的只是隐瞒和欺骗。他们之间的爱不是因为外部的原因，而是从内部被摧毁的。而周瘦鹃显然意识到了，幸福的生活与健康的人格之间有着紧密的联系。

6.《千钧一发》：爱情与道德的矛盾和超越

周瘦鹃的短篇小说《千钧一发》原刊载于《礼拜六》第24期。

文中的女主人公叫作黄静一，她的丈夫汪俊才是一名小学教员，在文学界也有些名声，不过却怀才不遇，只得在小学里当一名国文教员，每个月工资不多，夫妻两人过着清贫的生活。黄静一素来贤惠，每日做些活赚些小钱贴补家用，从无怨怼之色，夫妻之间倒也恩爱和睦。

黄静一昔日的朋友傅家驹自南洋群岛归来，傅家驹往日爱慕黄静一，但是无奈黄静一与汪俊才结婚，他失望之余去了南洋群岛经商，几年下来倒是赚了不少。傅家驹回来之后，邀请黄静一去吃西餐、看戏剧，黄静一再三犹豫之后，还是答应前往，体验了一天富贵人家的生活。

下午，傅家驹送黄静一回到家后，丈夫汪俊才也失魂落魄地回到家中。黄静一在知道丈夫失业之后，耐心地安慰丈夫，她坚信丈夫的才华，也对未来的幸福生活充满了希望，她坚定地留在了丈夫的身边。而傅家驹也对黄静一起了敬佩之心，悄然离去。

周瘦鹃在描写黄静一跟随傅家驹一同吃饭和看戏之时，将黄静一身上属于家庭主妇的憔悴和苍白一一剔除，只留下了她当初在学堂之时的青春与荣光。经济的力量在任何时候都是强大的，而金钱也成为对这个清贫家庭的考验，但是黄静一却依然选择了自己的丈夫以及原来的感情与家庭。她不是没有丝毫动摇，不是感觉不到经济力量所带来的诱惑，但最终却还是以一句"吾是你的人"留在了丈夫的身边。

周瘦鹃看到了与爱情对峙的外部力量和来自人自身的内部力量，但是他却没有从人性上来寻找抵御诱惑的情感基础，也没有找到为爱抗衡的根本力量是什么。"吾是你的人"，这样的告白显得苍白而又无力，它就像是在感情与道德之间架起的一座桥梁，以此来解释妻子为何会选择留在丈夫身边，让本身动人的爱在此时变成了一种道德的力量。